DER TEIL MIT DEM KÜSSEN

KYLIE GILMORE

Übersetzt von
ANNA DRAGO

Übersetzt von
KATRIN DOLLE

1

Owen

„Nein, ich glaube nicht, dass es für mich an der Zeit ist, sesshaft zu werden."

Die Schlange, in der ich im Something's Brewing Café stehe, bewegt sich weiter. Das ist nicht das erste Mal, dass Tante Hailey mich nach Liebe, Beziehung, all dem Mist fragt, und es wird auch nicht das letzte Mal sein. Es gibt einen Grund, warum ich ein eingefleischter Junggeselle bin. Wie auch immer, sie meint es gut.

„Wann hast du das letzte Mal eine nette Frau getroffen?", hakt sie mit einem sonnigen Lächeln nach, und ihre blassblauen Augen funkeln. Sie ist in ihren Fünfzigern und sieht dank ihres gesunden Lebensstils viel jünger aus, wie sie sagt.

Ich lege einen Arm um sie und ziehe sie für eine seitliche Umarmung an mich. „Ich finde es auch schön, dich zu sehen."

Sie stupst mich verspielt an. „Owen Campbell, du bist so ein Charmeur. Behalte einfach ein offenes Herz, mehr sage ich nicht. Man weiß nie, wann du man sich umdreht und sich plötzlich und wahnsinnig verliebt."

„So ist es bei dir und Onkel Josh aber nicht gelaufen." Ihre Hassliebe hatte sich damals in einen vollkommenen Krieg verwandelt. Sehr zu Tante Haileys Verlegenheit ist ihre

Geschichte eine endlose Quelle der Unterhaltung sowohl für unsere Familie als auch für die kleine Stadt Clover Park, Connecticut. Hart für die führende Hochzeitsplanerin der Stadt. Ihr Unternehmen heißt Love Junkies, was Ihnen alles sagt, was Sie über ihre Einstellung zum Leben wissen müssen.

Sie wirft ihre langen, rotblonden Haare über eine Schulter. „Das liegt daran, dass er ein Biest war. Er hat Zeit gebraucht, bis er seine wirklich süßere Seite gezeigt hat."

Ich bestelle Kaffee und bezahle auch ihren. Wir treten zur Seite, um zu warten.

„Danke für den Kaffee", sagt sie. „Ist Mackenzie mit jemandem zusammen?" Das ist ihre Tochter.

Ich hebe meine Hände. „Das Thema fasse ich nicht an." Meine Cousine Mackenzie arbeitet mit mir in einem kleinen Hightech-Sicherheitsunternehmen.

„Sie ist einfach so verschwiegen, was ihr Liebesleben angeht."

Himmel, ich frage mich, warum. Tante Hailey ist nicht nur von Natur aus eine Kupplerin und noch dazu Hochzeitsplanerin, sie betreibt auch einen langjährigen Roman-Buchclub, den Happy End Buchclub. Onkel Josh hat seine Bar danach benannt: das Happy Endings. Nein, nicht diese Art von Happy Ending. Ha!

Mackenzie glaubt nicht an die Liebe. Ich weiß, ironisch bei ihrer Mom. Ich kann nicht sagen, dass ich ihr widersprechen würde. Liebe ist was für Trottel.

Ich versuche, beruhigend zu klingen. „Ich bin sicher, wenn es was Ernstes gäbe, würde Mackenzie ihn nach Hause mitbringen, um ihn der Familie vorzustellen."

Tante Hailey spitzt die Lippen. „Ich mache mir nur Sorgen, dass sie den Krieger-Teil zu ernst nimmt. Sie hat mehr Rüstung um ihr Herz als du. Ich glaube nicht, dass sie jemals verliebt war."

Tante Hailey hat sich selbst eine Kriegerprinzessin genannt, solange ich mich erinnern kann, und sie nennt Onkel Josh eine Kriegerbestie. Mackenzie sagt, sie sei keine zierliche Prinzessin, sie sei eine knallharte Kriegerkönigin. Eins muss ich ihr lassen: Sie lässt sich von niemandem was gefallen. Ich habe einmal gesehen, wie sie und meine Schwester Harper einen Knockdown-Kampf hatten, als sie kleine Mädchen waren, mit echten Schlägen und Kicks, als es darum ging, wer mit Harpers Puppe Corvette spielen durfte. Harper bestand darauf, dass sie ihr gehörte, also sollte sie sie bekommen, und Mackenzie sagte, der Gast darf spielen, womit er will. Abwechseln? Vergessen Sie's! Wahrscheinlich war es auch nicht gerade hilfreich, dass Mackenzie, ein Jahr jünger und kleiner, in Selbstverteidigung ausgebildet wurde, seit sie laufen konnte. Ihr Vater, Onkel Josh, war Fallschirmjäger in der Army, geschickt im Nahkampf, und seine drei Kinder sollten Selbstverteidigungskenntnisse bekommen.

„Owen!", ruft die Barista.

Ich gehe zum Tresen. „Danke!"

Ich nehme das Kaffeetablett und gebe Tante Hailey ihren Kaffee.

Sie stellt sich auf sie Zehenspitzen, um mich auf die Wange zu küssen. „Wir sehen uns Samstagabend zu Doppelabschlussfeier, Schrägstrich, Jahresfeier deiner Großeltern."

„Bis dann also." Meine Familie ist so groß – Dad war einer von sechs und hat auch noch Brüder ehrenhalber –es gibt also immer eine Gelegenheit zu feiern. Diesmal ist es Grandpop Joes und Grandmom Brandys Jahrestag und die College-Abschlussfeier meines Bruders und meines Cousins. Es ist ganz hilfreich, dass Onkel Josh die Happy Endings Bar gehört, wo wir all unsere Familienveranstaltungen ausrichten. Es ist nicht nur eine Bar. Es gibt ein voll ausgestattetes Restaurant und ein Hinterzimmer mit Billardtischen, einer Jukebox und einer Tanzfläche.

Ich laufe nach oben zu unserem Büro und stelle das Kaffeetablett auf den Küchentisch.

„Oh, gut, du bist hier!", ruft Mackenzie von nebenan.

„Ja", sage ich, abgelenkt durch eine SMS auf meinem Handy.

Mom: *Ich muss dich sofort sehen. Komm zur Summerdale-Bibliothek. Wir schließen die Dreharbeiten ab.*

Ein Adrenalinstoß durchfährt mich. Es ist das „sofort". Mom ist Claire Jordan, eine weltberühmte Schauspielerin, Produzentin und Regisseurin. Ich habe eine Hassliebe zum Showbusiness, aufgrund dessen, was es Menschen antut und wie es berühmte Leute in Gefahr bringen kann. Mom hatte mehr als genug Stalker und übereifrige Fans. Als ich klein war, hatte sie einen Vollzeit-Bodyguard, Frank, der in unserem Gästehaus wohnte und ihre Sicherheit und unsere überwachte. Er ist jetzt im Ruhestand. Sein Sohn, Frankie, hat dort weitergemacht, wo er aufgehört hat.

Ich: *Bin in 15 da.*

Ich ziehe den Schlüsselanhänger aus meiner Jeanstasche, verriegle die Tür und schreie über meine Schulter: „Ich schreibe dir später!"

„Was ist mit unserem Meeting?", fragt Mackenzie.

Ich jogge hinunter und nehme die Tür zum Parkplatz hinten.

Mom geht mehr Risiken mit öffentlichen Auftritten ein, als mir lieb wäre. Sie war früher viel vorsichtiger. Sie behauptet, sie habe keine Stalker mehr, aber man weiß nie, wann ein neuer auftaucht. Ihre alten Filme werden regelmäßig im Fernsehen gezeigt. Sie arbeitet jetzt mehr hinter der Kamera. Dennoch. Erst neulich hat sie in einer limitierten Serie auf einem der Streamer die MILF – die Mother I'd like to fuck – von nebenan gespielt. Ich weiß. Es ist meine *Mom.* Sie ist diejenige, die es die MILF von nebenan genannt hat.

Ihre Wirkung bringt sie in Gefahr, und da komme ich ins Spiel. Bodyguard Frank hat mir alles beigebracht, was ich über Krav Maga – Straßenkämpfe – weiß, sowie über das Hantieren mit Messern, Seilen und Gewehren. Ich trage keine Waffen, aber ich weiß gern, wie man sie benutzt. Ich könnte sie einem Gegner abnehmen, falls erforderlich. Harper und mein Bruder Rafael hätten auch Selbstverteidigung lernen können, aber sie hatten kein Interesse. Wir sind seit unserer

Geburt das Ziel von Paparazzi. Als Ältester habe ich auf sie aufgepasst.

Ich steige in meinen schwarzen Mustang und schäle mich aus dem Parkplatz. Frankie sollte bei ihr sein. Es geht ihr gut. Vermutlich ist es nichts. Warum hat sie dann sofort gesagt?

Ich biege auf die Main Street ab, nehme die erste Straße rechts auf die Route 15 und trete aufs Gas.

Shayla

Ich sehe zwischen die Bücher im Regal und flüstere: „Es ist eine stille Nacht."

Eine rothaarige Frau sieht mich an. „Eine gute Nacht für eine Jagd." Sie schiebt mir ein ledergebundenes Buch zu, aber als ich danach greife, lässt sie nicht los. „Du hast bis Mitternacht."

Ich nicke und nehme das Buch, durchstöbere für ein paar Minuten noch andere Bücher, bevor ich wegschlüpfe. Als ich in den offenen Bereich der Bibliothek komme, ist sie weg.

„Cut!", ruft der Regisseur Levi Appleton. „Shayla, perfekte Spannung. Josie, versuchen wir es noch einmal mit der alternativen Version deiner Zeile."

Es ist nicht schwer, angespannt zu sein, wenn man den einzigen Mann, den man je geliebt hat, zum ersten Mal seit neun Jahren wiedersieht. Zumindest hoffe ich das. Seine Mutter, Claire, hat ihn gebeten, so schnell wie möglich herzukommen. Sie hat ihm nicht gesagt, dass es um mich geht. Denn dann wäre er vielleicht nicht gekommen.

Mein Costar Josie Abbott lässt ein strahlendes Lächeln aufblitzen und sagt die andere Zeile: „Brady ist nicht, was er zu sein scheint. Die Uhr tickt. Mitternacht."

Ich gehe zurück in Position hinter dem Regal. Wir befinden uns im ersten Stock der Summerdale Bibliothek in einem hübschen Landstrich von New York. Morgen fahren wir nach New York City für die letzten sechs Wochen der Dreharbeiten.

Ich habe, seit ich sieben Jahre alt war, als Schauspielerin gearbeitet. Nachdem ich endlich die Kinderstar-Persönlichkeit abgelegt hatte, indem ich eine ängstliche Heldin in einer dunklen Fantasy spielte, gingen die meisten meiner Rollen in dieselbe Richtung. Diese Rolle ist anders. Ich werde die Heldin in einer militärischen Action-Romantik sein, die auf Audrey Robinsons Buch *Breakdown* basiert. Ich bin Teil einer geheimen Einheit, die mit einem gutaussehenden Zivilisten in Aktion getreten ist, der vielleicht Verbindungen zum organisierten Verbrechen hat. Ausnahmsweise werde ich mal ein stoischer Badass sein und mir nicht die Augen ausheulen.

Wir gehen ein zweites Mal die Szene durch und warten auf Levis Reaktion.

„Cut!", sagt er fröhlich. „Damit ist die Szene im Kasten. Gute Arbeit, ihr alle. Packen wir zusammen."

Die Crew beginnt, die Ausrüstung wegzupacken, und die Schauspieler begeben sich auf den Weg zur Hauptebene, von wo aus die Autorin und ihre Familie zusehen. Ich bleibe zurück und sehe mich nach Owen um. Als ich ihn das letzte Mal gesehen hab, war er siebzehn, voller Muskeln und athletischer Kraft. Claire hat mich über die Jahre mit Familienfotos auf dem Laufenden gehalten. Er hat jetzt einen dunklen Bart, der ihm steht, und er ist an Schultern und Brust prall, alles an ihm sieht nach Muskeln aus.

Claire kommt herüber und lächelt mich aufmunternd an. „Gute Arbeit heute. Wie fühlst du dich?" Die Spannung in meinen Schultern lässt nach. Sie ist wie eine Mom für mich. Meine eigene toxische Mutter, die auch meine Managerin war, hätte mich fast kaputt gemacht. Ich habe mich mit sechzehn für volljährig erklären lassen, bin in die Hollywood-Partyszene eingetaucht und habe Schlagzeilen aus den falschen Gründen gemacht. Claire hat mit mir gearbeitet, als ich acht Jahre alt war, gesehen, was los war, und mich eingeladen, für den Sommer bei ihrer Familie in Connecticut zu wohnen.

Sie hat mir geholfen, mein Leben wieder auf die Reihe zu bringen, mir beigebracht, wie man als Erwachsene durch die Branche navigiert, wie man damit umgeht, von Presse und

Öffentlichkeit auf einen Sockel gehoben zu werden, und auch wie man anmutig damit umgeht, wenn man von diesem Sockel gestoßen wird. Kurz gesagt, sie hat mir beigebracht, geerdet zu bleiben. Meine Arbeit bin nicht ich. Ich bin eine wertvolle Person mit vielen unterschiedlichen Interessen, wie Innenarchitektur, Stricken und ihrem Sohn. Ja. Ich bin nie über Owen hinweggekommen.

Wir haben uns verliebt, und alles war *perfekt*. Bis es das nicht mehr war.

„Ich bin nervös", gebe ich zu. „Was, wenn er mich nicht wiedersehen möchte?"

Sie streicht mir die blonden Haare zurück und küsst meine Schläfe. „Er hat ein Bedürfnis zu schützen, das eine Meile breit ist. Sobald er von deinem Stalker hört, wird er sich bei dir melden."

Ja, richtig. Ich bin offiziell ein Star der A-Liste. Ich habe einen Stalker. Sein Name ist Matt Boone, dreißig, geschieden und besessen von meiner früheren Rolle als Teenagerin, die von zu Hause abhaut und sich der Prostitution zuwendet, um zu überleben. Ich hatte früher einen Bodyguard, aber ich konnte mich in seiner Nähe nicht entspannen. War es die Tatsache, dass er nie seine Sonnenbrille abgenommen hat? Ich weiß es nicht. Da war so ein Vibe, der mir nie gefallen hat. Als er also für einen anderen Auftrag gekündigt hat, war ich erleichtert. Und dann dachte ich an Owen, in der Hoffnung, dass es eine Gelegenheit wäre, zu sehen, ob es nach all den Jahren noch was zwischen uns gibt. Er leitet eine Sicherheitsfirma.

Wird er noch an mir interessiert sein, jetzt, wo ich eine erfolgreiche Schauspielerin bin? Ich hoffe, er ist stolz auf das, was ich aus mir gemacht habe. Andererseits war es das Showbusiness, das mich ihm überhaupt genommen hat. Eine Entscheidung, mit der ich leben musste. Die Entscheidung, Connecticut für meinen Film zu verlassen, bereue ich nicht, aber ich habe mich im Laufe der Jahre oft gefragt, was wäre, wenn ich geblieben wäre? Wären wir immer noch zusammen?

Ich atme zitternd aus. Vielleicht hat er weitergelebt und mich vergessen. Das hier war vielleicht nicht mein bester Plan. Eine Ablehnung nach all meinem hoffnungsvollen Aufbau über die Jahre wäre verheerend. Ich dachte immer, der Grund, warum keine Beziehung für mich nach Owen geklappt hat, war, weil es mein Schicksal war, mit ihm zusammen zu sein. Es war nur eine Frage des Timings.

Jetzt bin ich in einer guten Position. Wenn er – okay, mal ganz ruhig. Ich muss meine Erwartungen runterschrauben. Wenn ich die Vergangenheit wiedergutmachen kann und wir wieder Freunde werden, nenne ich das einen Sieg. Alles darüber hinaus ist ein Bonus.

Bitte lass ihn froh sein, mich zu sehen.

Jedenfalls habe ich zeitweise einen Leibwächter, der mich beschützt. Seit ich in New York filme, arbeitet Claires Leibwächter Frankie für uns beide.

Sie hakt sich bei mir unter. „Lass uns mit allen reden, während wir warten."

Ich folge ihr in die Lobby, wo die Autorin Audrey von Freunden umrundet ist. Bei dieser Produktion waren viele aus Summerdale dabei, zusammen mit Claires Freunden aus dem nahegelegenen Clover Park. Ich stelle mich zu Claire, während die Damen, die meisten von ihnen in ihren Vierzigern und Fünfzigern, aufgeregt über den Film reden. Es sind fast nur Frauen hier. Ich werde die männliche Hauptrolle erst treffen, wenn wir in der City filmen. Claire ist die Produzentin dieses Films. Sie ist bekannt für Frauenfilme mit einem großen Anteil weiblicher Mitarbeiter. Es ist ungewöhnlich, einen männlichen Regisseur in einem ihrer Filme zu haben, aber Levi ist ein Freund von Schauspielerin Harper Ellis, ebenfalls im Film. Sie hat ihn wärmstens empfohlen. Levi und Harper sind zusammen in Summerdale aufgewachsen.

Er ist hier.

Schweiß tritt mir auf die Stirn. Wo ist die Make-up-Künstlerin, wenn man sie braucht? Ich wische den Schweiß diskret weg, während ich Owen näherkommen sehe. Die Bilder sind ihm nicht gerecht geworden. Er bewegt sich mit dem Selbstvertrauen eines Mannes, der seinen Platz in dieser Welt kennt. Dunkles Haar, dunkle Augen und ein getrimmter dunkler Bart, der ihn ein bisschen gefährlich aussehen lässt. Sein weißes T-Shirt spannt sich über weite Schultern und ausladende Bizepse, und seine verblassten Jeans zeigen starke Oberschenkel. Mein Puls steigt. Ich habe unterschätzt, was es mir antun würde, ihn persönlich wiederzusehen. Ich kann immer noch seine heisere Stimme hören, die mir ins Ohr flüstert. Diese Nacht. Dieses wunderschöne Desaster von einer Nacht.

Er wird von Audreys zierlichen Zwillingsmädchen im Teenageralter abgefangen, die ihm Fragen stellen. Er nickt ihnen zu, sieht sich um und konzentriert sich dann auf seine Mom.

Claire dreht sich zu ihm um. „Owen, du bist da!" Sie umarmt ihn. Er erwidert es und blickt seitwärts auf die Zwillingsmädchen, die ihm gefolgt sind. Sie sehen aus, als sei er ihr großer Schwarm. Ich kann ihnen keinen Vorwurf machen. Er ist der Hammer.

Ich wische meine klammen Hände an der schwarzen Hose ab. Was soll ich sagen? *Hi, ist lange her.* Oder vielleicht ein bisschen positiver. *Hey, Owen, schön, dich wiedersehen. Hilfst du mir bei meiner Stalkersituation und verzeihst mir vielleicht auch und gibst mir eine zweite Chance?*

Hmm … Stalker schreit nicht gerade positiv.

Gah! Warum bin ich so nervös? Wir sind beide erwachsen genug, um über dem zu stehen, was passiert ist. Richtig? Richtig?!

Ich scheine nicht tief durchatmen zu können. Das hier war eine dumme Idee.

„Du hast gesagt, du musst mich sofort sehen", sagt Owen zu Claire. Er sieht sich um. „Wo ist Frankie?"

„Er wartet direkt vor der Tür", sagt Claire. „Jedenfalls, das hier ist Harpers Heimatstadt. Sie sagte, wir müssten uns hier keine Sorgen um die Sicherheit machen. Es ist ein geschlossenes Set, und jeder, mit dem wir zusammenarbeiten, ist ein enger Freund."

Owen nickt und versteift sich dann, als er mich plötzlich bemerkt.

Ich schlucke kräftig. Die Worte lassen mich im Stich. Ich erwäge zu winken, aber ich kann meine erstarrten Gliedmaßen nicht bewegen.

Er verkrampft seinen Kiefer. „Wenn das was mit *ihr* zu tun hat, dann passe ich."

Offensichtlich hat er nicht vergessen, was zwischen uns passiert ist. Wir waren so jung. Was sollte ich denn tun?

Ich trete näher und möchte, dass er es versteht. Wo fange ich an?

Er verschränkt die Arme vor der Brust, sieht aus wie eine Festung, die für immer für mich verschlossen ist. Claire springt ein, um die Dinge zu glätten.

„Hör einfach zu", sagt sie zu Owen. „Shay könnte die Hilfe deines Unternehmens gebrauchen."

Er hält seinen Mund fest geschlossen.

„Bist du ein Bodyguard?", fragt eins der Zwillingsmädchen.

Er ignoriert sie, um mich anzustarren. Ich erwidere seinen Blick. Ich kenne diesen Mann, zumindest hab ich das mal. Er hat ein gutes Herz, eine warme und liebevolle Natur. Ich habe nie einen anderen Mann wie ihn getroffen.

Claire drückt meine Hand, bevor sie dem Dad der Zwillingsmädchen einen vielsagenden Blick zuwirft. Er führt sie weg, während sie heftig miteinander flüstern.

„Shayla hat einen Stalker, der entschlossen ist, an sie heranzukommen", sagt Claire.

Owens Arme fallen zu seinen Seiten, seine Stimme ist schroff, als seine dunklen Augen auf meine treffen. „Erzähl mir alles!"

Es ist ihm nicht egal. Meine Gliedmaßen fühlen sich leichter an, ein Hoffnungsstrahl scheint durch. Es ist ein Anfang.

2

___

Shayla steckt in Schwierigkeiten. Mir juckt es in den Fingern bei dem Bedürfnis, sie in meine Arme zu ziehen und sie dort sicher zu halten. Ich wage es nicht, sie anzufassen. Stattdessen neige ich den Kopf, damit sie mir folgt.

Wir erreichen die Rezeption der geschlossenen Bibliothek.

„Es ist schön, dich wiederzusehen, Owen", sagt sie mit einem kleinen Lächeln.

Mein Bauch verkrampft sich, als Erinnerungen mich überschwemmen. Sie war eine kurvige, blonde, blauäugige Fantasie mit sechzehn. Jetzt ist sie unglaublich sexy, und ich gebe mein verdammt Bestes, um mich auf ihre Augen zu konzentrieren. Nicht ihre üppigen Lippen, ihre großzügigen Kurven oder die süße Linie ihres Halses, an die ich mich so gern geschmiegt habe, um sie einzuatmen.

Sie war zuerst mit meiner Schwester Harper befreundet. Wann immer ich an ihnen vorbeikam, hat Shayla mich bei meinem Namen angesprochen, mit einem Hauch von Flirt darin: „Hi, Owen", „Schön, dich zu sehen, Owen", „Tu nicht so, als würdest du mich nicht kennen, Owen." Ich fing an, auch ihren Namen zu oft zu benutzen, und das Nächste, was ich weiß, ist, wir treffen uns auf dem Dachboden über der freistehenden Garage.

Ich habe mich *heftig* verliebt.

Was heute keine Relevanz hat. Es ist mir egal, wie sehr ich mich zu ihr hingezogen fühle. Verdammt! Können mein Hirn und mein Körper sich bitte einigen? Ich weiß es besser.

Vielleicht fühlt *sie* sich zu *mir* hingezogen, und das ist die Spannung, die ich zwischen uns spüre. Oder vielleicht bin ich nur von der Tatsache gestresst, dass Mom so getan hat, als hätte sie einen verdammten Notfall, nur, um mir dann Shayla vor den Latz zu knallen.

Ich halte meine Stimme kühl, ruhig und professionell. „Ich wünschte, es wäre unter besseren Umständen für dich."

Ihr Blick geht von meinen Augen über meine Wange und meinen Kiefer und dann zurück. „Ja."

„Also, was ist sein Profil, was hat er bisher getan, und was hast du getan, um dich selbst zu schützen?" Stalker sind fast immer männlich.

Sie sieht sich um. „Können wir uns irgendwo unter vier Augen unterhalten? Ich mag es nicht, den ganzen Dreck in der Öffentlichkeit zu besprechen."

Die Bibliothek ist geschlossen, aber die Besetzung und die Crew wuseln immer noch herum. Ich verstehe das Bedürfnis nach Diskretion.

„Wir könnten rausgehen", sage ich.

„Ich will nicht, dass jemand es zufällig mitbekommt. Die Leute kommen und gehen immer noch. Wie wär's mit meinem Auto? Ich könnte den Fahrer bitten, auszusteigen."

Ich denke darüber nach. Die Sache mit einem Auto ist die Nähe. Es ist eine Sache, cool zu bleiben, wenn zwischen uns Platz ist. Kein Platz ist eine Versuchung, die ich nicht einmal in Betracht ziehen möchte. Und was, wenn sie weint wegen der Stalker-Situation? Ich werde sie praktisch festhalten müssen, eine Sache wird zur anderen führen, und das bedeutet Katastrophe.

„Wie wäre es, wenn wir uns in Moms Haus treffen?" Dort gibt es keine Chance auf Privatsphäre. Mom wird alles wissen wollen. Sie hat einen extrem ausgeprägten Beschützerinstinkt Shayla gegenüber, weshalb sie mich wahrscheinlich angerufen hat, damit ich mich um dieses Problem kümmere.

„Hast du Angst, allein mit mir im Auto zu sein?", neckt sie mich.

„Nein. Es ist einfach zu eng. Ich brauche Platz, um zu denken."

„M-hmm."

Ich verschränke die Arme und arbeite daran, hart auszusehen. Ich lasse mich nicht von ihrem flirtenden Charme anstecken. „Also, was ist jetzt mit Moms Haus?"

„Ich wohne in einem Hotel in der Stadt."

„Warum nicht bei Mom? Ihr Haus ist aus Sicherheitsgründen von oben bis unten verdrahtet, und Frankie wohnt im Gästehaus."

„Ich war für ein paar Tage dort, aber meine Sachen wurden heute ins Hotel gebracht, da die Dreharbeiten morgen in der City beginnen."

„Ich werde nicht den ganzen Weg in die City fahren, um zu reden." Übersetzung: Wir werden nicht allein in einem Hotelzimmer sein.

„Okay, also wähle einen Ort, wo du Platz hast und nachdenken kannst."

Ich sehe sie von der Seite an, schätze es gar nicht, dass sie mich neckt, während ich ihr einen *Gefallen* tue, wenn ich einen Sicherheitsplan aufstelle. „Ein bisschen Respekt hier, Miss Großer Filmstar."

Ihre Lippen biegen sich nach oben, die Augen tanzen amüsiert. „Mucho Respekt, Herr Sicherheitsexperte."

Ich runzele die Stirn. „Das hier ist eine ernste Sache."

Sie tritt näher, ihre Stimme leise. „Und genau deswegen wollte ich dich."

Meine Körper wird rot vor Hitze. Nicht, weil ich angetörnt bin. Auf keinen Fall. Nur, weil sie den Respekt zeigt, den ich verdiene. Es ist Stolz, der mich wärmt, weil ich gut in meinem Job bin.

Ich ziehe die Happy Endings Bar als Treffpunkt in Betracht, mein Revier, aber entscheide, dass sie zu viel

Aufmerksamkeit erregen wird. „Wir können uns in meinem Büro in Clover Park treffen." Ich reiche ihr mein Handy. „Gib deine Nummer ein. Ich schicke dir die Adresse. Du kannst mit deinem Bodyguard rüberfahren." Ich sehe mich nach ihrem Aufpasser um. „Wo ist er?"

„Ist dein Büro in der Main Street?", fragt sie, während sie ihre Nummer in mein Handy eingibt. „Ich erinnere mich gut an Clover Park und all die Familientreffen mit deinen Cousins im Happy Endings, manchmal im Park. Gott, ich habe so schöne Erinnerungen an diese Stadt." Sie gibt mir mein Handy zurück.

„Ja, es ist an der Main Street. Wo ist dein Aufpasser?"

„Ich habe Frankie benutzt, während ich hier bin."

„Nun, ich weiß, dass er nicht mit dir in die City geht, es sei denn, Mom schließt sich dir dort an."

„Wie geht's Cooper und Finn? Ich weiß schon, wie es Mackenzie geht, da wir ..." Sie unterbricht sich.

Eine Spannung vibriert zwischen uns und nicht von der sexy Sorte. Sie ist mit meiner Cousine Mackenzie, Mom und meiner Schwester Harper in Kontakt geblieben, aber nicht mit mir. Ich werde nicht lügen, das hat wehgetan.

Ich trete einen Schritt zurück. „Weißt du was? Wenn du meine Firma brauchst für deine Sicherheit, kannst du dich mit Mackenzie in Verbindung setzen. Sie richtet ohnehin alle neuen Klienten ein. Mom hat zuerst an mich gedacht, weil sie weiß, dass ich die ganze Sache mit Promis verstehe. Aber ich bin mir sicher, Mackenzie versteht es auch."

Sie packt meinen Arm. „Warte! Ich will dich."

Mein Herz stolpert. Gott, wie sehr ich mich damals danach gesehnt habe, diese Worte zu hören. Ein Ansturm von Gefühlen wäscht über meinen Arm, während sie ihre Hand unter meinen T-Shirt-Ärmel gräbt, eine alte Angewohnheit von ihr. Ein Teil von mir will ihre Hand wegdrücken, ein Teil von mir mag es zu sehr.

Sie sieht zu mir auf, ihre blauen Augen flehend und so verdammt verletzlich, dass ich dem Drang widerstehen muss, den Höhlenmenschen zu geben und sie hier raus und in die

Sicherheit meines Hauses zu schleppen. „Mein Bodyguard hat einen anderen Auftrag bekommen und gekündigt. Deine Mom sagte, ich könne mir Frankie ausleihen, bis ich einen neuen gefunden habe."

Ich sehe vielsagend auf ihre Hand, bis sie sie entfernt. „Ich bin kein Bodyguard. Ich kann dein Hotelzimmer sichern, deine Technik, und das war's."

„Aber du hast mit Frankies Dad trainiert."

„Das ist nicht das, was ich tue. Ich werde Frankie holen. Vielleicht kennt er jemanden."

Ich gehe durch die Seitentür, wo ich Frankie mit Mom und ihren Freundinnen sehen kann. Ich entspanne mich ein wenig, als ich Shaylas Schritte hinter mir nicht höre.

„Hey, Frankie." Ich lege einen Arm um ihn. Er ist vier Jahre älter als ich und wie ein Bruder. Er ist halb Hawaiianer, halb Italiener, ein Hulk von einem Mann mit rasiertem Kopf und einem angenehmen Lächeln. Sein hawaiianischer Vater hat erst von ihm erfahren, als Frankie zehn Jahre alt war und seine Mom bei einem Autounfall ums Leben kam. Wir haben früher zusammen trainiert, nachdem sein Dad uns beide in Krav Maga ausgebildet hat. Lustige Zeiten.

„Bro, deiner Mom geht's gut."

Ich melde mich regelmäßig bei ihm und erkundige mich nach ihrer Sicherheitslage. Verklagen Sie mich doch, wenn ich überfürsorglich bin. Das hat einen legitimen Grund.

„Gut. Ich habe mich gefragt, ob du jemanden kennst, der Shaylas Schatten in der City sein kann."

„Ist das nicht der Grund, weswegen du hier bist? Das hat deine Mom zumindest gesagt, und ich weiß, dass du immer für sie da bist."

Das hat sie? Niemand hat mir was gesagt.

Ich runzele die Stirn. „Du musst doch jemanden kennen."

„Jeder, den ich kenne, ist erwerbstätig und nicht im Bodyguard-Geschäft. Glaubst du, ich bin in einer Gewerkschaft? Ich gehöre zur Claire Jordan Familie und gehe nirgendwo hin. Es gibt keinen schöneren Auftrag. Sie macht mir und Dad immer noch die besten gegrillten Käse-Sandwiches. Und sie lädt regelmäßig die –" Hüstel „– nettesten Frauen ein, mit uns zu reiten. Ich wusste nie, wie viele Frauen so gern reiten. Muss die Schaukelbewegung sein, weißt du?"

Toll. Mom versorgt Frankie mit gegrilltem Käse und schönen Frauen, die reiten. Mich ruft sie an, damit ich mich mit Stalkern befasse.

Ich sehe Mom ins Auge, und sie gesellt sich zu uns.

„Owen, bitte tu das für sie", sagt sie. „Shayla fühlt sich bei dir sicher. Es ist nur eine vorübergehende Sache, bis wir jemand Neuen für sie finden können."

„Ich bin mit anderen Klienten beschäftigt. Ich habe einen großen Auftrag in D.C., der jeden Moment durchkommen könnte und –"

„Das ist wundervoll, mein Schatz!", sagt sie. „Könntest du in der Zwischenzeit tun, was du am besten kannst? Du wirst natürlich bezahlt."

Ich verziehe das Gesicht. „Ich würde ihr Geld nicht nehmen, und wenn ich auf der Straße verhungern müsste. Ich fasse es nicht, dass du mich in diese Situation bringst."

Eine eisige weibliche Stimme ruft hinter mir: „Keine Sorge, Owen! Ich komm schon klar. War schön, dich wiederzusehen."

Ich wirbele herum. „Shay, ich –"

Sie eilt in die Bibliothek.

„Steh nicht einfach da und guck schuldig aus der Wäsche", sagt Mom. „Geh ihr hinterher!"

Ich atme scharf aus und gehe zur Tür.

„Die Jagd läuft ... im Schneckentempo", sagt Frankie lachend.

„Halt die Klappe!", sage ich über meine Schulter, kurz bevor ich hineingehe.

Ich sehe sie nicht. Mein Herz pocht. Sie kann es sich nicht leisten, irgendwo allein zu schmollen, wenn ein Stalker hinter ihr her ist. Ich habe nicht mal herausgefunden, wer es ist oder wie er aussieht.

Ich schlüpfe durch die Regale im unteren Stockwerk, schaue in den Kinderraum und stürze in den Loft-Bereich, wobei ich fast einen Typen umrenne, der gerade ein Galgen-mikrophon nach draußen trägt. Sie kann doch nicht einfach verschwunden sein.

Ich sehe in den Toiletten nach und sogar im Hinterzimmer hinter dem Tresen. Keine Shayla.

Ich gehe zu einer Frau, die eine Kamera aus der Flügeltür rollt. „Haben Sie Shayla gesehen?"

„Ja, sie ist zu ihrem Auto gegangen. Ich glaube, sie fährt zurück in die City."

„Danke!"

Daran hätte ich denken sollen. Sie ist zur einen Tür rein und zur anderen raus. Ich eile zum Parkplatz und sehe einen schwarzen Mercedes mit getönten Scheiben in der Nähe. Der Motor läuft, also klopfe ich an das Fenster auf der Fahrerseite, um sie aufzuhalten.

Das Fenster wird heruntergefahren, und ein Mann in seinen Sechzigern mit graumelierten Haaren starrt mich an. „Wer sind Sie?"

„Ich bin Shaylas Freund. Claire Jordans Sohn Owen."

„Dachte ich doch, dass Sie mir bekannt vorkommen. Ich erinnere mich an Bilder, auf denen Ihre beiden Vorderzähne fehlten." Die Paparazzi haben wieder zugeschlagen.

„Ich muss mit ihr reden." Ich gehe zum hinteren Fenster und klopfe an.

Das Fenster wird runtergefahren. Shayla hebt ihr Kinn auf eine Weise, die sagt, dass sie sich stur stellen wird. „Ich brauche deine Hilfe nicht."

„Doch, die brauchst du. Komm in mein Büro, und wir werden die Details ausarbeiten."

„Nein."

„Nein?"

„Nein."

„Du hast also keinen Stalker mehr, der unbedingt an dich rankommen will, während du allein in einem Hotelzimmer in einer Stadt mit mehr als einer Million Menschen hockst, die dich überall erkennen würden?"

„Das Hotel hat einen Portier und Kameras in der Lobby."

Ich atme tief durch. „Ich lasse nicht zu, dass du dich selbst in Gefahr bringst."

„Warum?"

„Weil ... du du bist."

Ihr Gesichtsausdruck wird sanfter. „Vielleicht könnten wir über alte Zeiten plaudern."

„Wir müssen einen Sicherheitsplan ausarbeiten. Nicht –"

Das Fenster schließt sich langsam. „Ich treffe dich dann da."

Ich starre mein eigenes Spiegelbild im getönten Glas an. Wie konnte es dazu kommen, dass ich darauf bestehe zu helfen, obwohl ich doch nichts mit ihr zu tun haben wollte?

~

Shayla

„Wie lautet dein Plan für heute?", fragt Owen.

Wir stehen im Besprechungsraum seines Büros, das offensichtlich ein Wohnzimmer in einer Einzimmerwohnung ist. Sie haben wenig unternommen, um es mehr wie ein Büro aussehen zu lassen. Gerahmte Schwarz-Weiß-Fotos hängen an den Wänden, höchstwahrscheinlich Mackenzies Bilder. Ein zweckmäßiger Kunstholztisch und schwarze Drehstühle dominieren den Wohnbereich. Ich werfe einen Blick in das Schlafzimmer, wo sich ein langer, umlaufender Arbeitsbereich an den Wänden und drei Stühle befinden. Schätze, das ist die Kommandozentrale.

„Mein Plan ist es, dich zu treffen und dann in mein Hotel zurückzugehen", sage ich, bevor ich wieder in die Küche schlendere. Zumindest ist das ein gemütlicher Raum mit warmen Holzschränken, einem Farmwaschbecken und einem runden Tisch mit Stühlen. Ich bin ein Fan guter Innenarchitektur. Wenn ich nicht Schauspielerin wäre, wäre ich vielleicht Innenarchitektin geworden.

Owen folgt mir hinein. „Ich meinte deinen Sicherheitsplan für heute Abend. Trifft Frankie sich später mit dir?"

„Wenn ich ihn darum bitte. Ich habe Hunger. Du auch?"

Ich öffne den Kühlschrank, der mit frischem Obst und Gemüse sowie selbstgemachtem Salatdressing, gemischten Nüssen und Käse gefüllt ist. Vielen Dank, Mackenzie. Ihre Mutter hat immer betont, wie wichtig es ist, gesund zu essen, um sich gut zu fühlen und auch so auszusehen, und sie hat sich das zu Herzen genommen. Ich esse auch gern so, und genau genommen muss ich das auch tun. Wenn ich zunehme, ändert sich die Garderobe, und ich bin weniger marktfähig. Traurig, aber wahr für die Branche.

Ich hole Himbeeren, Käse und verschiedenes Grünzeug heraus.

„Bedien dich", sagt Owen mit einem Hauch von Sarkasmus.

„Danke!" Ich stelle das Essen auf die Theke und öffne auf der Suche nach einem Teller einen Schrank. „Ich bin es gewohnt, mich an verschiedenen Orten zu Hause zu fühlen. Gehört zum Geschäft. Neue Standorte für jedes Projekt."

„Wir haben Kamillentee", erklingt seine tiefe Stimme an meinem Ohr. Gänsehaut erhebt sich auf meinen Armen, im Kontrast zu der Hitze seines Körpers an meinem Rücken. Er hat sich daran erinnert, dass ich abends Kamillentee mag.

Er greift über meinen Kopf, um eine Holzkiste zu nehmen.

Ich drehe mich um, fast in seinen Armen.

Sein Blick erhitzt sich, als er meinem aus nächster Nähe begegnet. „Hier." Sobald ich die Kiste nehme, zieht er sich an den Küchentisch zurück.

„Danke!" Ich ziehe einen Teebeutel heraus und schaue über meine Schulter, wo er am Tisch sitzt, die langen Beine ausgestreckt und an den Knöcheln übereinandergelegt. Ich habe den plötzlichen Drang, mich in seinen Schoß zu rollen, den einzigen Ort, an dem ich je das Gefühl hatte, die Welt könnte mich nicht berühren. Er gehört zu dieser seltenen Sorte Mann, die einen ohne Hintergedanken einfach halten. Wage ich zu sagen, dass er ein Kuschler war? Aber das war der siebzehnjährige Owen. Er ist vielleicht nicht mehr dieser Mensch.

Ich stelle den Teekessel zum Kochen auf und lege mein

Abendessen auf einen Teller. Ich bin mir sicher, das ist Mackenzies Teekasten. Ich treffe mich am Samstag mit ihr und Harper in der City. Ich kann es nicht abwarten. Es ist schon zu lange her. Sie haben mich vor drei Jahren in L.A. besucht, und das war das letzte Mal, dass ich sie gesehen habe.

Kurz danach geselle ich mich mit meinem späten Abendessen zu ihm an den Tisch.

„Erzähl mir von deinem Stalker", sagt er.

Ich erzähle beim Essen. Er hört aufmerksam zu und stellt viele Fragen zu den verschiedenen Begegnungen, die ich mit Matt hatte.

„Im Grunde hofft er, dass er dich wie im Film als Prostituierte benutzen kann", schließt Owen.

„Das ist richtig. Er verweist oft auf die Tatsache, dass er sich mich leisten kann."

„Ich nehme an, du hast eine einstweilige Verfügung."

„Ja. Er hat es trotzdem geschafft, in mein Haus in L.A. einzudringen, und hat mich irgendwie in einem Retreat in Belize gefunden."

Er stößt einen Atem aus. „Er muss Geld haben, um sich das Reisen leisten zu können. Hast du ihn in New York gesehen?"

Ich trinke einen Schluck Tee. „Noch nicht, aber ich habe das Gefühl, dass er in der City auftauchen wird. Viel einfacher, in der Menge unterzutauchen."

„Wie ist deine Situation im Hotel?"

„Ich habe die Penthouse-Suite. Zwei Schlafzimmer mit Terrasse. Claire sagte, Frankie könne den Raum unter meinem am privaten Aufzug nehmen, um jeden zu überwachen, der sich vielleicht nähert."

Er atmet kräftig aus. „Mom hatte über die Jahre eine Menge Stalker. Sie hat uns nicht alle Details erzählt, aber ich habe es online nachgesehen. Einmal hat sie einen nackten Typen in ihrem Bett gefunden."

„Hat sie mir erzählt."

Er schüttelt den Kopf. „Es ist krank, dass manche Leute

denken, ein Recht auf einen zu haben, nur weil man auf einem Bildschirm zu sehen ist."

„Geht mit dem Showgeschäft leider einher. Ich will mich nur wieder sicher fühlen." Ich zögere, bin versucht, ihn zu bitten, für die sechs Wochen, in denen ich hier bin, bei mir einzuziehen, obwohl ich weiß, dass das nie passieren wird. „Bist du immer noch ein Paparazzi-Liebling?"

„Sie haben irgendwie das Interesse an mir und meinen Geschwistern verloren, seit wir erwachsen sind. Außerdem gibt es jetzt größere, jüngere Sterne als Mom, denen sie nachjagen können."

„Nicht größer, nur jünger. Sie hat immer noch eine lange Karriere vor sich, eine dieser seltenen Schauspielerinnen, die ihr ganzes Leben lang Rollen bekommen. Sie ist der Inbegriff des anmutigen Alterns. Ich will genau dasselbe tun."

„Du bist fünfundzwanzig. Willst du mir sagen, dass du ernsthaft daran denkst, anmutig zu altern?"

„Hallo? Das gehört zum Geschäft. Frauen altern schnell aus ihren Rollen. Sie wollen immer das nächste hübsche junge Ding."

„Das ist – ach, egal. Zurück zu deinen Sicherheitsanforderungen."

„Nein, warte. Was wolltest du sagen?"

Er trommelt mit den Fingern auf den Tisch. „Bleiben wir bei der Sache. Morgen schicke ich Nathan, um deine Suite zu untersuchen, und dann werden wir herausfinden, wie wir sie am besten sichern können."

„Findest du es schrecklich, dass Frauen so schnell zu alt sind? Dass ich vielleicht schon meine Blütezeit überschritten habe?"

Er beugt sich vor. „Wie kannst du das überhaupt denken? Ich wollte sagen, dass das nichts ist, worüber du dir Sorgen machen müsstest."

Ich verberge ein Lächeln hinter meiner Tasse Tee. Hoffnung tanzt in meinem Herzen. „Owen, ich weiß es wirklich zu schätzen, dass du das übernimmst. Ich weiß ja, dass du viel zu tun hast."

„Natürlich. Also, wie ich schon sagte, Nathan wird morgen mit dir die Suite untersuchen. Um wie viel Uhr ist es gut für dich?"

„Ich will *dich*."

Er sieht direkt über meine Schulter. „Nathan kennt sich aus."

„Nathan hat mich und Harper in den Pool geschubst."

Er richtet sich auf und sieht mir in die Augen. „Das ist Jahre her. Er hat nur Quatsch gemacht. Weißt du nicht, dass, wenn ein Typ dich in den Pool wirft, das bedeutet, dass er dich mag?"

„Er hat uns beide reingeworfen. Außerdem wusste er, dass ich mit dir zusammen war." *Upps!* Ich hatte nicht vor, so bald unsere Vergangenheit zu erwähnen. „Er und Harper haben sich wie Katz und Maus gestritten. Er war einfach ein Idiot."

Er reibt eine Hand über seinen Bart. „Sobald wir die Sicherheit in deiner Unterkunft erhöht haben, müssen wir einen Bodyguard finden, der bei dir bleibt. Wenn wir jemanden haben, bei dem du dich wohl fühlst, könnte er eines der Schlafzimmer nehmen. Das ist besser als in der Etage drunter. Nach dem, was du beschreibst, klingt es so, als würde Matt mutiger in seinen Versuchen, an dich ranzukommen."

„Wen auch immer ich anheuere, ich muss ihm mein Leben anvertrauen können."

„Natürlich."

„Und er muss den Vibe Check bestehen. Bei dem letzten Typen hat sich irgendwas merkwürdig angefühlt. Ich schätze, ich hatte Glück, dass er einen besseren Auftrag bekommen und gekündigt hat. Ich habe mich einfach nicht wohl gefühlt bei ihm."

„Natürlich. Ein Vibe", sagt er trocken.

„Und natürlich würde ich ihm das Dreifache seines üblichen Tarifs zahlen, denn das wäre es mir absolut wert, wenn ich dafür meine Ruhe hätte. Das wäre für jedes kleine Sicherheitsunternehmen hilfreich."

Unsere Blicke kollidieren, als er plötzlich bemerkt, dass ich von ihm spreche.

„Ich will dein Geld nicht", sagt er.

„Ich würde nur bezahlen, was meine Seelenruhe wert ist."

„Frankie kann bei dir leben. Und ich sage Mom, sie soll Frank bitten, sie zu begleiten."

„Frank ist alt."

„Er ist in seinen Sechzigern, aber er ist immer noch fit. Er hat mir alles beigebracht, was ich über Straßenkämpfe und Waffen weiß."

„Hat er Nathan das Gleiche beigebracht?"

„Nein."

„Verstehst du jetzt, warum du es sein musst?"

„Shay –"

„Bitte, Owen. In dem Moment, als mein Bodyguard gekündigt hat, dachte ich an dich. Deine Mom hat mir von deiner Firma erzählt. Ich wusste, es wäre die perfekte Lösung."

Ich halte den Atem an.

„Ich bin kein Bodyguard", sagt er schließlich. „Ich habe nicht einmal einen Waffenschein."

„Das lässt sich leicht beheben."

„Ich habe bereits einen Job."

„Weißt du, warum du besser bist als ein Bodyguard? Ich kann mich in deiner Nähe entspannen, was Wunder für meinen Gemütszustand bewirken wird. Psychische Gesundheit ist wichtig, weißt du. Genauso wichtig wie die körperliche Gesundheit, nun, vielleicht nicht ganz so wichtig, aber ziemlich nah dran –"

„Ich werde jemand anderen für dich finden." Er steht auf. „Wir sollten gehen. Ich werde dem Team mitteilen, was du mir gesagt hast, und mich morgen bei dir melden."

Mein Bauch dreht sich langsam. Ich hatte gehofft, dass das ein Neuanfang für uns wird, während Owen nichts mit mir zu tun haben will.

3

———

Owen

Am nächsten Morgen gehe ich zu unserem verlegten Büromeeting mit meiner eigenen Agenda und Kaffee, um die Sache zu versüßen. Die Hälfte der Zeit arbeiten wir von zu Hause aus oder sind für einen Job unterwegs, aber heute haben wir es geschafft, uns zu dritt zu treffen.

„Hey, Boss", sagt Nathan, als ich reinkomme.

„Hey, Boss", antworte ich. „Guter Versuch, dir einen Bart stehen zu lassen."

Er reibt sich seinen dunklen stoppeligen Kiefer. „Das braucht Zeit. Bald werde ich deinen Bart haben, und dann werden sich mir endlich mal nicht mehr so viele Frauen an den Hals werfen."

„Ha-ha." Nathan sieht ungewöhnlich gut aus, mit seinen braunen Haaren in einem teuren, ordentlichen Schnitt, mit seinen blauen Augen und der Art Wangenknochen und Kiefer, die man sonst nur in der Werbung sieht. Er hat seit seiner Jugend als Model gearbeitet und auch die Collegezeit über. Er ist niemandes Flügelmann, aber ich behalte ihn in meiner Nähe, weil er loyal ist. Wir waren Nachbarn in der ländlichen Gegend von Connecticut, wo wir aufgewachsen sind, und wo es nur wenige Kinder gab. Ich vertraue ihm mit meinem Leben.

„Die Boss-Queen ist da", sagt Mackenzie, während sie mit ihrer Tasche hereinkommt. Ihr langes gewelltes braunes Haar ist in einem unordentlichen Knoten. Im Gegensatz zu Tante Haileys Vorliebe für Designer-Kleider und viel Rosa bevorzugt Mackenzie T-Shirts, Jeans und Sneakers. Und nie Rosa. Ich würde ja sagen, es ist eine Rebellion gegen ihre Mom, aber sie stehen sich nahe. Solange Tante Hailey nicht nach Mackenzies Liebesleben fragt.

Wir drei sind gleichberechtigte Partner bei Brooks Campbell Security. Nathan ist Nathan Brooks. Sein Name steht nur aus alphabetischen Gründen an erster Stelle. Oh, und er hat am meisten investiert. Und das Campbell steht für mich, Owen Campbell, und meine Cousine Mackenzie Campbell. Nathan und ich arbeiten vor Ort mit Kunden zusammen, während Mackenzie für Marketing und Buchhaltung zuständig ist. Und im Grunde die Firma leitet.

Mackenzie lässt sich am Meeting-Tisch nieder und nimmt geschickt ihren Laptop und ihre Papiere heraus.

Ich stelle den Kaffee hin und gebe meiner Cousine ihren. „Hab deine Mom gestern unten im Café gesehen."

Mackenzie hebt ihre blauen Augen zu meinen. „Bitte sag mir, dass sie dich nicht wegen deines Liebeslebens genervt hat."

„Dann wäre es nicht Tante Hailey, oder? Wie sonst könnte sie so lange in Clover Park im Geschäft bleiben? Sie muss praktisch aus Verpflichtung Paare animieren, den Gang entlangzugehen."

Mackenzie lächelt, als sie ihren Laptop hochfährt. „Nun, sie ist eine Meisterin der Vernetzung. Ich bin immer wieder erstaunt, welche Reichweite sie hat." Ihr Lächeln verschwand. „Sie hat aber nicht nach *meinem* Liebesleben gefragt, oder? Egal. Sag es mir nicht."

Ich grinse. „Ich habe ihr von deinem letzten Walk of Shame erzählt, und sie wäre fast ohnmächtig geworden."

Nathan lacht und nimmt seinen Kaffee. „Ich bin überfällig für meinen Walk of Shame."

„Es ist keine Schande, einvernehmlichen Spaß zu genießen", antwortet Mackenzie unbeschwert, während sie auf ihrer Tastatur tippt. „Kommen wir zum Geschäft. Ich hab heute viel zu tun. Unsere virtuelle Assistentin verdient eine Gehaltserhöhung. Sutton ist seit drei Monaten bei uns und hat die Erwartungen übertroffen."

„Wie schafft es Sutton, von einem kalten Ort wie Minnesota aus die ganze Zeit solch ein Sonnenschein zu sein?", fragt Nathan.

„Es ist ja nicht die ganze Zeit kalt", sage ich.

„Sind wir uns einig?", fragt Mackenzie. „Ich würde ihr gern zehn Dollar pro Stunde mehr zahlen und mir das in sechs Monaten noch einmal ansehen. Wir wollen doch nicht die erste gute Assistentin verlieren, die wir eingestellt haben."

„Finde ich auch", sagen Nathan und ich gleichzeitig.

„Gut, machen wir weiter", sagt Mackenzie und dreht ihren Laptop-Bildschirm in unsere Richtung. „Prognostizierter Umsatz für das nächste Quartal und das Jahresende." Sie hat einen Abschluss in Buchhaltung und kann im Grunde alles machen.

Ich ziehe den Laptop näher. „Das Jahresende sieht schwach aus."

Nathan nippt an seinem Kaffee. „Wir sollten Jahr für Jahr steigen und nicht an Boden verlieren."

„Wir haben ein gutes Standbein bei Technologieunternehmen und Pharmakonzernen", sagt Mackenzie. „Es wird Zeit, einen weiteren Industriezweig hinzuzugewinnen. Der Regierungsvertrag sieht vielversprechend aus. Hohe Sicherheitsfreigabe, was für uns hohes Ansehen bedeutet. Das Einzige ist, dass sie die Wahl eines Auftragnehmers bis nach dem Feiertag am 4. Juli verschoben haben. Und sie wollen jemanden in D.C. für mindestens acht Wochen danach."

„Ich kann nicht", sagt Nathan. „Ich hab der Familie versprochen, mich mit ihnen am vierten und die zwei Wochen danach in Martha's Vineyard zu treffen. Das steht im Kalender."

Ich zerknülle eine Serviette und werfe sie nach ihm. „Ich

kann das machen. Wie nah sind wir dran, es zu bekommen? Fünfzig Prozent Chance? Fünfundsiebzig?"

Mackenzie schürzt die Lippen und sieht aus wie ihre Mom. Lustig, wie man eine nachdenkliche Mimik erben kann. „Fünfundsiebzig. Bei diesem hier habe ich ein gutes Gefühl. Ich habe ihnen ein Exposé zu unserem letzten Auftrag bei Iotechs Krebsimpfstoff-Security geschickt. Schließlich war das eine gute Sache mit den technischen Alarmsystemen und der Cybersicherheit."

Nathan und ich können alles Technische machen, das für unsere Klienten nötig ist, obwohl keiner von uns einen Abschluss in Informatik hat. Er hat einen Abschluss in Betriebswirtschaft, und ich in Maschinenbau. Nach sechs Monaten bei einer Ingenieursfirma habe ich mich selbständig gemacht und mich mit diesen beiden hier zusammengetan. Dad ist ein Genie mit Computern und hat mir alles beigebracht, was ich weiß. Er hat Dat Cloud gegründet, um Daten zu komprimieren, in einer Zeit, als die Systeme damit überlastet waren. Dann hat er es für einen riesigen Gewinn verkauft. Nathan war so oft bei uns, dass er das Computerzeug auch mitbekommen hat. Wir haben eine Menge Online-Spiele gespielt und uns in Sachen gehackt, die uns nichts angingen, nur um zu sehen, ob wir es könnten. Hey, die besten Hacker sind die besten Cybersicherheitsexperten.

„Gibt es noch was, das ihr beiden gern hinzufügen würdet?", fragt Mackenzie.

„Shayla Adler will uns als Unterstützung in einer Stalkersituation engagieren", sage ich mit meiner professionellen Stimme, als hätte sie keine Wirkung auf mich. Hat sie auch nicht.

„Hat sie mir erzählt", sagt Mackenzie.

Ich starre sie an. „Wann?" *Und warum ist Shayla zu mir gekommen, wenn sie genauso leicht zu Mackenzie hätte gehen können?*

Hofft Shayla, was mit mir anfangen zu können?

Meine Schultern verkrampfen sich. Auf keinen Fall werde ich diesen Weg wieder mit ihr gehen.

„Gestern Abend", sagt Mackenzie. „Ich denke, du solltest es tun."

Ich schüttle den Kopf. „Nathan sollte die Sicherheit einrichten, und dann möchte ich, dass du ihr einen Leibwächter suchst. Ich bin draußen."

„Owen, unsere Jahresendzahlen sehen düster aus", sagt Mackenzie. „Shayla wird viel Geld bezahlen, und sie will ausdrücklich dich. Das könnte ein ‚in' bei einer neuen Branche sein. Denk nur an all die Hightech-Ausrüstung, die die Filmindustrie sicher aufbewahren muss, ganz zu schweigen vom geistigen Eigentum und ihren Stars."

„Ich habe bereits eine Insiderverbindung über Mom", sage ich, obwohl ich sie nie nutzen würde. Dad hat uns ins Hirn gehämmert, dass wir unseren eigenen Weg in der Welt machen müssen. Keine Sonderbehandlung. Er hat mir Computerzeug beigebracht, aber er hat auch erwartet, dass ich mich allein um meine Karriere kümmere. Außerdem *will* ich meinen eigenen Weg in der Welt machen.

Ich verschränke die Arme. „Mein Zeitplan ist voll."

Mackenzie lächelt. „Ich habe bereits ein paar Dinge in deinem Zeitplan umgestellt. Nathan und ich werden die Lücken schließen, damit du dich zwei Wochen lang dem Shayla-Job widmen kannst."

Ich beiße die Zähne aufeinander. Entweder muss ich mich mit Shayla auseinandersetzen oder meine Partner im Stich lassen, wissend, dass wir das Geschäft wirklich gebrauchen können.

Nathan zuckt mit dem Kinn in meine Richtung. „Du kannst damit umgehen, zwei Wochen lang in der Nähe der schönsten Frau der Welt zu sein, oder?"

Ich zeige ihm den Finger. Er weiß, was zwischen mir und Shayla gelaufen ist.

„Mach es für Brooks Campbell Security", sagt Nathan. „Kurz gesagt: Wir können es uns nicht leisten, lukrative Aufträge abzulehnen."

„Mach es für eine Frau, die Angst hat, zur Arbeit zu

gehen, die Angst hat, irgendwohin zu gehen", sagt Mackenzie.

Meine Achillesferse. Eine Frau, die Schutz braucht. Und nicht irgendeine Frau. Die, die sich in mein Herz geschlichen und es dann in die Luft gejagt hat.

Ich reibe mir eine Hand über das Gesicht. „Na schön. Zwei Wochen, aber ich lebe nicht bei ihr. Ich übernachte im Zimmer drunter."

Mackenzies Brauen schießen in die Höhe. „Wer hat denn was von Zusammenwohnen gesagt?"

„Ich habe ihr gesagt, es sei das Beste, wenn ihr Leibwächter zu ihrer Sicherheit das extra Schlafzimmer nehmen würde." Ich fühle mich wie ein Arsch, weil ich etwas empfohlen habe, das ich nicht tun will. Aber wie zum Teufel kann ich der Versuchung widerstehen, zwei Wochen in derselben Hotelsuite zu wohnen?

„Dann liegt das wohl auf deinem Gewissen", sagt Mackenzie. „Ich weiß, dass es nicht leicht für dich ist, aber sieh es so: Nach all den Jahren kannst du endlich einen Abschluss finden."

Ich koche. „Ich habe einen Abschluss gefunden. Tatsächlich ist es überhaupt kein Problem, das zusätzliche Schlafzimmer zu nehmen."

„Große Worte, Mann", sagt Nathan. „Sicher, dass du damit umgehen kannst?"

„Ich bin ein Profi", knurre ich.

Mackenzie nickt einmal. „Gut. Sonst was für heute auf der Agenda?"

Wenn ich einen Job mache, mache ich ihn richtig. Natürlich bin ich über sie hinweg. Ich hatte schon Freundinnen. Reichlich. Und ich habe Shayla mit vielen Schauspielern, Models und Rockstars auf Fotos gesehen, die überall angekleistert sind. Ich suche nicht nach ihnen, glaubt mir.

Nathan lehnt sich in seinem Stuhl zurück. „Wir sollten eine Bürofeier veranstalten, um drei Jahre Zusammenarbeit zu feiern."

„Im Januar waren es drei Jahre", sagt Mackenzie.

„Ja, aber ich habe gerade darüber nachgedacht", sagt Nathan. „Außerdem ist das Wetter im Mai besser. Wir könnten es bei mir machen."

„Hat das irgendwas damit zu tun, dass Harper wieder in der Stadt ist?", frage ich. Meine jüngere Schwester hat eine Hassliebe zu Nathan. Das heißt, sie liebt es, ihn zu hassen, und er ist verwirrt deswegen. Ich verstehe es auch nicht. Als Kinder haben sie sich nahegestanden.

„Nein", sagt Nathan defensiv. „Kann ein Mann nicht den Erfolg seines Unternehmens feiern? Was hat sie überhaupt gegen mich?" Er nimmt einen gelassenen Schluck von seinem Kaffee, aber seine Augen kleben an meinen.

„Ich weiß es nicht. Frag sie", sage ich, wie ich es immer tue.

Er runzelt die Stirn. „Sie sagt ständig, es sei nichts, aber sie ist immer noch kratzbürstig mir gegenüber."

Mackenzie tippt auf ihrem Laptop drauflos und arbeitet wieder. „Wir sind vorerst im Schwarzen, aber wir befinden uns noch in der Wachstumsphase. Ich würde noch nicht sagen, dass wir ein Erfolg sind, Nathan."

„In den schwarzen Zahlen zu sein ist ein Erfolg", sage ich.

Unsere Handys machen uns auf neue E-Mails aufmerksam.

Mackenzie tippt weiter, während sie spricht. „Ich habe euch beiden gerade eine Zusammenfassung des D.C.-Jobs per E-Mail geschickt. Lasst mich wissen, wenn wir noch irgendwas optimieren müssen. Wenn ihr eine Büroparty veranstalten wollt, könnte ich Dad bitten, das Hinterzimmer im Happy Endings für uns zu reservieren. Das ist zentraler gelegen als Nathans Wohnung oben auf dem Berg in Eastman. Außerdem müssen wir dann nicht aufräumen."

Nathan denkt darüber nach. „Aber wir treffen uns immer im Happy Endings."

„Weil es fantastisch ist", sagt sie und klickt auf ihren Laptop. „Da. Hab Sutton gerade eine Gehaltserhöhung gegeben. Ich habe so das Gefühl, dass sie ein wichtiges Mitglied unseres Teams sein wird. Wisst ihr, beim nächsten Meeting sollten wir sie dazuschalten. Wir sind es so sehr gewohnt, alles selbst zu tun, dass wir vergessen, dass wir diese großartige Ressource haben." Sie sieht vom Laptop auf und nippt zum ersten Mal an ihrem Kaffee. „Schade, dass sie so weit weg wohnt. Es würde Spaß machen, mit ihr abzuhängen."

„Mackenzie macht Freunde", trällert Nathan.

„Ich mag sie", sagt sie. „Also wollen wir das Happy Endings über das lange Memorial Day Wochenende buchen, Samstagabend? Dad und Cooper haben über ein spezielles Sommermenü gesprochen. Ich lade unsere Freunde und Klienten plus Begleitung ein. Wir könnten gute Kontakte für zukünftige Geschäfte knüpfen. Man weiß nie, wo man den nächsten großen Klienten trifft."

„Ja, lass uns das machen", sagt Nathan. „Lass mich die u.A.w.g.-Liste sehen, wenn du sie hast."

„Shayla", sagt Mackenzie zu mir und scheucht mich aus der Tür.

Ich halte zwei Finger hoch. *Zwei Wochen. Mehr nicht.*

Ich stehe auf und nehme meinen Kaffee.

Sie dreht sich zu Nathan um. „Warum musst du die u.A.w.g.-Liste sehen? Hoffst du auf jemand Bestimmten?"

„Nein."

Mackenzie hat Mitleid mit ihm. „Du wirst sie bei der Doppelabschluss-/Jubiläumsfeier dieses Wochenende sehen."

„Wen werde ich da sehen?", fragt Nathan unschuldig.

Mackenzie verdreht die Augen. „Ich habe dich gewarnt."

„Meinst du, du kannst dieses Mal mit Harper klarkommen?", necke ich ihn.

„Geh und triff dich mit deiner lange verlorenen Liebe", sagt er ausdruckslos.

„Das ist ein Job", bringe ich zwischen zusammengebissenen Zähnen heraus. „Ich mache das für das Unternehmen."

„Klar", sagt Nathan.

„Danke!", singt Mackenzie.

Während ich in die City fahre, wirbelt mein Verstand mit Gedanken an Shayla. Sie ist wieder einmal in mein Leben gestürzt, und wie beim ersten Mal weiß ich nicht, ob ich komme oder gehe. Irgendwie habe ich zugestimmt, bei ihr zu leben, weil ich das natürlich tun werde. Mein Gewissen könnte es nicht aushalten, wenn ihr was passieren würde. Bin ich verrückt?

Ich gebe Mackenzie die Schuld dafür, dass wir den Auftrag angenommen haben, weil sie gesagt hat, wir brauchen diesen Job, und dass Shayla ausdrücklich mich wollte.

Sie wollte mich. Nur mich.

Kurz bevor ich gegangen bin, hab ich Shayla geschrieben, dass ich den Job für zwei Wochen annehmen werde. Ich habe eine enthusiastische Antwort erwartet. Was ich bekam, war: *ok.*

Wirklich? Nur okay? Schätze, das ist keine große Sache für sie, was in Ordnung ist. Keine lästigen Verstrickungen.

Ist Shayla sicher bei der Arbeit? Ist Frankie mit ihr gegangen? Ist er letzte Nacht bei ihr geblieben?

Ich halte an einer roten Ampel an und überlege, Frankie zu schreiben. Nein, ist schon in Ordnung. Natürlich würde Shayla für ihre Sicherheit in der City sorgen.

Das schlechte Gewissen sticht auf mich ein. Ich hätte gestern Abend mit ihr gehen sollen.

Shayla sah so-o-o verdammt gut aus. Es war, als wäre keine Zeit vergangen, als sie mir in die Augen sah. Sie ist keine von den Schauspielerinnen, die plastische Chirurgie brauchen, um ihr Aussehen zu verbessern. Sie hat das gleiche Gesicht, die gleichen üppigen Lippen und strahlend blaue Augen, frisch wie der Sonnenschein. Innerlich ächze ich. *Hör auf, an Shayla zu denken. Das kann nichts Gutes bringen.*

Ich muss aus diesem Deal raus. Zwei Wochen sind viel zu lang. Warum sollte ich Geld von dem Geschäft wollen, durch das sie mir gestohlen wurde? Die Erinnerungen kehren zurück.

4

Vor neun Jahren …

Shayla steht in ihrem sexy gelben Bikini am Ende des Sprungbretts und haucht mir einen Kuss zu. Mein Herz schlägt heftiger. Ich wage es nicht, den Kuss zu fangen, da meine anderthalb Jahre jüngere Schwester, Harper, alles mitbekommt, aber ich kann mein Grinsen nicht unterdrücken.

Shayla taucht glatt und mit kaum einem Spritzer ins tiefe Ende. Sie ist das schönste Mädchen, das ich je gesehen habe. Und auch noch klug. Sie liest russische Literatur zum Spaß. Ich kann mein Glück nicht fassen, dass Mom sie eingeladen hat, den Sommer mit uns in Connecticut zu verbringen. Obwohl sie erst sechzehn Jahre alt ist, hat sie ihr eigenes Haus in L.A., weil sie von Rechts wegen als Minderjährige für mündig erklärt wurde. Das heißt, sie hat sich selbst für unabhängig von ihrer Mom erklärt. Ihr Dad ist vor langer Zeit gestorben. Shayla ist Schauspielerin wie Mom. Die einzige Regel für sie, wenn sie bei uns wohnen will, lautet: kein Alkohol und keine Drogen, was in Ordnung ist. Wir brauchen diesen Scheiß nicht, um Spaß zu haben.

Sie taucht neben mir aus dem Wasser und strahlt. „Hey, *du*."

„Hey, *du*", sage ich herzlich. Mein ganzer Körper fühlt sich warm an, wenn sie in der Nähe ist.

„Arschbombe!", schreit Harper, bevor sie uns klitschnass macht.

„Harper!", schreit Shayla.

Sobald Harper auftaucht, spritze ich Wasser in ihre Richtung. Sie spuckt und spritzt zurück. Harper stellt sich immer zwischen mich und Shayla. Okay, ja, sie waren zuerst befreundet. Sie sind beide sechzehn. Ich bin siebzehn. Aber Harper weiß, dass Shayla und ich jetzt was haben. Jeder weiß es. Für meine Eltern ist das cool. Obwohl Mom mich gewarnt hat, dass Shayla wahrscheinlich gehen wird, wenn sie ein weiteres Engagement bekommt, und Dad hat mich gewarnt, keinen Sex mit ihr zu haben, weil Shayla daran arbeitet, mehr ihr authentisches Ich zu sein, und Sex würde die Dinge verkomplizieren.

Ich glaube nicht, dass Sex die Dinge verkomplizieren würde. Ist ja nicht so, als hätten wir noch nichts anderes getan. Dad kann manchmal wirklich komisch mit Mädchen sein. So wie er darauf besteht, dass ich und mein Bruder Rafael uns Frauen und Mädchen gegenüber wie „Gentlemen" benehmen, was bedeutet, ihnen die Tür aufzuhalten, sie vorgehen zu lassen und ihnen in den Mantel zu helfen. All das dumme Zeug, das Harper uns so gern machen lässt. Wir müssen an ihr üben.

Harper und Shayla hängen am Rand des Pools rum und reden eine Meile pro Minute. Ich schwimme hinüber, um mich ihnen anzuschließen, als Harper sagt: „Das ist so cool!"

„Was ist so cool?", frage ich.

Harper steigt aus dem Pool und wringt ihr langes braunes Haar aus. „Shayla springt für Kat Lopez in der Hauptrolle von *Angel Heart* ein." *Angel Heart* ist ein Webcomic, das in eine Reihe von Graphic Novels verwandelt wurde. Es ist riesig. Eine dunkle Fantasie mit Engeln und Dämonen.

Shayla lächelt mich unsicher an. „Es ist ein Film mit Kinostart. Ziemlich groß."

Ich ziehe mich aus dem Pool, setze mich an den Rand und

klopfe auf den Platz neben mir. Sie gibt mir ihre Hand, damit ich ihr aus dem Wasser helfe, und dann zieht sie mich rein. Ich mache einen großen Spritzer, um sie nass zu machen.

Sie lacht und schlingt ihre Arme um meinen Hals. „Kommen wir zu dem Teil mit dem Küssen."

Lust feuert durch mich hindurch. Ich ziehe sie dahin, wo ich mit dem Kopf über Wasser stehen kann, und küsse sie. Sie schlingt ihre Beine um mich, und es fühlt sich so gut an, dass ich nie mehr aufhören will, sie zu küssen.

Sie unterbricht den Kuss lange später. „Freust du dich für mich?"

„Natürlich tue ich das. *Angel Heart* ist fantastisch. Was ist mit Kat Lopez passiert?"

„Sie hat eine Art Nierenerkrankung, die sich verschlimmert hat. Die Sache ist, ich muss morgen nach L.A. zurückfliegen."

Nicht mal ihr sexy Körper, der so dicht an mich gepresst ist, kann die Kälte aufhalten, die durch mich geht. „Wie lange wirst du weg sein?"

„Drei Monate."

„Okay, aber dann kannst du zurückkommen. Du könntest Thanksgiving mit uns feiern und Weihnachten und Neujahr. Vielleicht könntest du auf meine Schule gehen."

Sie streichelt meine Wange. „Wir werden sehen, okay? Das könnte für mich der Start in erwachsenere Rollen sein. Manchmal muss man auf dieser Dynamik aufbauen. Das sagt jedenfalls mein Agent."

„Ist Mom damit einverstanden?" Ich hasse es, so verzweifelt zu klingen, aber Mom war diejenige, die Shayla aufgenommen hat, um sie in Hollywood vor Ärger zu bewahren. Sie ist erst seit zweieinhalb Monaten bei uns. Vielleicht sagt Mom, dass Shayla noch nicht bereit ist zu gehen.

Shayla löst sich von mir und steigt aus dem Pool. Ich schließe mich ihr an, hole zwei Handtücher vom Terrassentisch in der Nähe und gebe ihr eins. Wir trocknen uns ab. Ich bin still, meine Kehle ist eng, meine Brust schmerzt. Sie reißt mir das Herz raus. Ist es ihr ganz egal, dass sie mich verlassen wird?

Sie wickelt sich das Handtuch um den Körper. „Deine Mom freut sich für mich. Sie will heute Nachmittag mit mir einkaufen gehen, bevor ich abreise. Harper kommt auch mit."

Ich lege das Handtuch um meinen Hals. „Ich hasse Einkaufen."

„Ich weiß. Wir treffen uns heute Abend im Loft, okay?" Sie nimmt meinen Kopf und küsst mich leidenschaftlich. Ich kann nicht anders, ich erwidere den Kuss gierig. Jedes Mal, wenn ich mit ihr zusammen bin, will ich ihr immer näher kommen.

Sie flüstert mir ins Ohr: „Bring ein Kondom mit."

Ich halte inne. „Bist du dir sicher?" Sie hat mir erzählt, dass sie letztes Jahr eine schlechte erste Erfahrung mit einem Co-Star gemacht hat, als sie fünfzehn war. Er war dreiundzwanzig. Ich will diesen Typen töten.

Sie küsst mich erneut und wirft mir ein sexy Lächeln zu. „Ja. Absolut."

Ich kann kaum atmen. Dass sie mir so vertrauen würde. Ja! Wir werden Sex haben! Und es wird die Dinge nicht verkomplizieren, weil das hier richtig ist. Glücklicherweise weiß ich, was ich tue, weil ich Moms Liebesromane gelesen habe und im letzten Sommer einiges bei einer begeisterten Campberaterkollegin ausprobiert habe.

„Ich seh dich dann heute Abend", sagt sie.

Ich nicke. Und dann drehe ich mich um und beobachte, wie sie geht, ins Haus eilt. Das wird episch werden.

Ich stütze mich auf einen Ellenbogen und sehe hinab in Shaylas gerötetes Gesicht. „Geht's dir gut?" Wir sind unter einer Decke auf einem Sofa im Loft über der Garage nach dem besten Sex aller Zeiten. Ich kann in dem dunklen Schein des Sicherheitslichts draußen an der Garage gerade so ihre funkelnden blauen Augen erkennen.

Sie strahlt. „Mir geht's großartig! Ich liebe dich."

Mein Herz pocht wie wild. „Ich liebe dich auch."

Sie nimmt meinen Kopf und küsst mich in meinem ganzen Gesicht. Ich lache, bin glücklicher als jemals in meinem Leben.

Ich lege mich neben ihr auf die Seite, und sie legt sich auf ihre Seite und sieht mich an. Ich lege einen Arm und ein Bein um sie, Liebe und Zuneigung platzen durch mich.

Ich streichle ihr die weichen blonden Haare aus dem Gesicht. „Sobald du achtzehn bist, sollten wir heiraten."

„Owen —"

„Wir lieben einander. Das heißt, wir sollten zusammen sein. Ich möchte für immer mit dir zusammen sein."

„Aber das ist erst in zwei Jahren."

„Wir bleiben in Kontakt. Du kannst hierher zurückfliegen und bei uns wohnen, wenn du nicht arbeitest, und ich komme auch da hin. Ich bin schon einmal allein geflogen, um meine Großeltern in North Carolina zu besuchen."

Sie küsst mich. „Du bist so süß. Du willst mich wirklich heiraten?"

„Ja, ich will." Ich lache. „Siehst du? Ich klinge schon wie ein Bräutigam."

„Wir bleiben in Kontakt."

„Es muss sich nichts ändern. Das hier ist nur eine vorübergehende Trennung."

Sie rollt von mir weg und zieht meinen Arm um ihre Mitte. „Halt mich einfach so. Ich möchte die ganze Nacht mit dir verbringen."

Ich lege mich in Löffelchenstellung hinter sie und liebe es, wie wir zusammenpassen. „Wir müssen uns früh am Morgen rausschleichen."

Sie greift auf den Boden und stellt den Wecker an ihrem Handy, bevor sie sich wieder in meine Arme kuschelt. Sie seufzt. „Daran könnte ich mich gewöhnen."

Ich schmiege mich an ihren Hals und atme ihren süßen Duft ein. „Ich liebe dich."

Sie dreht sich um, um mich anzusehen. „Ich werde dich immer lieben, Owen."

Euphorie rauscht durch mich. Es gibt kein anderes Wort dafür. Ich bin plötzlich ganz aufgedreht, wenn ich so an die Zukunft denke. Unsere Zukunft. Ich weiß, dass wir jung sind, aber ich bin sicher, dass wir es schaffen können.

Aber im harten Licht des Tages, als Shaylas Taschen gepackt sind und Mom bereit ist, sie zum Flughafen zu fahren, schaut Shayla mich kaum an, als sie sich verabschiedet. Allmählich bekomme ich ein wirklich schlechtes Gefühl bei der Sache.

5

———

Heute …

Nachdem ich mit dem Hotelmanager des SoHo Luxe Hotels gesprochen habe, habe ich ein Überwachungs- und Alarmsystem eingerichtet, das die Telefone von Shayla und ihrem Leibwächter mit der Security des Hotels verbindet. Im Moment bin ich ihr Leibwächter. Shayla ist bei der Arbeit und filmt nur ein paar Blocks entfernt mit Frankie als Wache, während ich hier arbeite. Ich habe mich mit ihm in Verbindung gesetzt, um sicherzugehen, dass alles in Ordnung ist.

Es ist ein interessantes Hotel, Luxus mit einem Vintage-Flair. Die Zimmer sind im Stil der 1970er Jahre gestaltet und die öffentlichen Bereiche unten im Stil der 1950er Jahre. Sie haben große Anstrengungen unternommen, um es für Kreative interessant zu machen. Shayla ist nicht die erste Berühmtheit, die hier absteigt. Ich hätte mir einen weniger bekannten Promi-Treffpunkt gewünscht. An einem diskreten Ort, beispielsweise einem aufstrebenden Boutique-Hotel, das Prominente noch nicht entdeckt haben.

Die Penthouse-Suite ist dekoriert wie ein Künstler-Loft aus den Siebzigern, mit verwitterten Eichenböden und ein wenig Industrie-Chic wie einer Betonsäule im großen Wohnzimmer. Ich mag die Möbel. Ein langes Sofa mit zu vielen

Kissen, mehrere Sessel und ein weiteres kleineres Sofa. Definitiv ein Ort, an dem man sich mit Freunden entspannen kann. Es gibt ein Hauptschlafzimmer mit Bad, ein Gästezimmer mit Bad, eine Bar mit kleiner Spüle und eine Terrasse direkt neben dem Wohnzimmer mit einem tollen Blick auf das Empire State Building.

Ein Aufzug mit privatem Zugang ist bereits mit Kameras und Schlüsselkartenaktivierung ausgestattet. Die Eingangstür ist aus Stahl mit einer Kombination aus Hebelschloss und Schlüsselkarte. Später wird noch das stärkste verfügbare Riegelschloss an der Tür installiert. Es ist nicht zu knacken und somit einbruchsicher. Dieses Hotel ist entgegenkommend, was die Bedürfnisse von Prominenten angeht. So bleiben sie im Geschäft.

Bis zum Ende des Tages habe ich alles verkabelt und bereit. Ich werfe einen Blick ins Gästezimmer, wo ich meinen Koffer gelassen habe, und gehe zurück ins Wohnzimmer, verführt von der Bar. Aber nicht, wenn ich im Dienst bin. Jetzt, wo ich die arbeitsintensive Einrichtung abgeschlossen habe, beginnt der harte Teil, und ich rede nicht davon, mit jemandem zu kämpfen, der es wagt, Shayla zu verletzen, ich rede davon, mit der Frau zu leben, die ich nie habe vergessen können.

Ich verlasse die Suite, verschließe sie sicher hinter mir und gehe zu dem Ort, an dem sie heute filmen. Es ist ein sonniger Maitag in New York, und ich entspanne mich sofort, als ich draußen bin. Wenn es nur sicher wäre, mit Shayla hinauszugehen, könnte ich unsere Mitbewohnersituation auf das Schlafen beschränken. Ich habe mir sogar die Möglichkeit angesehen, ein Stockwerk unter ihrem zu übernachten, aber das Zimmer war von einem Würdenträger belegt.

Kurze Zeit später nenne ich dem Wachmann am Set meinen Namen. Eine Produktionsassistentin mit einem Headset bringt mich direkt zu Shaylas Drehort vor einem irischen Pub. Sie trägt ein schwarzes Neckholder-Top, das ihre muskulöse Taille zeigt. Wow, sie hat für diesen Teil wirklich Muskelmasse aufgebaut. Ihr Co-Star, Pete Hanson, ein

Typ in seinen Zwanzigern, in T-Shirt und Jeans, ist voller Lächeln und Charme. Erinnert mich ein bisschen an meinen Freund Nathan mit seinen dunklen Haaren, den blauen Augen und dem Granitkiefer.

Ich habe Shayla nicht mehr spielen sehen, seit sie sechzehn war. Als sie in jenem Sommer bei uns eingezogen ist, war ich sofort mächtig verknallt und habe mir ihre ganze Arbeit angesehen. Und das, bevor sie Interesse an mir gezeigt hat. Ich hatte Abstand gehalten, weil Harper die ganze Zeit bei ihr war, und wie konnte ich vor meiner mürrischen Schwester einen ersten Schritt machen? Jedenfalls habe ich seither absichtlich keine Filme von Shayla mehr gesehen.

Ich sehe zu, wie sie filmen. Sie hat sich als Schauspielerin sehr verbessert, und dabei war sie vorher schon gut. Ihre Schauspielerei ist jetzt subtiler, als hätte sie gelernt, selbstbewusster zu sein und die Rolle voll auszufüllen. Ich weiß sowas von Mom, die uns immer zum Set mitgenommen hat, wenn sie schauspielern musste, und später, als sie Produzentin war und Regie führte. Sie hat sich gern mit mir und meinen Geschwistern über sowas unterhalten. Ich bin der Einzige, der wirklich zugehört hat. Nicht, dass es mich in die Branche gelockt hätte. Harper war immer die Dramatische. Sie hat darauf bestanden, sich ihren eigenen Weg als Grafikdesignerin zu bahnen. Sie macht eine Menge Werbung für Unternehmen. Rafael ist erst zweiundzwanzig Jahre alt, aber bereits ein erfahrener Fotograf.

Der Regisseur verlangt eine weitere Aufnahme, und die Crew macht sich bereit für den neuen Dreh. Pete kommt, um mit Shayla zu reden, und bringt sie zum Lachen. Ich schaue weg, verärgert ohne guten Grund, und entdecke Frankie in der Nähe.

Ich gehe zu ihm. „Wie läufts? Irgendwelche Matt-Sichtungen?" Ich habe eine vollständige Hintergrundüberprüfung ihres Stalkers durchgeführt. Das ist seine erste Stalker-Situation. Offenbar hat er Shaylas Werk entdeckt und ist seitdem besessen. Ich würde sagen, dass er nach seiner Scheidung einsam war, aber die meisten Leute suchen nach jemandem, der neu ist, und laufen nicht einer Schauspielerin hinterher, die schon seit acht Jahren dieselbe Rolle spielt. Er ist dreißig, hat keine Kinder und arbeitet freiberuflich für eine Computerfirma. Das bedeutet, dass wir auf Hacks achten müssen. Was sein Aussehen angeht, wirkt er wie ein sanftmütiger Typ – sauber rasiert, kurze braune, zur Seite gescheitelte Haare, rechteckige, schwarz gerahmte Brille.

„Heute Morgen hat ein Dutzend Rosen an der Rezeption auf sie gewartet", sagt Frankie grimmig. „Auf der Karte stand: Katie, ich kann dir helfen. Ruf mich an." Dieses Mal hat er seine Nummer hinterlassen, eine Nummer in Seattle." Katie ist der Name der Ausreißerin, die Shayla gespielt hat, als sie siebzehn war, die, von der Matt besessen ist.

„Wir sollten sie wegbringen."

„Er wird sie einfach wieder aufspüren."

Ich sehe mich nach jemand Verdächtigem um. „Hast du ihn hier gesehen?"

„Nein. Er ist gut darin, außer Sichtweite zu bleiben. Es ist möglich, dass er sein Aussehen verändert hat. Er hat sonst zuverlässig einen schwarzen Hoodie getragen. Aber er ist schlauer geworden und kleidet sich jetzt wie jemand, der ins Büro geht."

„Ruhe am Set!", ruft der Regisseur und gestikuliert den Beleuchtungstypen zu.

Sobald die Crew still ist, sind sie einer nach dem anderen bereit. Hintergrundakteure an Ort und Stelle und –

„Action!", sagt der Regisseur.

Ich sehe, wie Shayla die Szene wieder rockt. Ich denke, wenn sie nicht mit sechzehn ihren großen Durchbruch in *Angel Heart* gehabt hätte, hätte sie vielleicht gar keine Karriere mehr. Sie wäre einfach eine von vielen ehemaligen Kinderstars, die keine Arbeit bekommen können.

Es war am besten so. Für uns beide. Ich bin vielleicht in der Branche aufgewachsen, aber deswegen soll sich mein Leben nicht darum drehen, wie es das für Dad getan hat. Er hat seine Firma und ist für Mamas Arbeit um die Welt gereist. Sicher, er hat andere wichtige Arbeit geleistet, geholfen, uns

Kinder großzuziehen, Mamas Karriere verwaltet und die geschäftliche Seite ihrer Produktionsfirma geleitet. Aber das bin nicht ich. Ich brauche mein eigenes Ding.

Die Szene ist im Kasten, und der Regisseur beendet den Tag. Frankie geht an Shaylas Seite, und sie kommen gemeinsam zu mir.

Shayla wird von einer Produktionsassistentin abgefangen, die sie aufgeregt umschwärmt. „Großartige Arbeit heute, Shayla! Es ist so erstaunlich, wie du einfach zu Tara wirst. Ich besuche gerade einen Schauspielkurs, also weiß ich, wie schwer es ist, so authentisch zu sein."

„Danke, Paige", sagt Shayla. „Und viel Spaß mit deinem Kurs." Shayla hat nie Unterricht genommen. Sie hat als Kind am Set gelernt, mit ihren eigenen Instinkten und ihrer aufgeschlossenen Persönlichkeit. Mom hat erwähnt, dass sie für ihre erste große Filmrolle einen privaten Coach am Set hatte. Die, für die sie uns verlassen hat. Na ja, ich bin ja gewarnt worden.

Sie kommt zu mir. Die PA, Paige, starrt sie mit ehrfürchtigem Blick an. Es ist cool, Fans zu haben, solange sie nicht die Grenze überschreiten.

„Wie lange bist du schon hier?", fragt sie mich.

„Gerade genug, um die letzten beiden Takes mitzubekommen."

„Und?", fragt sie mit einem gewinnenden Lächeln.

Ich wappne mein Herz gegen dieses Lächeln. „Fischst du nach Komplimenten?"

„Nein, ich war nur neugierig, was du denkst."

„Du hast dich verbessert, seit du sechzehn bist."

Frankie schnaubt.

Shayla sieht ihn über die Schulter an und wirft ihm wahrscheinlich einen finsteren Blick zu, da er jetzt breit lächelt, bevor er sich zu mir umdreht. „Du hast meine Arbeit nicht gesehen, seit ich sechzehn war?"

„Nein, warum sollte ich?"

Sie öffnet den Mund, schließt ihn dann aber sofort. „Gut. Schätze, wir sollten los. Ich würde gern zu Fuß gehen, da das

Hotel ja ganz in der Nähe ist." Sie dreht sich zu Frankie um. „Danke für deine Hilfe heute, Frankie. Grüß Claire von mir."

Er neigt den Kopf. „Mach ich." Er umklammert meinen Arm zum Abschied und geht.

„Ich muss nur meine Sachen aus dem Wohnwagen holen", sagt sie.

Ich gehe mit ihr zu ihrem Trailer. „Deine Suite ist gesichert. Ich zeige dir, wie du den Status deines Telefons überprüfen und wie du dich bei deinem Bodyguard melden kannst."

Sie gibt eine Kombination ein, um in den Anhänger zu kommen, öffnet die Tür und dreht sich zu mir um. „Du bist mein Bodyguard."

„Vorerst."

„Niemand hat dich für immer darum gebeten."

Sie geht hinein, und ich folge ihr. Sie dreht sich zu mir um, und wir sind uns plötzlich ganz nah. Mein Puls beschleunigt sich. Ich betrachte ihren Gesichtsausdruck. Es ist schwer zu sagen, ob sie glücklich ist, dass ich hier bin. Vielleicht wollte sie mich nicht so sehr, wie ich dachte. Vielleicht hat sie einfach Angst und wollte einen alten Freund in ihrer Nähe.

„Hi", sagt sie herzlich.

„Zwischen uns wird nichts passieren", sage ich nur, um es klarzustellen.

Sie hebt ihr Kinn. „Das wäre unprofessionell."

„Genau."

„Owen?"

„Ja?"

„Ich freue mich, dass du in der Suite bei mir sein wirst. Jetzt kann ich endlich die Nacht durchschlafen, anstatt bei jedem kleinen Geräusch erschrocken aufzuwachen."

„Aww, Shay!"

Sie wirft mir ein Lächeln zu. „Ich muss mich nur schnell umziehen." Sie geht in den hinteren Teil des Trailers, in ein Schlafzimmer.

Es ist ein großer Trailer, so wie die, die Mom früher bekommen hat. Das bedeutet, dass sie eine Hauptrolle hat. Es gibt einen Wohnbereich mit einem Tisch und Stühlen, ein Schlafsofa, eine kleine Küche, einen Waschtisch für Haare und Make-up sowie das Schlafzimmer und ein Badezimmer hinten.

Ich warte und schiebe die Hände in meine Jeans-Taschen, während ich versuche, nicht daran zu denken, dass Shayla sich direkt auf der anderen Seite dieser Tür auszieht.

Ein paar Augenblicke später kommt sie in T-Shirt und Jeans mit ihrer Garderobe auf einem Kleiderbügel wieder heraus. Sie hängt den Kleiderbügel an eine Stange in einem kleinen Schrank.

„Die Kostümbildnerin kommt morgens vorbei, um sie zu reinigen und zu bügeln. Es gibt zwei Exemplare dieses Outfits."

„M-hmm."

Sie schlüpft in Sandalen mit Absatz und nimmt ihre Handtasche aus dem Schrank. „Fertig."

„Wie ist die Sicherheit am Set?"

Sie geht voraus durch die Tür. „Gut, denke ich. Sie haben hier mehrere Wachen, um die Öffentlichkeit fernzuhalten. Mein Anhänger hat ein ausgefallenes Schloss."

Ich sehe es mir an. „Was ist mit den Fenstern?"

„Sie haben auch Schlösser."

„Ich werde sie mir morgen genauer ansehen."

„Okay."

Mehrere Leute halten inne, um sie zu grüßen, als wir den Drehort verlassen. Ein Typ erinnert sie an ihre Make-up-Zeit morgen um acht Uhr. Schätze, das bedeutet, dass ich auch früh aufstehen werde. Das weckt viele Kindheitserinnerungen an meine Zeit am Set. Es ist eine ganz andere Welt, aber eine, die vertraut ist. Ich nehme an, das ist gut, weil ich mich weniger vom Setup beeindrucken lasse, und merke, wenn was nicht stimmt.

Auf dem Weg zurück zum Hotel bitte ich sie, mir jedes Detail über die Blumen und die Karte zu erzählen, an die sie sich erinnern kann. Nachdem sie das getan hat, sagt sie: „Und wie war dein Tag?"

„Viel zu tun. Zu deiner Sicherheit solltest du den Zimmer-
service meiden. Jemand, dem du vertraust, sollte rausgehen
und Essen besorgen. Hast du eine Assistentin?"

„Ja, aber sie ist in L.A. und passt für mich auf das Haus
auf."

„Sie muss hier sein. Sie kann mein Zimmer in der Suite
nehmen. Ich nehme das Sofa."

„Ja, Sir", sagt sie zackig.

Ich halte mein Gesicht neutral. „Schön, dass du mit dem
Programm zurechtkommst."

~

Shayla

Als wir in mein Hotelzimmer kommen, hört Owen
endlich auf, mich über die Sicherheit vor Stalkern zu belehren. Natürlich weiß ich, wie man sich klug verhält und kein
Risiko eingeht. Claire ist minutiös alles durchgegangen, was
sie gemacht hat, um sich im Laufe der Jahre vor ihren Stalkern zu schützen.

Eine unangenehme Stille breitet sich zwischen uns aus.
Allein in einer Hotelsuite. Das Schlafzimmer nur wenige
Schritte entfernt. Ich betrachte Owen als meinen Ersten,
obwohl ich zu dem Zeitpunkt keine Jungfrau mehr war.
Meine eigentliche erste Erfahrung mit fünfzehn Jahren mit
meinem dreiundzwanzigjährigen Co-Star war schmerzhaft,
schnell und endete damit, dass er zur Tür hinausschoss. Es
war einvernehmlich, wenn auch genau genommen nicht
legal. Ich dachte, ich wäre verliebt, während ich in Wirklich-
keit nur verzweifelt einsam war und mich nach Zuneigung
sehnte. Wie auch immer, am nächsten Tag am Set hat er mit
seiner Maskenbildnerin geflirtet und so getan, als wäre nichts
zwischen uns passiert. Owen war mein wahrer Erster –
langsam und zärtlich, weil er mich geliebt hat. Niemand hat
diese Erfahrung jemals übertroffen. Wahre Liebe macht eben
den Unterschied.

Er räuspert sich und bewegt sich unruhig.

„Kann ich dir was zu trinken anbieten?" Ich deute auf die Bar. „Sie ist voll bestückt, und im Kühlschrank sind Wasser und Mandelmilch."

„Nein, danke." Er sieht sich alles an, nur nicht mich. „Also, ich schätze, wir sollten uns auf den Abend gefasst machen."

„Wir könnten ausgehen, wenn du willst."

„Keine unnötigen Fahrten, bis wir wissen, wozu Matt in der Lage ist. Ich werde mir das Sicherheitsvideo von heute Morgen, als er hereingekommen ist, ansehen und den Mitarbeitern sagen, dass sie ihn nicht wieder hereinlassen sollen."

„Frankie hat sich bereits darum gekümmert."

„Er hat dich am Set alleingelassen, um sich um die Dinge hier zu kümmern?"

„Nur für eine Stunde, während ich gefilmt habe. Es gab Security vor Ort."

Er schüttelt den Kopf. „Ich möchte jederzeit einen Bodyguard bei dir haben. Ich möchte dieses Arschloch dabei erwischen, wie es sein Kontaktverbot verletzt. Ich werde die örtliche Polizei darüber informieren, damit wir schnell handeln können. Die Gefängniszeit könnte ihn dazu bringen, seine Besessenheit von dir zu überdenken."

„Oder mir wenigstens für ein paar Jahre eine Pause verschaffen."

Er stemmt die Hände in die Hüfte. „Hoffentlich würde er im Gefängnis eine Therapie bekommen, die seinen Fokus umlenkt."

Unsere Blicke begegnen sich für einen Moment, bevor er ihn abwendet. Eine weitere unangenehme Stille.

„Ich kann uns Abendessen kochen", biete ich an. „Gemüsepfanne mit braunem Reis. Würde dir das gefallen?"

Er sieht zur Tür, als wolle er fliehen.

„Du weißt, dass du hier kein Gefangener bist", sage ich. „Die Tür ist gleich da."

„Ich werde dich nicht verlassen, bis ich weiß, dass du eine zuverlässige Wache hast."

„Okay, nun, ich werde Abendessen kochen."

„Und ich sehe nach meinen Geschäftsmails." Er klingt so distanziert. Ich vermisse den warmen, lustigen Owen. Ich weiß, dass er irgendwo da drin sein muss.

Er wendet sich zum Gehen. Ich starre seine angespannten Schultern an. Er fühlt sich nach all den Jahren, die zwischen uns vergangen sind, nicht wohl bei mir. Würde es helfen, wenn ich ihm die Wahrheit sagte? Ich habe ihn nie vergessen, ihn nie wirklich überwunden.

Ich habe ihn geghostet, weil es zu schmerzhaft war, mein Herz bei ihm zu haben, denn ich wusste, dass ich meine Karriere verfolgen musste, egal, wohin auf der Welt sie mich führte. Und ich dachte, dass es für niemanden von uns fair wäre, eine Fernbeziehung zu führen. Wir waren so jung. Ich hatte immer gehofft, dass wir uns später wiedersähen, wenn das Timing besser war, und wir wieder zusammenkämen. Vielleicht hätte ich das damals sagen sollen.

Aber wie konnte ich ein Versprechen geben, von dem ich nicht sicher war, ob ich es halten konnte?

Jetzt, da wir älter sind ... Gott, ich hatte diese ganze rosige Zukunft im Sinn. Er würde mir vergeben, wir würden dort weitermachen, wo wir aufgehört hatten, und dann würden wir unsere Karrieren miteinander verbinden. Ich würde ihm Security-Jobs bei den Filmstudios besorgen, für die ich arbeite, und er mit mir von Set zu Set um die ganze Welt reisen. Mackenzie hat mir erzählt, ihr Unternehmen wolle in neue Branchen expandieren. Meine Karriere würde seine ankurbeln. Ich gestehe, dass Claires glückliche Ehe mit Jake mich zum Träumen gebracht hat. Fantasien. Lächerliche Fantasien.

Trotzdem muss ich was tun, um diese Distanz zu überbrücken. Wir waren uns einmal nahe.

„Owen?"

Er dreht sich um, sein Gesichtsausdruck ist zurückhaltend.

Ich trete näher. „Ich weiß, dass wir die Dinge nicht unter den besten Bedingungen zwischen uns beendet haben. Es tut mir leid!"

„Muss es nicht. Ich bin darüber hinweg."

Er macht auf dem Absatz kehrt, geht ins Gästezimmer und schließt die Tür hinter sich. Ich starre auf die geschlossene Tür, und meine Gedanken ringen darum, wie ich das beheben kann.

Wenn er meine Entschuldigung nicht annimmt, wie sonst kann ich das wiedergutmachen?

6

———

Die nächsten drei Abende verlaufen leider genauso mit Owen. Jedes Mal, wenn ich versuche, das Gespräch persönlicher zu gestalten, schaltet er es ab. Ich habe jeden Abend für ihn gekocht, als Teil meines *Schau-ich-habe-mich-geändert-Plans*. (Als ich jünger war, wusste ich nicht, wie man kocht.) Ich habe gehört, dass der Weg zum Herzen eines Mannes über seinen Magen führt, aber das ist bei Owen nicht der Fall. Er verschlingt sein Essen, zieht sich ins Gästezimmer zurück und schließt die Tür hinter sich.

So viel Zeit wir auch miteinander verbringen, im Grunde rund um die Uhr, die Entfernung zwischen uns fühlt sich größer an als je zuvor. Ich könnte genauso gut wieder in L.A. sein, so wenig Beachtung schenkt er mir. Das einzige Mal, dass er spricht, ist, wenn er eine direkte Frage beantwortet oder mich über meinen Sicherheitsstatus informiert. Zumindest hat seine ständige Anwesenheit Matt ferngehalten. Wahrscheinlich der stählerne Blick, den Owen zu jeder Zeit in unsere Umgebung wirft.

Wir haben uns für einen weiteren stillen Abend in die Hotelsuite zurückgezogen, also schreibe ich ihm aus dem Wohnzimmer. *Du bist der beste Leibwächter, den ich mir wünschen könnte.*

Mehrere Nachrichten kommen zurück.

Owen: *Gewöhn dich nur nicht daran.*

Hat deine Assistentin schon jemand Guten gefunden?

Wo zum Teufel steckt sie eigentlich?

Owen ist sauer, dass Olivia so lange braucht, um hierherzukommen. Vermutlich, weil er nicht allein mit mir sein will.

Ich seufze, gehe zu seiner Schlafzimmertür hinüber und spreche durch sie hindurch. „Ich habe dir doch gesagt, dass sie am Sonntag hier sein wird. Am Samstag feiert sie den Geburtstag ihrer Nichte. Ich lasse meinen Mitarbeitern ein Privatleben."

„Mir nicht."

„Das war deine Wahl." Ich verkrampfe den Kiefer. „Nimm dir morgen frei. Deine Schwester und deine Cousine werden hier sein. Das ist genug, um Matt abzuschrecken."

Die Tür schwingt auf, und wir sind plötzlich nah und persönlich. Ich hole scharf Luft, jeder Teil meines Körpers erwärmt sich beim Anblick von Owen in einem enganliegenden T-Shirt und Shorts. Seine Haut strahlt irgendwie. Ich frage mich, ob er da drin trainiert hat.

„Du hast mir nicht erzählt, dass sie hier sein werden", sagt er. „Du sollst mich doch über deinen Zeitplan auf dem Laufenden halten. Wir haben einen gemeinsamen Kalender."

„Tut mir leid, ich bin es nicht gewohnt, einen Kalender zu aktualisieren. Olivia behält für mich den Überblick über solche Dinge."

Er starrt mich einen Moment an, bevor er sagt: „Schätze, du stehst ihnen immer noch nahe."

„Ja. Ich liebe deine Familie und all die Treffen, die wir in Clover Park hatten. Das war der glücklichste Sommer meines Lebens."

Sein Kiefer verkrampft sich. „Ich werde unten in der Lounge sein, solange sie hier sind." Er tritt einen Schritt zurück und schließt die Tür vor meiner Nase.

„Wir werden dich vermissen!", brülle ich durch die Tür. *Oder auch nicht.*

Schweigen.

Ich kann kaum widerstehen, gegen die Tür zu treten.

Vergiss eine zweite Chance bei ihm. Ich weiß nicht, was ich mir gedacht habe. Der Mann ist eine Steinmauer, kein Humor, keine Wärme. Das hier ist nicht der Owen Campbell, an den ich mich erinnere.

Ich gehe zurück zum Sofa und schalte den Fernseher auf den Kochkanal ein. Ein Text pingt auf meinem Handy.

Owen: *Mackenzie und Harper werden mich nicht vermissen. Ich sehe sie ständig. Schätze, es liegt an dir.*

Mein Puls flattert. Er meldet sich! Endlich!

Ich: *Ich habe dich über die Jahre sehr vermisst. Ich habe dich nie vergessen.*

Ich halte den Atem an. Drei Punkte erscheinen, während er tippt.

Sie verschwinden.

Ich habe zu viel gesagt. Verdammt! Ich war schon immer eine emotionale Person, die dazu neigt, zu früh zu viel sagen. Deshalb ist die Schauspielerei so ein großartiges Ventil für mich. Das muss das Problem bei all meinen Beziehungen sein. Ich sage, wie ich mich fühle, und der andere empfindet nicht so, also zieht er sich zurück. Oder er fühlt stärker als ich, und ich muss ihn vorsichtig verlassen.

Seien wir ehrlich, niemand konnte jemals mit meiner Erinnerung an Owen mithalten.

Vielleicht können Mackenzie und Harper mir helfen, den Mann zu verstehen, der er heute ist.

„Willkommen bei Chez Adler!", sage ich und lasse Harper und Mackenzie in meine Suite. Es ist Samstagnachmittag. Owen hat sie am privaten Aufzug getroffen und ist dann zur Lobby hinuntergefahren.

„Schick!", sagt Harper und sieht über meine Schulter in die Suite. „Genau wie du, Miss Fancy Pants." Sie küsst meine Wange und tritt ins Wohnzimmer.

Mackenzie umarmt mich. „Es ist zu lange her, Frau."

Ich strahle sie an. Die beiden sind Cousinen, könnten aber

als Schwestern durchgehen, was an ihren Gesichtszügen liegt. Wahrscheinlich, weil ihre Dads – Jake und Josh – eineiige Zwillinge sind. Ihre Tönung ist jedoch anders. Harper hat lange honigbraune Haare und haselnussbraune Augen, während Mackenzie braune Haare und blaue Augen hat. „Ich habe euch Ladys vermisst. Wer will Champagner?"

„Das musst du fragen?", sagt Harper und lässt sich mitten aufs Sofa fallen. „Wow, ich habe das Gefühl, dass dieses Sofa mich ganz verschlingen könnte. Das ist ja so kuschelig! Tolles Hotel übrigens. Die Bar und die Lounge sehen richtig retro aus."

Mackenzie setzt sich neben Harper und schlägt die Beine übereinander. „Ich bevorzuge B&Bs. Da kann man in einem Wohnhaus übernachten."

Harper rümpft die Nase. „Ja, aber dann musst du mit zufälligen Fremden frühstücken."

„Die eines Tages potenzielle Klienten werden könnten", erwidert Mackenzie.

Harper zupft an Mackenzies Haar. „Du denkst immer ans Vernetzen, oder, Cousinchen?" Sie dreht sich zur Terrasse und stößt einen Pfiff aus. „Auch noch eine fantastische Aussicht! Können wir da raus?"

Ich gehe in die Küche, um den Champagner zu holen. „Owen will mich mit meiner Stalker-Situation nicht auf der Terrasse haben."

„Aber wenn dein Stalker dich erschießt, was soll er dann mit all seiner Zeit anfangen?", scherzt Harper.

„Harper!", ruft Mackenzie.

Sie hebt ihre Handflächen. „Tut mir leid, Shay, das war geschmacklos. Manchmal klingen die Dinge in meinem Kopf lustiger als laut ausgesprochen."

„Ich sage dir Bescheid, wann du endlich lustig erreicht hast." Ich bin nicht beleidigt. Harper ist mit den Stalkern und Paparazzi ihrer Mom aufgewachsen, also geht sie locker damit um.

„Das heißt nie", sagt Mackenzie.

Ich öffne den Champagner. *Pop!*

„Woot! Partytime!", ruft Harper.

Ich gieße uns jeweils ein Glas ein und setze mich auf das Ende des Sofas neben Harper. Mackenzie ist auf ihrer anderen Seite. „Ein Toast auf alte Freundinnen. Ich habe euch vermisst."

„Wen nennst du hier alt?", fragt Harper.

„Ich bin die Jüngste", sagt Mackenzie stolz. „Wenn ihr Ladys dreißig werdet, bin ich immer noch in meinen Zwanzigern."

„Bitte, dann bist du neunundzwanzig", sage ich. „Können wir jetzt anstoßen?"

„Auf gute Freundinnen", sagt Harper und hebt ihr Glas.

Wir stoßen mit den Gläsern an und trinken darauf.

„Also erzähl: Was gibt es Neues in Hollywood?", fragt Mackenzie. „Wie ist Collin Quincy im wirklichen Leben?"

„Gott, Mac, du bist besessen von ihm", sagt Harper. „Dir ist schon klar, dass er eigentlich kein schottischer Krieger ist, oder?"

Mackenzie seufzt. „Mac ist ein Truck oder ein Trucker. Ich heiße Mackenzie." Sie dreht sich erwartungsvoll zu mir um. „Und?"

Ich lächle. „Er ist sehr nett und professionell. Seine Frau und seine Zwillingstöchter haben ihn häufig am Set besucht."

Mackenzie lächelt verträumt. „Das macht ihn nur unwiderstehlicher. Ein Familienmensch. Nicht, dass ich das in absehbarer Zeit suche. Jetzt ist Zeit für Spaß."

Harper stupst Mackenzie an. „Mit dieser Einstellung bringst du deine Mom noch um."

„Sie wird es überleben." Mackenzie dreht sich zu mir um. „Egal, wie geht's dir?"

Ich erzähle ihnen von meiner neuesten Arbeit an *Breakdown* und von dem Film, den ich gleich danach in Vancouver gebucht habe, einen Indie-Film namens *The Highlighter*, in dem es um einen Kunsthändler geht. „Ihr solltet mich dort besuchen. Vancouver ist wunderschön."

„Ich bin an Sets aufgewachsen", sagt Harper. „Nichts ist

langweiliger, als zuzusehen, wie sich alle bereit machen und immer wieder dieselbe Szene drehen."

„Ich glaube, es würde Spaß machen", sagt Mackenzie.

Ich drücke ihren Arm. „Großartig!"

„Du würdest wahrscheinlich sowieso die ganze Zeit arbeiten." Harpers Stimme klingt ein wenig, als hätte sie Angst, was zu verpassen.

Ich nehme ihre Hand und küsse den Handrücken. „Ich würde mir besondere Zeit für dich nehmen."

Sie flattert mit den Wimpern. „Wie kann ich bei einer solchen Einladung Nein sagen?"

Wir stoßen wieder die Gläser an.

Ich bringe Gemüse und Dip zum Snacken, während wir uns über unser Leben austauschen. Harper erzählt uns von ihrer Arbeit als Grafikdesignerin, während Mackenzie uns über das Neueste bei Brooks Campbell Security informiert.

„Apropos, wie ist die Lebenssituation mit Owen?", fragt Harper gelassen. Sie wissen beide, dass wir als Teenager zusammen waren, obwohl ich ihnen die Details nie erzählt habe. Es hat sich privat und besonders angefühlt. Nur zwischen mir und Owen.

Ich fahre mit einer Hand durch die Luft. „Streng professionell."

„Was für ein Mist."

„Natürlich ist es professionell", sagt Mackenzie. „Sie hat ihn für einen Security-Dienst angeheuert. Diese Räume hier zu sichern und Wachdienst." Sie dreht sich zu mir um. „Du hast ihn bis nächsten Freitag, vorausgesetzt, du hast einen geeigneten Ersatz für ihn."

Ich bin mir vollkommen bewusst, dass uns die Zeit davonläuft. Es ist jetzt schon nur noch weniger als eine Woche. „Meine Assistentin schaut sich um. Ich bin mir sicher, dass sie bald jemanden findet.

Harper schlürft ihren Champagner. „Shay, du hättest einfach Mom um eine Empfehlung für einen Bodyguard bitten können. Sie kennt alle."

Ich atme tief durch. „Ehrlich gesagt hoffe ich auf eine

zweite Chance bei Owen."

Sie starren mich beide mit großen Augen an. Einen Moment lang bin ich ganz verdattert. Ich dachte, sie wüssten, dass Owen die Liebe meines Lebens ist. Hat nicht die Tatsache, dass ich seit Owen keine ernsthafte Beziehung mehr hatte, gezeigt, dass niemand mit ihm mithalten kann? Erinnern sie sich denn nicht daran, wie glücklich wir damals zusammen waren?

„Warum seht ihr so überrascht aus?", frage ich.

„Du hast sein Herz gebrochen", sagt Harper.

„Er glaubt nicht mehr an die Liebe", sagt Mackenzie. „Deinetwegen."

Mein Magen sackt hinunter wie ein Stein. Ich verschränke verkrampft die Arme, umarme mich selbst. Er glaubt nicht mehr an die Liebe? Und ich bin schuld?

„Ich fühle mich schrecklich", sage ich. „Ich habe nie aufgehört, an die Liebe zu glauben. Ich dachte ..." Ich spreche bei ihren Blicken nicht weiter, meine Kehle ist eng. Ich kann mich nur daran erinnern, wie wahnsinnig verliebt wir damals waren.

Ich schlucke kräftig. „Ich wollte seinen Glauben an die Liebe nicht zerstören. Er hat mich geliebt, und ich habe ihn geliebt, aber was sollten wir damals denn tun? Ich war sechzehn; er war siebzehn."

„Das ist jung", sagt Harper. „Ich schaudere, wenn ich daran denke, noch mit meinem Freund zusammen zu sein, den ich mit sechzehn hatte."

„Nicht wahr?", sagt Mackenzie. „Du hattest schon immer den schlechtesten Geschmack bei Männern."

„Hey!" Harper wirft Mackenzie eine Babykarotte an den Kopf. Sie fängt sie und kaut darauf herum.

Harper schnaubt. „Zumindest habe ich nicht gewartet, bis ich dreiundzwanzig war, um mir einen Freund zu suchen wie gewisse andere Leute."

Mackenzie hebt ihr Kinn. „Ich hatte eben Standards." Sie seufzt. „Und dann hat Shawn sie enttäuscht, und ich hab mir gesagt: Warum nicht einfach Spaß haben und mir nicht so viele Sorgen darum machen, den perfekten Typen zu finden, und das ist es, was ich seitdem tue. Keine Erwartungen bedeuten keinen Kummer."

Harper neigt den Kopf. „Das ist fair. Nach Brian sehe ich die Weisheit in diesem Schritt." Brian war Harpers Klient, mit dem sie dann zwei Jahre zusammengelebt hat, bis sie nach Hause kam, um ihn mit einer anderen Frau im Bett zu finden. Ihrer Freundin und Kollegin. Was für ein Idiot! Brian, nicht Harper.

„Also, was hat das ausgelöst?", fragt Harper mich unschuldig und senkt die Stimme gefährlich, mit einem Hauch von tu-ihm-nochmal-weh-und-ich-werde-dich-töten. „Warum willst du eine zweite Chance bei meinem Bruder?" Sie sieht mich mit zusammengekniffenen Augen an.

„Weil ich immer gehofft habe, dass wir wieder zusammenkommen, wenn das Timing stimmt. Er hat mich mal geliebt." Ich schlucke den Kloß der Emotionen herunter, der in meinem Hals festsitzt. „Er ist der Einzige, von dem ich sicher weiß, dass er es getan hat. Ich nehme an, seine Liebe zu mir … ist gestorben. Ich habe mich für diesen Filmauftritt entschieden, und jetzt muss ich mit der Tatsache leben, dass ich ihn vielleicht für immer verloren habe." Meine Augen werden heiß.

Harper und Mackenzie sehen mich mitleidig an.

Ich trinke meinen Champagner mit einem langen Schluck aus. „Damals war ich noch sehr work-in-progress. Der Druck der Branche, mich von Moms emotionalem Missbrauch erholen, gerade erst nüchtern und drogenfrei, ich bin mir nicht einmal sicher, ob ich eine Beziehung hätte aufrechterhalten können. Das war alles, was ich tun konnte, um stark zu bleiben und mir ein Leben aufzubauen." Ich atme tief durch. „Jetzt bin ich in einer besseren Position. Dieses Mal würde ich die Dinge anders machen, wenn er mir eine Chance gäbe."

„Ich bin sicher, es wäre schön für dich, mit jemand Vertrautem zusammen zu sein, der nicht in der Branche ist", sagt Mackenzie.

Ich schüttle den Kopf. „Es geht nicht darum, dass er

vertraut ist. Er ist was Besonderes."

„Er ist in Ordnung", sagt Harper und schenkt mir noch mehr Champagner ein. Hohes Lob von seiner Schwester.

Ich betrachte sie beide. „Ich sehe ihn die ganze Zeit, und er ist von Minute zu Minute distanzierter. Ich bin ratlos. Ich verstehe ja, dass er keine Beziehung will, aber könnten wir nicht zumindest Freunde sein?" Meine Stimme bricht.

Harper und Mackenzie tauschen einen Blick aus.

Harper neigt den Kopf. „Man kann nicht befreundet sein, sobald man einmal Sex gehabt hat. Das weiß jeder. Oh, dachtest du, ich wüsste nichts von den nächtlichen Lofttreffen?"

Ich verziehe das Gesicht. „Hat deine Mom es gewusst?"

„Nein, unsere Eltern haben fest geschlafen. Ich war die Nachteule, die dich hat rausschleichen hören. Ich bin dir einmal gefolgt und habe gesehen, wie du dich vor der Garage mit ihm getroffen hast, und dann seid ihr auf den Dachboden gegangen. Meine Eltern haben es ahnungslos zu einer Spielzimmer-Schrägstrich-Spielhöhle für uns Kinder gemacht. Sie hätten wirklich wissen sollen, dass wir es für alle Arten von unbeaufsichtigtem Spaß verwenden würden."

Ich sehe mir den Ausblick an. „Ein Teil von mir wünscht sich, ich könnte die Zeit zurückdrehen und die Dinge anders machen. Vielleicht, wenn ich den Kontakt gehalten hätte, oder ich weiß nicht ... irgendwas."

Einen Moment später sagt Mackenzie: „Du solltest heute Abend mit uns zur Jubiläumsfeier, Schrägstrich, doppelten College-Abschlussparty im Happy Endings kommen. Das gibt uns Gelegenheit, dich mit Owen zu beobachten, und wir könnten dir besser sagen, ob du überhaupt eine Chance bei ihm hast. Du bist wahrscheinlich zu nah dran, um die Dinge klar sehen zu können."

„Du solltest einfach kommen, um Spaß mit uns zu haben", sagt Harper. „Frankie wird mit Mom da sein, damit Owen mal eine Pause von seinem Wachdienst bekommt."

„Bei einer Familienfeier wird er auf jeden Fall entspannter sein", sagt Mackenzie.

Hoffnung schleicht sich ein und wickelt sich wieder um

mein Herz. „Das klingt nach einem perfekten Plan. Rafael hat seinen Abschluss gemacht, nicht wahr? Wer sonst?"

„Michael", sagt Harper. „Erinnerst du dich an die Söhne meiner Tante Mad? Die vier *Ms*?"

Ich lächle. „Oh, ja, Michael, die eineiigen Zwillinge, und es gab noch einen. Sag mir nochmal ihre Namen."

„Mason, Michael, Maddox und Miles", sagt Mackenzie. „Maddox und Miles sind die Zwillinge. Ich möchte darauf hinweisen, dass ich das erste *M* war."

„Tante Mad war das erste *M*", sagt Harper. „Und die erste Mackenzie wurde tatsächlich zwei Tage vor dir geboren."

„Verdammt, du hast recht. Ich bin nicht einmal die erste Mackenzie in der Familie. Das liegt nur an der mangelhaften Kommunikation zwischen den Brüdern."

„Hm?", frage ich.

„Das Baby meines Onkels Ty wurde zwei Tage vor mir geboren", sagt Mackenzie. „Sie mussten nach Louisiana fahren, um sie von der leiblichen Mutter zu adoptieren, und haben ihr dort einen Namen gegeben. Niemand hier kannte den Namen, bis sie ein paar Tage später zurückkamen, und da war ich schon auf der Welt und hieß auch Mackenzie. Meine Cousine hört auf Kenzie."

„Das ist niedlich", sage ich.

Mackenzie taucht ein Stück Sellerie ein. „Wir haben viel zu viele M-Namen in unserer Familie."

„Es war Tante Mads Art, vier Söhne nach sich selbst zu benennen", sagt Harper. „Ich denke, wenn sie eine Tochter hätte, hätte sie sie Madison genannt. Dann müsste sie ihr wahrscheinlich einen niedlichen Spitznamen wie Maddie geben, damit es nicht mit Mad verwechselt würde, und dann würde die arme Maddie mit einem kindischen Namen anstelle eines knallharten Namens wie Mad dastehen."

„Es ist, wie wenn ein Vater namens Dick seinen Sohn Dick nennt", sagt Mackenzie. „Dann hast du für immer Big Dick und Little Dick."

Wir brechen beide in Lachen aus.

„Armer kleiner Schwanz", keucht Harper.

Mackenzie hält eine Handfläche hoch. „Ich schwöre, eine wahre Geschichte. Mom hatte vor Kurzem erst den Vater eines Klienten namens Big Dick. Und sein Sohn war Little Dick, der versuchte, alle dazu zu bringen, ihn stattdessen Richard zu nennen."

„O Gott!", rufe ich.

Ich lache, bis mein Magen schmerzt. Endlich beruhige ich mich und wische mir die Augen. „Wow, das habe ich gebraucht. Also, wessen Jahrestag ist es? Ich möchte zuerst sicherstellen, dass meine Geschenke personalisiert sind."

„Keine Geschenke", sagt Harper. „Es gibt zu viele von uns, um immer jedem Geschenke zu kaufen. Wir alle legen für ein einziges Geschenk zusammen. Wie auch immer, du wirst unser Gast sein, also musst du dich nicht beteiligen."

Ich schlucke kräftig. „Oh."

„Was?", fragt Harper.

Ich zucke die Schultern. „Als ich hier gelebt habe, habe ich mich irgendwie wie ein Teil der Familie gefühlt." Meine Stimme klingt ganz leise. Vielleicht war ich immer die Außenseiterin. Vielleicht sind meine Erinnerungen an die Familie Campbell und Clover Park nur nostalgische Sehnsucht.

„Natürlich bist du ein Teil der Familie!", ruft Harper.

Mackenzie nickt. „Jeder steuert zwanzig bei."

Das hebt meine Laune. „Das kann ich machen. Wer ist das Jubiläumspaar?"

„Grandpop Joe und Grandmom Brandy", sagt Mackenzie. „Mom hätte nie gedacht, dass sie zusammenbleiben, aber sie sind seit siebzehn Jahren glücklich verheiratet."

Ich erinnere mich an diese Familiengeschichte, weil sie so ungewöhnlich war. Joshs Dad Joe hat sich später in Haileys Mom Brandy verliebt. Sie haben sich verlobt und so Josh und Hailey gezwungen, sich nach einer langen, umstrittenen Hassliebe zu versöhnen. Und dann haben sich endlich auch Josh und Hailey verliebt. Sie sind genau genommen Stiefgeschwister, aber niemand wagt es, das anzusprechen. Apropos Hassliebe …

„Was gibt es Neues von Nathan?", frage ich Harper.

Sie schnaubt. „Ich denke, wir werden es heute Abend herausfinden. Ich habe ihn seit letztem Jahr nicht mehr gesehen, als er mir sagte, dass mein Sommerkleid wie etwas aussähe, das eine alte Frau tragen würde."

„Weil er dich in was Hautengem sehen wollte", sagt Mackenzie seufzend. „Du musst zwischen den Zeilen lesen."

„Nathan Brooks ist ein Idiot", sagt Harper. „Warum reden wir überhaupt über ihn?"

Mackenzie schüttelt den Kopf. „Du hast ihn nicht für einen Idioten gehalten, als du ihn in der zweiten Klasse kennengelernt hast. Du hast mir gesagt, dass er dein bester Freund ist."

Harper reagiert gereizt. „Mein Ich der zweiten Klasse war ein Idiot. Glücklicherweise habe ich jetzt einen viel besseren Geschmack bei Freunden." Sie legt einen Arm um Mackenzie und einen Arm um mich. „Wie bei euch, Ladys."

Mackenzie lacht. „Es sei denn, es gibt eine Spinne in der Nähe, dann ist jede Frau auf sich allein gestellt." Sie dreht sich zu mir um. „Sie hat mich einmal vom Sofa geworfen, als sie versucht hat, einer Spinne zu entfliehen."

„Und wie war das, als du auf Rollschuhen in mich gekracht bist, während ich auf meinem Pogo-Stick war?", erwidert Harper. „Du weißt, dass du diesen Pogo-Stick wolltest. Konntest wieder mal nicht warten, bis du an der Reihe warst, wie üblich."

Und es geht los.

„Du bist doch diejenige, die nie abgewechselt und Nikkis Corvette an sich gerissen hat", sagt Mackenzie. „Du versuchst immer, mich als Püppchen eines langweiligen Typen ohne Auto darzustellen."

„Das war *meine* Corvette!"

Ich lächle, als sie einander vergangene Geschichten aus der Kindheit vor den Latz knallen, bei denen die eine der anderen so unrecht getan hat, wie nur Schwestern es können. Gott, ich liebe diese Ladys. Wenn mir jemand helfen kann, mir für diese Sache mit Owen was einfallen zu lassen, dann sie.

7

———

Ich mache mich in Shaylas Gästezimmer zu Ende fertig und gehe ins Wohnzimmer. Shaylas Schlafzimmertür steht offen, aber ich werde diese Grenze nicht überschreiten.

Ich rufe laut genug, dass sie mich hört: „Wird Frankie bald hier sein? Ich möchte nicht zu spät zu der Party kommen." Ich rolle die Ärmel meines weißen Hemdes hoch. „Ich werde bis Mitternacht zurück sein, um ihn abzulösen."

Sie tritt aus dem Schlafzimmer in einem ärmellosen schwarzen Kleid, schlicht oben, aber es endet hoch an ihrem Oberschenkel. Mein Mund wird trocken, während mein Blick über ihre nackten Beine zu schwarzen Sandalen mit Riemchen gleitet, die sich um ihre Knöchel wickeln. Ich starre diese sexy Beine in einem sinnlichen Nebel an und stelle mir vor, all diese Haut zu berühren, zu küssen und zu schmecken.

„Tatsächlich gehe ich auch zu der Party."

Mein Blick zuckt zu ihrem hoch. *Auf keinen Fall.* Das war der eine Abend, an dem ich mich entspannen sollte, ohne mich um ihre Sicherheit zu sorgen. Und, seien wir ehrlich, ohne in Versuchung zu geraten. Ich brauche Abstand von ihr, um meine Willenskraft zu stärken. Ich bin mir nicht sicher, ob sie es absichtlich macht, aber sie scheint jeden Abend einen dünneren Pyjama zu tragen. Letzte Nacht trug sie etwas, das aussah wie ein kurzes Seidenkleid, das ihren Po kaum bedeckte.

Sie befestigt einen silbernen baumelnden Ohrring. „Mackenzie und Harper haben mich eingeladen. Ich habe Frankie gesagt, dass wir ihn dort treffen."

„Nein." Das kommt härter heraus, als ich es meine. „Du kannst nicht zur Party gehen."

„Ich habe dich nicht um Erlaubnis gefragt. Ich gehe. Du solltest froh sein, dass Frankie jetzt mit deiner Mom auf der Party ist."

„Du gehörst nicht zur Familie. Das ist eine Familienfeier."

Ein Schmerz zuckt über ihr Gesicht, aber dann hebt sie das Kinn. „Claire ist wie eine zweite Mom für mich. Sie freut sich, dass ich da sein werde. Sie sagte, der einzige Grund, warum sie mich nicht eingeladen hat, ist, weil sie dachte, das Chaos würde mich überwältigen. Sie erinnert sich noch an mich mit sechzehn, als ich Alkohol brauchte, um eine Party zu überstehen. Jetzt geht's mir gut."

Ich beiße die Zähne zusammen. „Jetzt kann ich mich also doch nicht entspannen, weil ich arbeiten werde."

„Frankie wird arbeiten. Du wirst es genießen. Unten wartet ein Wagen auf uns. Bist du bereit?"

„Ja, bin bereit", grummele ich.

„Großartig! Lass mich nur meine Handtasche holen."

Sie kehrt einen Moment später mit einer winzigen Perlenbörse an einer Kette zurück.

„Was kann man in so einer Tasche haben?", frage ich, als ich die Tür öffne und den Flur überprüfe.

„Das ist eine sehr persönliche Frage."

Meine Lippen krümmen sich nach oben, aber ich verberge es, indem ich zum privaten Aufzug vorausgehe. „Wie kann das persönlich sein?" Ich gebe den Aufzugscode ein, und die Türen öffnen sich.

Sie geht hinein. „Weil man in eine Handtasche Dinge tut, die nicht jeder sehen soll. Sonst könnte ich meine Sachen auch in einem durchsichtigen Plastikbeutel herumtragen."

Ich folge ihr hinein und drücke den Knopf. Sie sieht geradeaus, ignoriert mich.

Ich sage mir, ich soll die Ruhe genießen, aber ich kann nicht anders, als sie zu necken. „Ich wette, du hast ein Telefon und einen 100-Dollar-Schein da drin."

„Ein 100-Dollar-Schein ist nicht sehr nützlich, wenn man Trinkgeld geben will."

„Und Lippenstift."

Sie dreht sich zu mir um und öffnet ihre Handtasche. Da sind zwei Dinge: Ihr Handy und Pfefferspray. Sie schützt sich selbst. Mir ist danach, sie in meine Arme zu ziehen und ihr zu sagen, dass alles in Ordnung sein wird, und gleichzeitig bin ich stolz darauf, dass sie es dabeihat.

Sie schließt die Handtasche. „Und es gibt noch eine kleine Innentasche mit einem Kondom. Jetzt weißt du es."

Mir bleibt der Mund offen stehen. Ich wünschte, ich wüsste es nicht, denn jetzt kann ich nur daran denken, dass ich derjenige sein will, der es mit ihr benutzt. Ich würde ja sagen, sie hat mir absichtlich das sexy Bild in den Kopf gesetzt, aber ich bin ja der Depp, der wissen musste, was in ihrer Tasche ist.

Die Türen öffnen sich, und sie geht hinaus, ihre Absätze klicken auf dem Fliesenboden des Flurs, der zur Lobby führt.

Ich gehe den Flur entlang, öffne die Tür zur Lobby und sehe mich um, bevor ich ihr die Tür aufhalte.

Der Rezeptionist wirft ihr ein herzliches Lächeln zu. „Guten Abend, Miss Adler."

„Gute Nacht, Bertie", sagt sie.

Er strahlt. „Danke!"

Sie erinnert sich an den Namen aller und achtet darauf, ihn zu verwenden. Die Leute scheinen es zu lieben. Ich schätze, so hat sie am Anfang auch meine Aufmerksamkeit bekommen. Indem sie meinen Namen zu oft benutzt hat, was mich denken ließ, dass sie auf mich steht.

Das Auto vorn ist derselbe Mercedes mit getönten Scheiben wie zuvor. Wir haben ihn diese Woche nicht benutzt, da es zu Fuß nicht weit zu ihrer Arbeit ist. Der Fahrer steigt aus, als er uns sieht. „Alles ist wie gewünscht."

Er öffnet Shayla die hintere Tür.

„Danke, Martin", sagt sie mit einem sonnigen Lächeln. Die Frau weiß, wie man ihren Charme einsetzt, aber das wird bei mir nicht funktionieren.

Ich folge ihr auf den Rücksitz, wo eine große Schüssel meines Lieblingssnacks steht – Popcorn mit Erdnuss-M&M. *Sie hat sich daran erinnert.* In einem Kübel in der Mittelkonsole kühlt außerdem Champagner. Mein Magen knurrt. Ich wollte auf der Party was essen, wo es immer viel gibt, aber das sieht ziemlich gut aus.

„Ist das für mich?", frage ich.

Das Auto fährt vom Bordstein weg.

Sie wirft mir ein Lächeln zu. „Du hast mich süchtig gemacht nach der Popcorn-Erdnuss-M&M-Kombi. Das ist für uns beide. Heute Abend darf ich mal schummeln. Bedien dich." Sie öffnet den Champagner, gießt ein Plastikglas ein und bietet es mir an.

Ich nehme es. „Passt Champagner wirklich zu Popcorn?"

„Die Spritzigkeit ist der perfekte Kontrast zum Salzigen und Süßen. Probier es!" Sie gießt sich ein Glas ein.

Ich nehme eine Handvoll Popcorn und M&Ms, kaue und spüle es mit dem Champagner hinunter. „Ziemlich gut."

„Ziemlich gut? Es ist ausgezeichnet."

Ich esse noch ein bisschen mehr und erinnere mich an Filmabende im Keller meines Hauses, als ich aufgewachsen bin. „Weißt du noch, als wir *Blue Force* gesehen haben und Harper am Ende geheult hat?"

Sie hält einen Finger hoch. „Und sie hat es geleugnet, obwohl wir sehen konnten, dass ihre Augen vor Tränen glänzten."

„So dumm. Bei einem Alien-Horrorfilm zu heulen, nur weil Lauren in ihrem Schiff abgehauen ist."

Shayla lacht. „Sie sagte, es sei, weil sie dachte, sie würde allein da draußen sterben."

„Das hatte ein Happy End sein sollen. Sie wollte ihre Kultur erleben."

Sie schlägt mit der Faust gegen meine. „Erinnerst du dich an *Once and Always*?" Das war ein Liebesfilm, den sie hatte sehen wollen. Harper war nicht interessiert, und meine Eltern waren auf einer Schulveranstaltung für Rafael, also blieb nur ich. Jener Abend war das heißeste, sexyste Mal, das man sich nur vorstellen kann – zuerst in einem Sessel und dann auf der Bar. Wahnsinnige Chemie gepaart mit wahnsinniger Lust. In meinem ganzen Leben habe ich noch nie jemanden so dringend gewollt.

Ich sehe ihr in die Augen. „Wir haben nicht viel davon gesehen."

„Nein", sagt sie leise. So leise, dass ich merke, wie ich mich vorbeuge. Sie riecht nach Citrus und etwas Einzigartigem. Mein Blick fällt auf ihre üppigen Lippen, mein Herz pocht in meinen Ohren.

Ich hebe eine Hand an ihre Wange. Ihre Haut ist so weich. Ich hatte vergessen wie weich. Sie lehnt sich gegen meine Handfläche und schließt die Augen. Sie will, dass ich sie küsse. *Ich* möchte sie küssen. Was hält mich also auf?

Ich nehme die Hand herunter. Ich habe mich einmal zu tief hineinziehen lassen und mir geschworen, es nie wieder zuzulassen. Ich bin klüger als das. Jedenfalls mache ich mir nicht vor, dass sie lange hierbleiben wird.

Sie sieht auf meine Hand hinunter, drückt sie und isst weiter Popcorn. Ich stoße einen Atemzug aus. Der Moment ist vorbei.

„Ich weiß immer noch nicht, wie der Film endet", sagt sie.

„Ich bin mir sicher, dass sie zusammenkommen."

„Danke für den Spoiler!"

Ich lache, erleichtert, dass wir wieder Witze machen. Ich trinke einen großen Schluck Champagner. „Das gefällt mir allmählich. Besser als das aromatisierte Sprudelwasser, das wir für Filmabende immer im Kühlschrank hatten." Mom hat uns nie Limonade trinken lassen, sagte, es sei das Schlimmste für unsere Zähne und unseren Körper. Als ich endlich Limonade bei einem Freund bekommen habe, habe ich sie nicht gemocht. Schätze, man gewöhnt sich an einen Geschmack.

„Ihr hattet zu Hause immer die gesündesten Speisen und Getränke."

„Außer am Filmabend. Ich glaube, so hat Mom uns Kinder dazu gebracht, das immer zu wollen. Wie eine Familientradition."

Sie seufzt. „Meine Familientradition war eine tägliche Folterroutine von Schönheitsbehandlungen. Mom hat meine Haare gesträhnt, Gesichtsbehandlungen gemacht, Augenbrauenwachs, Hauttoner, Fettreduzierungen, Maniküre und Pediküre. Ich war ein makellos geschminktes Kind."

Ich unterdrücke ein Zucken. Sie hatte es nicht leicht, als Einzelkind bei ihrer Mom aufzuwachsen. „Hast du noch Kontakt zu ihr?"

„Sie ist gestorben."

Ich lege mitleidig eine Hand auf ihren Arm. Ihren warmen, nackten Arm. Schnell nehme ich sie herunter. „Tut mir leid. Das wusste ich nicht."

„Ja, vor ungefähr fünf Jahren. Krebs. Ganz ehrlich, ich habe nicht viel deswegen empfunden. Wir hatten seit Jahren keinen Kontakt mehr. Ich musste noch immer an dem emotionalen Missbrauch und der Kontrolle arbeiten, die sie über mich ausgeübt hat. Eine Weile habe ich mich schuldig gefühlt, weil ich nicht traurig genug war. Jetzt habe ich akzeptiert, dass ich fühle, was ich fühle, und das ist okay."

„Hört sich an, als wäre da jemand in Therapie gewesen."

Sie stupst mich mit dem Ellbogen an. „Sag nichts dagegen, bis du es nicht ausprobiert hast."

„Nein, ist schon gut. Ich weiß, dass es schwer für dich war, so aufzuwachsen, auch wenn es noch so glamourös war, ein Kinderstar zu sein."

„Ich bereue es nicht, als Kind gearbeitet zu haben. Ich glaube, ich wäre ohne dieses Ventil wahnsinnig geworden, und jetzt bin ich froh, die Karriere zu haben, die ich habe."

Wir sind still, während wir essen, unsere Hände streifen einander gelegentlich, während wir gleichzeitig nach Popcorn greifen. Und ich hasse es nicht. Okay, okay, ich mag es. Jede Berührung bringt mich dazu, mehr zu wollen. Was, wenn ich impulsiv handeln würde? Sie küssen, sie unter mich ziehen würde, meine Hand –

„Es tut mir leid, wie die Dinge zwischen uns geendet haben."

Okay, das war ein Kübel eiskaltes Wasser. Lust getötet. *Danke, das habe ich gebraucht.*

Ich konzentriere mich darauf, meinen Champagner aufzufüllen und die Bläschen aufsteigen zu sehen. „Mach dir keine Sorgen darum. Wir waren Kinder."

„Ich wusste nicht, wie ich mit all dem umgehen sollte, was ich empfand, und ich wusste nichts über die Zukunft für mich, für dich, für meine Karriere. Ich konnte einfach kein Versprechen geben, von dem ich nicht sicher war, ob ich es halten konnte."

Ich möchte sagen, dass mein Heiratsantrag nicht gezählt hat, aber das wäre eine Lüge. Ich habe sie zutiefst geliebt und wollte sie heiraten. Wenn wir in Kontakt geblieben wären und einander regelmäßig besucht hätten, wären wir gut zusammen gewesen. Jetzt ist es anders. Wir sind anders.

Ich halte es unbeschwert. „Ist schon okay. Ich verzeihe dir, dass du das Beste aufgegeben hast, was du je hattest."

„Du *bist* das Beste, was ich je hatte", sagt sie so aufrichtig, dass ich überrascht verstumme. Ich mit siebzehn war das Beste, was sie je hatte? Sie war mit der Elite zusammen, mit all dem Aussehen und dem ganzen Geld.

Ich mache mich wieder daran, Popcorn und M&Ms zu essen. Keine Handberührung mehr.

„Ich habe es schon wieder getan", sagt sie und reibt sich die Stirn. „Ich sage immer zu viel zu früh."

Ich habe das Gefühl, dass sie spielt, versucht, mich mit Komplimenten und falscher Angst davor, zu viel gesagt zu haben, zu verführen. Nun, ich werde mich nicht täuschen lassen.

„Spar dir das", sage ich.

„Mir was sparen?"

„Du spielst mir was vor. Auf den Scheiß falle ich nicht herein."

Ihr bleibt der Mund offen stehen. „Wovon sprichst du?"

„Komm schon. Das Beste, das du je hattest, als ich siebzehn war, im Vergleich zu – vergiss es. Vergangenheit ist Vergangenheit. Es ist, was es ist. Und jetzt sind wir hier. Du bezahlst mich, um dich zu beschützen, und das dauert noch genau eine Woche."

Sie schnaubt. „Du bist ein Idiot."

„Ich bin der Idiot, der dafür sorgt, dass du sicher bist."

„Ja, noch eine Woche lang", sagt sie sauer.

„Ich werde einen Bodyguard für dich finden. Deine Assistentin ist dabei viel zu langsam. Sie hätte inzwischen eine Liste haben sollen."

„Sie hat eine Liste."

„Und warum habe ich die noch nicht gesehen?"

„Weil du sie nicht sehen musstest."

„Natürlich musste ich das. Ich muss sicherstellen, dass die Kandidaten qualifiziert sind."

Sie holt wieder M&Ms aus dem Popcorn. „Das macht sie gerade. Sie bittet um Referenzen und befragt sie."

Ich beuge mich zu ihr und lebe gefährlich. Ihr Atem stockt. Dieses verräterische Zeichen der Begierde sollte mich nicht so begeistern, wie es das tut. „Und?"

Ihr Blick begegnet meinen. „Bisher hat niemand meine Kriterien erfüllt."

„Und die wären?"

Sie wedelt mit einer Hand durch die Luft. „Sie sind nicht –"

„Nicht ich? Shayla, lass mich klarstellen, dass du mich nie haben wirst. Das hier ist ein zeitlich befristeter Auftrag, den ich als Gefallen übernommen habe."

Ihre Augen blitzen. „Ich wollte sagen, dass sie nicht erfahren genug sind. Da ist aber jemand ziemlich von sich eingenommen."

„Oh. Ich –"

Sie hält eine Handfläche hoch. „Iss einfach dein Popcorn

weiter. Ich will nicht noch eine unhöfliche Sache aus deinem Mund hören."

„Du bist unhöflich."

„Oh, sehr reif. Ich sage, du bist unhöflich, und dann gibst du es zurück."

„Du bist unhöflich, weil du alle Erdnuss-M&Ms wegisst."

Sie sieht in die Schüssel, in der die M&M jetzt ziemlich rar gesät sind. „Ich bin mir sicher, dass es am Boden noch mehr gibt." Sie hat immer die M&Ms weggegessen.

Es ist schön zu wissen, dass sich einige Dinge nicht geändert haben. Es gibt immer noch einen kleinen Teil des Mädchens, das ich einst kannte und liebte. Zu schade, dass ihr mehr an ihrer Karriere lag, verdammt, ihr lag sogar mehr an meiner Familie als an mir.

8

———————

Owen ist ein Idiot. Ich habe mich aufrichtig entschuldigt und ihm von Herzen mitgeteilt, dass er das Beste war, das ich je hatte. Weil er mich *geliebt* hat. Es hat sich in jeder Berührung und jedem Kuss gezeigt. Aber was bringt es, einem Mann irgendwas zu erzählen, der meinen Absichten gegenüber so misstrauisch ist, dass er denkt, ich spiele ihm was vor, wenn ich ihm gerade mein Herz ausschütte? Tränen stechen in meinen Augen. Ich bin kein Fake. Ich würde nie … ich schlucke kräftig und dränge die Emotionen hinunter. Ich darf jetzt nicht auseinanderfallen, wenn ich zu einer Feier mit seiner Familie gehe.

Ich starre aus dem Fenster, während das Auto die Main Street in Clover Park herunterfährt. Ich erinnere mich an eine malerische Stadt in New England, die um die Main Street mit Geschäften und Restaurants liegt, und sie sieht noch genauso aus. Das ist nett.

Der Name Happy Endings in dunklem Rot prangt auf einem Schild über dem Restaurant. Durch die großen Fenster kann ich viele Leute sehen, die sich bereits versammelt haben. Ballons mit Herzlichen Glückwunsch! hüpfen fröhlich in einer leichten Brise vom vorderen Geländer.

Das Auto fährt um den Block, um hinten zu parken. Owen

springt aus der Tür, sobald wir stehen, als ob er es kaum erwarten kann, von mir wegzukommen.

Ich atme tief durch und folge ihm hinaus.

„Gehen wir." Er legt eine Hand an meinen unteren Rücken und scheucht mich über den Parkplatz zur Hintertür des Restaurants.

„Ich wollte vorn hineingehen, wie alle anderen. Clover Park ist sicher. Deine Mom sagt, sie kommt regelmäßig her, um sich mit dem Happy End Buchclub zu treffen."

Er seufzt, murmelt irgendwas, das ich nicht verstehen kann, und scheucht mich dann um das Gebäude nach vorn. Er öffnet mir die Tür und lässt mich zuerst hineingehen. Er hatte schon immer Gentleman-Manieren, etwas, das sein Vater ihm und seinem Bruder beigebracht hat. Mir gefällt das.

In dem Moment, in dem ich das Happy Endings betrete, bin ich von Wärme und Fröhlichkeit umgeben. Ich war schon ein paarmal hier. Zu meiner Rechten ist der Restaurantbereich mit mehreren Nischen und Tischen, wo sich einige Campbells versammelt haben, die reden und lachen. Es gibt auch ein großes Buffet. Geradeaus befindet sich eine lange, umlaufende Bar aus dunklem Kirschholz, die ebenfalls besetzt ist.

„Ich sehe Frankie", sagt Owen und führt mich zu ihm in den Essbereich. „Hey, Frankie, danke, dass du Verständnis für die Planänderung hast."

Frankie neigt seinen rasierten Kopf. „Kein Problem."

„Sie gehört ganz dir." Und damit lässt Owen mich allein und geht geradewegs zur Bar.

Er wird vom Barkeeper mit einem Klaps auf den Rücken begrüßt. Das muss Cooper sein, Mackenzies jüngerer Bruder, ganz erwachsen. Er sieht gut aus auf eine bodenständige Art und Weise – gekräuseltes honigbraunes Haar, stoppeliger Kiefer.

Ich sehe mich um. „Lass uns Claire suchen."

Frankie zeigt dorthin, wo Claire mit einer Gruppe von Frauen in ihrem Alter steht. Wir machen uns durch die Menge zu ihr. Owens Tanten, Onkel und Cousins waren häufige Besucher in Claires Haus, also erkenne ich sofort ein paar Leute. Da ist Owens Tante Hailey, Hochzeitsplanerin und ehemalige Schönheitskönigin. Sie sieht noch fast genauso aus, fit mit langen, rotblonden Haaren und nur ein paar Fältchen um ihre blassblauen Augen.

Neben ihr steht Owens Tante Madison mit einem kurzen Bob brauner Haare und scharfen braunen Augen. Sie hat mir gleich beim Kennenlernen Angst eingejagt. Wahrscheinlich hat es nicht gerade geholfen, dass sie sagte: „Owen hat ein Herz aus Gold, also tu ihm nichts, sonst bringe ich dich um." Ich glaube auch nicht, dass das ein Scherz war. Eine blutrünstige Frau, die ich nie verärgern möchte.

Claire umarmt mich. „Ich freue mich so, dass du kommen konntest. Wenn du heute Abend überlebst, werde ich dich auf die Liste der wichtigsten Campbell-Events setzen."

Ich lächle. „Jetzt hab' ich es wirklich geschafft!"

„Nicht wahr?" Sie betrachtet mein Kleid und stößt einen Pfiff aus. „Wir sind hier lässig, aber wenn ihm das nicht auffällt, weiß ich nicht, was sonst." Claire hat herausgefunden, dass ich mehr als einen Grund hatte, Owen einzustellen, und sie fiebert mit mir mit. Ich hatte es ihr nicht im Voraus gesagt, weil ich ihr keine Hoffnungen machen wollte, wenn es nicht klappt. Meine eigenen Hoffnungen liegen in der Gosse.

„Er konnte es kaum erwarten, von mir wegzukommen", sage ich. „Er hat mich bei Frankie abgesetzt und ist direkt zur Bar gegangen."

Sie schaut hinüber zur Bar und lächelt. „Nun, jetzt sieht er dich an, also ist das ein gutes Zeichen."

Hailey strahlt, ihre blauen Augen leuchten vor Aufregung. „Oh, reden wir von einem guten Zeichen der Liebe? Ich habe gehofft, Owen würde eine nette Frau finden, und es sieht so aus, als hätte er dich wieder gefunden. Das ist Schicksal! Ach, und herzlichen Glückwunsch zu deinem Erfolg, Shayla. Wusstest du, dass Claire regelmäßig in ihrem Haus deine Filme vorführt, damit der Happy End Buchclub sie als Gruppe sehen kann?"

Meine Wangen werden warm. Ich sehe zu Claire, die mit

den Schultern zuckt. Ich betrachte die Gruppe von Frauen, die mich alle anlächeln. „Nein, das wusste ich nicht. Danke!"

Claire legt einen Arm um mich. „Was soll ich sagen? Ich bin stolz auf sie. Nicht, dass ich viel damit zu tun hatte, aber –"

„Du hattest alles damit zu tun." Meine Stimme bricht vor Emotionen. Ohne Claire hätte ich eine Abwärtsspirale fortgesetzt und wäre an einem wirklich dunklen Ort gelandet. „Du hast mir alles beigebracht, was ich über das Überleben und Gedeihen in der Branche wissen musste."

Claire legt eine Hand an ihr Herz. „Ist das alles? Nun, du verdienst alles Gute, das dir in den Weg gekommen ist. Ich weiß, dass du hart arbeitest."

„Das stimmt."

Wir lächeln einander an. Sie hat immer gesagt, wir müssten hart arbeiten, um uns einen Platz zu schaffen, dass Hollywood nicht immer einfach für Frauen sei und wir in der Lage sein müssten, mit den Entscheidungen, die wir treffen, den Kopf hochzuhalten. Ich nehme an, das ist ein guter Rat für Frauen in jeder Branche. Sie ist im Grunde eine geniale Mentorin, Freundin und Adoptivmutter, alles in einem.

„Hey, Shayla", sagt Madison. „Hab gehört, dass du wieder in der Stadt bist und Owen angeheuert hast. Seid ihr beide also wieder zusammen?" Sie sieht zu ihm hinüber und winkt. Dann brüllt sie: „Ja, wir reden über dich!"

O Gott! Ich schaue hinüber, aber Owen hat sich abgewandt.

Madison grinst. „Nichts hält einen Mann besser fern, als das Wissen, dass ein Haufen Frauen über ihn reden. Also, was ist los?"

Ich streiche meine Haare zurück. „Eigentlich nichts. Er arbeitet vorübergehend für mich wegen einer Stalker-Situation und ..." Ich zögere, uns Freunde zu nennen. Ich glaube, er ist gar nicht so gern in meiner Nähe. Obwohl es im Auto einen kurzen Moment gegeben hat, in dem ich dachte, er könnte mich küssen. „Und das war's", schließe ich lahm.

Hailey packt meinen Arm. „Ich kann dir helfen."

Mein Herz schlägt heftiger. Haileys Ruf als Kupplerin eilt ihr voraus, obwohl ich bezweifle, dass Owen sich von irgendwas beeinflussen lässt, das seine Tante sagt. „Das ist nicht nötig. Alles ist gut so, wie es ist."

„Shay!", ruft Harper von der anderen Seite des Raumes aus. „Komm her, Frau!"

Oh, Gott sei Dank! „Ich muss los. So schön, euch Ladys wiederzusehen, und danke, dass ihr meine Filme gesehen habt. Das weiß ich sehr zu schätzen."

Madison zeigt auf mich. „Sieh zu, dass du noch mehr Filme machen kannst, in denen du eine krasse Actionheldin bist, wie in *Angel Heart*. Vielleicht bekommst du ein Superhelden-Franchise."

„In meinem nächsten Film bin ich eine Actionheldin. Sie ist im Militär."

„Cool!"

Jemand zieht mir von hinten an den Haaren.

Ich drehe mich um, und Harper umarmt mich. „Komm mit mir", flüstert sie mir ins Ohr. „Mackenzie flirtet mit einem Kellner. Es ist saukomisch."

Ich folge ihr zum Buffet, wo ein junger Typ mit kurzen dunklen Haaren und einem Tribal-Tattoo, das um einen geschwollenen Bizeps gewickelt ist, warme Speisen ersetzt.

Mackenzie ist ihm gleich gegenüber. „Oh, das sieht gut aus. Was ist das?"

Er zeigt auf das Schild vor dem Tablett. „Cavatelli mit Brokkoli."

„Ist da Fleisch drin? Ich überlege, Vegetarierin zu werden."

„Sieht nicht so aus."

Sie folgt ihm zum nächsten Tablett, das er gerade herausnimmt. „Wohnst du in der Stadt? Ich schon."

„Ja."

„Wo?"

Er sieht ihr mit einem Lächeln in die Augen. „Warum, möchtest du mich besuchen?"

Sie sieht unter ihren Wimpern zu ihm auf. „Vielleicht."

Er geht mit dem leeren Tablett zurück in die Küche.

Mackenzie dreht sich zu uns um. „Ist er nicht umwerfend? Hast du sein Tattoo gesehen? Ich denke, mit ihm hätte man viel Spaß."

„Jeder kann sich ein Tattoo stechen lassen", sagt Harper trocken. „Das macht ihn noch nicht heiß."

Mackenzie wendet sich für meine Meinung zu mir um.

„Es wäre wahrscheinlich gut, zuerst mehr über ihn zu erfahren."

Sie winkt das ab. „Dad hat ihn angeheuert, und er überprüft alle sorgfältig."

„Wen habe ich eingestellt?", fragt ihr Dad, der aus dem Nichts auftaucht. Ich könnte Owens Onkel Josh überall erkennen, weil er der eineiige Zwilling von Owens Vater Jake ist. Das gleiche kurze dunkelbraune Haar mit einer Welle, warmbraune Augen und ein schelmisches Lächeln. Josh kleidet sich lässig, meist in T-Shirts und Jeans, während sein Zwillingsbruder Jake Designer-Outfits bevorzugt. Sie teilen einen ähnlichen Sinn für Humor und beenden die Sätze des anderen.

Mackenzie schenkt ihrem Vater ein strahlendes Lächeln. „Der Kellner mit dem Tribal-Tattoo an seinem Bizeps, braune Haare. Ich habe seinen Namen nicht mitbekommen."

„Harry."

„Er scheint nett zu sein", sagt sie. „Ich weiß, dass du alle gründlich prüfst, bevor du sie einstellst."

Jake taucht neben Josh auf. „Wer scheint nett zu sein?"

Josh zuckt die Schultern. „Mein neuer Kellner."

„Nett wie in ‚Kann ich ihn daten, Dad?'", fragt Jake Josh.

„Mackenzie ist erwachsen", sagt Josh. „Sie braucht meine Erlaubnis zum Daten nicht, aber sie sollte sich bei seinem Freund, meinem Sous Chef, erkundigen."

Josh und Jake tauschen ein schelmisches Lächeln aus. Es ist schwer zu wissen, wann sie es ernst meinen. Harper unterdrückt ein Lachen.

Mackenzie parkt eine Hand auf ihrer Hüfte. „Ich weiß,

dass du das nur sagst, weil du denkst, dass er nicht gut genug für mich ist, wie alle Männer."

Josh hebt die Hände. „Töte nicht den Boten." Er reicht mir seine Hand. „Hey, Shayla, schön, dich wiederzusehen. Ich hab' schon gehört, dass du wieder in der Stadt bist."

Ich schüttle ihm die Hand. „Schön, hier zu sein. Ich liebe diesen Ort."

Er lächelt breit. „Das tue ich auch. Weißt du, ich habe mich vom Barkeeper über den Manager bis hin zum Besitzer hochgearbeitet. Cooper macht jetzt dasselbe."

„Kein einfacher Weg für ihn", sagt Jake.

„Als würdest du deinen Kindern einfach ihre Zukunft übergeben", erwidert Josh.

„Man muss hart arbeiten, für das, was man will", sagen sie gleichzeitig.

„Mehr weise Worte von Grandpop Joe", erzählt Mackenzie. „Er hat viele tolle Sprüche auf Lager, die Dad und Onkel Jake gerne bei uns anwenden."

Josh legt einen Arm um Mackenzies Schultern und küsst sie oben auf den Kopf. „Weil es ein guter Rat ist. Hast du ihm und Grandmom Brandy ein glückliches Jubiläum gewünscht?"

„Gleich als Erstes."

Josh neigt den Kopf zur Rückseite des Restaurants. „Rafael und Michael sind im Hinterzimmer und spielen Billard. Geh mal vorbei und gratulier ihnen auch."

Mackenzie lächelt süß. „Das werde ich."

Er geht mit Jake zu ihren Ehefrauen.

Mackenzie dreht sich zu mir und Harper um. „Glaubst du, er hat mich verarscht, oder ist Harry schwul?"

„Schwer zu sagen", erwidere ich.

„Es gibt nur einen Weg, das herauszufinden", sagt Harper.

Mackenzie stöhnt, geht zum Buffet und füllt einen Teller mit Essen. „Dad hat mich in eine unangenehme Position gebracht. Entweder muss ich den Sous Chef fragen … Trey, das ist sein Name, ob er eine Beziehung mit Harry hat, oder Harry fragen, ob er Single ist und Frauen mag. Ugh."

Harper und ich nehmen uns auch Teller und stellen uns mit ihr an. Oh, Spargel und Paprikasalat.

„Oder du wirfst dich Harry einfach an den Hals und siehst, was passiert", sagt Harper fröhlich.

Mackenzie seufzt. „Es ist nicht einfach, Leute zu treffen, wenn man in einer kleinen Stadt lebt und der Großteil des gesellschaftlichen Lebens sich auf Familienveranstaltungen konzentriert."

„Es gibt immer noch Online-Dating", sage ich. „Ich habe gehört, dass es bei manchen Leuten funktioniert."

„Ich suche nichts Ernstes", sagt Mackenzie.

„Dafür gibt es auch eine App", erwidert Harper und zieht ihr Handy heraus, um es Mackenzie zu zeigen.

Mackenzie rümpft die Nase. „Ich treffe gern Männer im echten Leben, damit ich sehen kann, ob es gute Vibes gibt."

„Das verstehe ich absolut", sage ich. „Sie müssen den Vibe Check bestehen, bevor ich aus persönlichen oder beruflichen Gründen mit jemandem interagieren kann."

Sie starren mich beide an.

„Das ist eine seltsame Art, Geschäfte zu machen", sagt Harper.

„Man muss zumindest offen für die Menschen in der Arbeitswelt sein", sagt Mackenzie und geht voraus zu einem Hochtisch in der Nähe der Bar.

Ich setze mich. „Bei meiner Arbeit verwischt das Persönliche und Berufliche oft. Die Leute stellen ihre Freunde ein. Deshalb muss ich aufpassen. Wenn mein Bauchgefühl sagt, dass irgendwas nicht stimmt, hau' ich ab."

„Wo ist Frankie?", fragt eine tiefe Stimme hinter mir.

Ich drehe mich um und sehe Owen düster starren. „Er ist, äh ..." Ich sehe mich um und finde Frankie, der mit Jake und Josh in der Nähe von Claire redet. „Bei deiner Mom. Er macht einen guten Job, auf sie aufzupassen."

„Und wer passt auf dich auf?", fragt er.

„Mir geht's gut. Ich bin unter Leuten."

„Ich habe einen schwarzen Gürtel." Mackenzie sieht sich um. „Glaubst du, ihr Stalker ist ihr hierher gefolgt?"

„Ich weiß es nicht", blafft Owen. „Das ist ja der Punkt. Es ist nicht so, als wäre die Tür verriegelt."

„Entspann dich", sagt Harper. „So groß ist das Lokal nicht. Wenn was nicht stimmt, werden wir schreien. Bis dahin lass uns bitte in Ruhe. Das hier ist eine Party, und du verdirbst allen die Stimmung."

Owens Blick könnte Harper töten, die jedoch direkt zurückstarrt. Ah, Geschwister!

„Mach dich wenigstens nützlich und bring uns Drinks", sagt Harper und schnippt dann mit den Fingern. „Und mach schnell."

Sein Kiefer verkrampft sich. Ich würde mich ja als Friedensstifterin betätigen, aber Owen hat sich vorhin wie ein Idiot mir gegenüber aufgeführt, also sehe ich einfach zu.

Mackenzie glättet die Dinge. „Ich besorge uns Drinks und, Owen, du bist natürlich herzlich eingeladen, dich uns anzuschließen. Was hättet ihr gern?"

Wir nennen ihr unsere Bestellung, außer Owen, der sagt: „Ich muss mit Frankie reden."

Mackenzie geht an die Bar, um die Bestellung aufzugeben. Ich sehe Harper schief an.

„Was?"

„Du versuchst absichtlich, ihn wütend zu machen."

Sie winkt das ab. „Der einzige Weg, einen überheblichen älteren Bruder in Schach zu halten, ist, sich zu behaupten. Er hat sich eingemischt. Natürlich geht's dir gut."

Ich beuge mich vor. „Ist das der Teil, in dem du mir Ratschläge über meine Chancen bei ihm gibst?" Das war natürlich der einzige Grund, warum sie mich zu der Party eingeladen haben, und sie hat ihn einfach verjagt.

„Das war Mackenzies Idee", sagt Harper. „Ich kann dir jetzt schon sagen, dass du keine Chance bei ihm hast. Er ist ein verwundeter Bär, und es wäre schon was Großes nötig, und ich meine was Riesiges, um ihn lange genug von seiner Liebeswunde abzulenken, damit er sich wieder öffnet."

„Ich habe mich entschuldigt. Mehr als einmal."

„Manchmal reicht es nicht, sich zu entschuldigen."

Mein Magen brennt. Ich sehe durch den Raum, und mein Blick kollidiert mit seinem. Er beobachtet mich, wahrscheinlich, um mich zu beschützen, nicht, weil er interessiert ist. Nun, ich werde meinen Kopf nicht gegen die Wand schlagen. Er hat mich laut und deutlich sowohl in Worten als auch in Taten wissen lassen, dass ich mich fernhalten soll. Darum ging es bei diesem idiotischen Verhalten, das große Rückzugszeichen eines verwundeten Bären. Ich sollte ihn in den Winterschlaf gehen lassen und nicht riskieren, ihn noch einmal zu reizen. Genug mit der verwundeten Bären-Metapher!

„Wo ist Mackenzie mit unseren Getränken?", frage ich.

Wir beide wenden uns zur Bar, um Mackenzie mit Nathan Brooks, Harpers Erzfeind, sprechen zu sehen. Sie sind zusammen aufgewachsen, da er in der Nähe gelebt hat. Ich weiß nicht, warum sie ihn nicht leiden kann, nur, dass sie einst beste Freunde waren. Als ich ihn kennengelernt hab', war er Owens bester Freund.

„Was macht er denn hier?", fragt Harper. „Das ist hier kein Geschäftsevent."

Nathan nimmt zwei Drinks und folgt Mackenzie zu uns.

„Mist", sagt Harper leise.

„Harper", sagt Nathan nur und stellt ein Glas Rotwein vor sie.

„Nathan", erwidert sie genauso stumpf. „Danke, dass du mein Getränk gebracht hast. Du erinnerst dich an Shayla?"

„Wer könnte dich vergessen." Er wirft mir ein warmes Lächeln zu. „Nett von dir, dich zu uns herabzulassen. Ich bin mir sicher, dass du viele Einladungen mit Stars hast."

Ich lächle. „Ja, viele arbeitsbezogene Verpflichtungen, aber ich liebe es hier. Ich denke, es wäre fantastisch, ein sicheres, ruhiges Leben in Clover Park zu führen, anstatt sich irgendwo in einem Hotelzimmer zu verstecken und ständig mit dem Projekt durch die Gegend zu ziehen."

Mackenzie gibt mir meine Margarita und hat einen Mojito für sich. „Nathan hat gerade gesagt, dass wir Clover Park beleben und mehr Singles dazu bringen müssen, hierher zu ziehen. Es gibt hauptsächlich Familien. Ein toller Ort, um aufzuwachsen, aber etwas zu ruhig."

In dem Moment tippt Owens Tante Madison an ein Mikrofon, um Aufmerksamkeit zu bekommen. Wir sehen alle, wie sie auf einem Stuhl im Essbereich steht. Ihr Mann Parker steht an ihrer Seite. Sein dunkles Haar ist kurz geschnitten, sein Kiefer glattrasiert. Er hält eine Hand an ihre Hüfte, wahrscheinlich, um sie vor dem Herunterfallen zu bewahren.

Madison sieht ihren Sohn Michael an. „Dad und ich wollen dir nur gratulieren, Michael. Wir sind so verdammt stolz auf dich." Ihre Stimme bricht, und sie schüttelt den Kopf. „Ich werde bei so einem glücklichen Anlass *nicht* weinen."

Alle lachen.

„Softie!", brüllt Jake.

Madison ignoriert das. „Wir lieben dich und wissen, dass du großartige Dinge tun wirst."

Alle jubeln und klatschen.

Parker hilft ihr von ihrem Stuhl herunter. Michael geht hinüber, um seine viel kleinere Mom zu umarmen.

Claire nimmt das Mikrofon und sagt mit einem heiseren Lachen: „Ich werde nicht da hinaufklettern, sondern möchte Michael und auch Rafael meine Glückwünsche aussprechen. Raf, du bist deinem Herzen gefolgt, indem du Fotografie studiert hast, und die Kunst, die du kreierst, ist wunderschön. Wir sind stolz, dich unseren Sohn zu nennen."

Rafael sieht sichtbar bewegt aus. „Danke, Mom."

Harper beugt sich vor. „Rafael war früher eine wahre Bedrohung mit seiner Kamera, er hat von jedem, der kam, Schnappschüsse gemacht. Einmal hatte Mom zum Abendessen Besuch von diesem hyperberühmten Typen. Ich nenne keine Namen, weil es das klassische *Filmstars-die-sich-daneben-benehmen*-Szenario war. Jedenfalls hat er Rafes Kamera fast zerstört, als er ihn dabei erwischt hat, wie er ein Foto von ihm gemacht hat. Und wisst ihr, was Rafe getan hat?"

„Was?", flüstere ich.

„Er hat ihm gesagt, dass er nie wieder ein Foto von ihm

machen werde, und eines Tages würde sich dieser Typ wünschen, er würde es tun. Und Rafe war erst vierzehn. So viel zum Thema Vertrauen in seine eigenen Fähigkeiten."

„Du musst mir sagen, wer der Typ war", sage ich.

Harper winkt das ab. Ich schätze, ich sollte ihre Diskretion gegenüber Branchenleuten zu schätzen wissen. Ich sehe gerade hinüber, als Rafaels Vater Jake seine Rede beendet.

„Wir wünschen dir alles Gute auf der Welt, und es ist schön, dich wieder zu Hause zu haben. Natürlich nicht für immer."

Madison sagt: „Ich habe ein tolles einzugsbereites Haus zum Verkauf, genau hier in Clover Park."

Jake starrt seine Schwester an. „Wirklich, Mad. Ein Verkaufsgespräch?"

„Ich bin aus gutem Grund die Nummer eins der Immobilienmakler im County", kontert sie.

Jake fährt fort, seinem Dad, Joe, und Brandy zu ihrem Hochzeitstag zu gratulieren. Meine Gedanken wandern, während mehrere Leute zum Mikrofon gehen, um ihre Glückwünsche auszusprechen. Ein Gefühl des Friedens kommt über mich, ein Gefühl, das ich nicht mehr gespürt habe, seit ich sechzehn Jahre alt war und ich bei Claire lebte. Vielleicht brauche ich nicht so sehr Owen, sondern Freunde und Familie hier in Clover Park. Ist es möglich, dass ich in seine Familie verliebt bin und nicht in ihn? Ich strahle und fühle mich so viel besser. Seine Familie liebt mich. Warum habe ich das nicht schon vorher gesehen?

Und in Clover Park gibt es ein bezugsfertiges Haus. Die City ist mit dem Auto erreichbar. Mackenzie hat hier eine Wohnung, und Harper ist gerade aus Boston zurückgekehrt und sucht nach einer Unterkunft.

Sobald die Gratulationsankündigungen enden, beginnt Musik aus dem Hinterzimmer.

„Lasst uns tanzen", sagt Mackenzie zu uns. „Hoffentlich treffe ich Harry auf dem Weg und das Terrain sondieren."

Nathan dreht sich zu Harper um. „Machst du immer noch

deine Kira-Stanley-Moves?" Das war eine Popsängerin, die in unseren Teenagerjahren beliebt war.

Eine ungewöhnliche Röte brennt auf Harpers Wangen. „Nein."

„Ich werde mit dir tanzen", sagt er. „Damit du gut aussiehst."

„Ich würde lieber mit einem Gorilla tanzen."

Seine Augen werden komisch größer. „Ich sehe hier keine Gorillas, du?"

Sie sieht sich um, bevor sie ihn ansieht. „Nein, nur einen Esel."

Mackenzie keucht.

„Was hast du für ein Problem mit mir?", fragt Nathan unaufgeregt. Einfach, als wäre er neugierig.

Harper presst die Lippen zu einer flachen Linie zusammen. „Nichts. Ich gehöre nur nicht zu den Frauen, die dir zu Füßen fallen, weil du lächelst oder etwas vermeintlich Charmantes sagst."

„Bist du eifersüchtig?", fragt er grinsend.

„Er ist im Moment Single", bemerkt Mackenzie.

„Danke, Mackenzie", sagt Nathan trocken.

„Gehen wir, Ladys", sagt Harper und geht voran ins Hinterzimmer, wohin die Party anscheinend gewandert ist.

Ich halte sie und Mackenzie auf, bevor wir ins Hinterzimmer kommen. „Ich hab' heute Abend mächtig Spaß. Lassen wir's krachen!"

Harper deutet voraus, wo ein Haufen Leute zum Neil Diamond Song „Sweet Caroline" tanzen und singen. Das ist die inoffizielle Hymne der Boston Red Sox. Habe ich im Fernsehen während ihrer Heimspiele gesehen. „Und ob wir's krachen lassen."

Ich ergreife die Hände von beiden. „Ich will das Haus kaufen, das deine Tante erwähnt hat. Wir können Mitbewohner sein, und ihr könnt mietfrei da wohnen."

„Ja!", sagt Harper. „Lass uns das tun. Das ist perfekt! Dann kann ich sparen, um mir mein eigenes Haus noch viel schneller zu kaufen." Obwohl ihre Eltern, Claire und Jake, Geld haben, geben sie ihren Kindern keine Almosen.

„Sollten wir uns das Haus vielleicht zuerst ansehen?", fragt Mackenzie.

„Ich werde die Details von deiner Tante bekommen, aber bist du offen dafür?"

Sie strahlt. „Ja."

„Ja?"

Sie lacht. „Ja!"

Wir lachen und starten dann in eine fröhliche, tanzende Umarmung. Das wird episch werden.

9

———

„Bitte was?" Wir sitzen während Shaylas Mittagspause an einem Tisch draußen, und ich kann meinen Ohren kaum glauben. Sie hat ein Haus in Clover Park gekauft, und meine Schwester und meine Cousine ziehen bei ihr ein? Das ist ein Sicherheitsalptraum.

Sie legt ihre Gabel ab. „Der wichtige Teil ist, dass mein Angebot angenommen wurde. Keine Sorge, es ist nur einen Block von deinem Haus entfernt, und Madison sagte, ein Block in die andere Richtung sei die Polizeistation. Das Haus verfügt bereits über ein Sicherheitssystem. Ich muss es nur nach dem Vertragsabschluss an mich übertragen."

Ich reibe mir eine Hand über das Gesicht. „Natürlich brauchst du ein besseres Sicherheitssystem als eine Standard-Alarmanlage, und du brauchst immer noch einen Bodyguard für zu Hause und der dich zur Arbeit begleitet. Du kannst es dir nicht leisten, Risiken einzugehen."

Wie kann ich mich je entspannen, wenn ich weiß, dass nicht nur Shayla in Gefahr ist, sondern auch meine Familie? Jeden Moment könnte Matt einbrechen, und wer weiß, was er tun wird?

Sie zeigt mir das Bild eines alten Hauses auf ihrem Handy. „Es ist so schön. Ein restauriertes viktorianisches mit einem eingezäunten Garten. Neu renovierte Küche und Badezimmer. Und das Beste daran ist, dass es vier Schlafzimmer hat, also habe ich Platz für Harper, Mackenzie und meine Assistentin Olivia."

Shayla blickt zum einfacheren Essensstand mit kalten Sandwiches für die übrigen Mitarbeiter, wo Olivia sich ihr Mittagessen holt, und winkt.

Olivia gestikuliert, ob Shayla sie braucht, aber sie winkt das ab. Olivia kümmert sich weiter um ihr Mittagessen. Ich habe sie gestern kennengelernt, als sie angekommen ist. Sie ist eine nüchterne Brünette, Anfang zwanzig, mit gnadenlosen Organisationsfähigkeiten. Innerhalb einer Stunde hat sie Shaylas Hotelküche einrichten lassen, um ihre Lieblingsgerichte aus ihrem Haus in L.A. zubereiten zu können, bevor sie ihr Lager im Gästezimmer aufgeschlagen hat. Sie ist Absolventin der Filmhochschule und arbeitet, um genug Geld zu bekommen und ihre eigene Arbeit produzieren zu können. Eines Tages wird sie Hollywood erobern.

„Wann ist das denn alles passiert?", frage ich. Wir leben zusammen, und ich stehe täglich mit Mackenzie in Verbindung. Warum wusste ich nicht, dass eine so wichtige Sache abläuft?

„Es ist das Haus, das deine Tante Madison auf der Party am Samstag erwähnt hat. Ich hab' an jenem Abend beschlossen, es zu kaufen, und Harper und Mackenzie waren einverstanden, meine Mitbewohner zu werden."

„Samstag bis Montag also, und das Haus gehört dir."

„Ja. Ich habe Bargeld ohne Eventualitäten angeboten. Die Besitzerin wollte unbedingt nach Florida ziehen, um näher bei ihrer Tochter und ihren Enkeln zu sein. Wir schließen diesen Freitag ab und können am folgenden Montag umziehen. Glücklicherweise haben Harper und Mackenzie bereits Möbel, und Olivia wird sich um alles kümmern, was wir sonst noch brauchen."

Ich massiere meine Nasenwurzel und schließe die Augen. *Ein Alptraum.*

„Ich liebe deine Familie eben", sprudelt sie heraus.

„Cooper sagt, er wird vorbeischauen, um alles zu installieren oder zu reparieren, was wir brauchen. Er hat schon so einiges im Happy Endings repariert. Mackenzie sagt, er wird irgendwann das Restaurant übernehmen. Du hast so ein Glück, eine Familie zu haben, die es liebt anzupacken, und die sich gegenseitig hilft."

„Im Grunde genommen adoptierst du also meine Familie."

Sie lächelt. „Ja. Aber Claire hat mich zuerst adoptiert, also schätze ich, es beruht auf Gegenseitigkeit." Sie betrachtet meinen Gesichtsausdruck. „Warum freust du dich nicht für mich?"

Ich spreche durch die Zähne. „Weil diese Familie, die du so sehr liebst, *meine Familie*, jetzt in Gefahr ist."

„Aber du wohnst in der Nähe, also könntest du vielleicht regelmäßig nach uns sehen."

„Nach euch …" Ich spreche nicht weiter. Natürlich muss ich einziehen. Ich bin mir nicht sicher, ob sie zögert, mich um mehr zu bitten, oder ob sie denkt, dass sie mich nicht mehr braucht. So oder so, ich bleibe nah dran. Bevor ich sie darüber informieren kann, schließt sich Olivia uns an.

Sie hält Kekse hoch. „Ich habe die letzte Packung Oreos gewonnen."

„Gut!", sagt Shayla. Ihr Teller besteht aus Gemüse mit gegrilltem Huhn, dazu Obstsalat und Sprudelwasser. Auf Olivias Teller liegen ein Sandwich, Kartoffelchips, Oreos und Diät-Cola.

„Willst du was von meinem Obstsalat?", fragt Shayla.

Olivia nimmt die Schüssel und legt die Trauben auf ihren Teller. „Da. Jetzt musst du nicht mehr um sie herumarbeiten."

„Danke, Olivia", sagt Shayla süßlich.

Ich wende mich an Olivia und hoffe auf eine Verbündete. „Was hältst du von dieser Idee, dass sie nach Clover Park zieht und in die City pendelt?"

Olivia sieht zu Shayla. „Eine ehrliche Antwort oder die einer pflichtbewussten Assistentin?"

Shayla bedeutet ihr fortzufahren. „Ich weiß deine Ehrlichkeit immer zu schätzen, auch wenn ich dir nicht zustimme."

„Richtig." Olivia dreht sich zu mir um. „Es ist ein logistischer Alptraum. Wir müssen um fünf Uhr morgens aufstehen, um für Make-up und Haare pünktlich da zu sein, und fahren dann in etwas zurück, das wahrscheinlich die Hauptverkehrszeit sein wird. Ich habe vorgeschlagen, das Haus nur an Wochenenden zu benutzen."

„Aber dann fühlt es sich nicht wie ein Zuhause an", sagt Shayla. „Ich möchte Teil des täglichen Lebens dort sein, mit dir, Mackenzie und Harper. Zusammen zu Abend essen, stundenlang Fernsehen, über unser Leben plaudern. Vielleicht hole ich mir sogar eine Katze."

„Keine Katze", sagt Olivia. „Ich ziehe die Grenze bei einer Katze. Ich bin allergisch."

„Was ist mit einer haarlosen Katze?", fragt Shayla. Als Olivia sie vielsagend ansieht, sagt Shayla verlegen: „Okay, keine Katze."

Wer ist hier eigentlich wessen Boss?

„Und was passiert, wenn du dich für deinen nächsten Job entscheidest?", frage ich. „Dann sitzen Harper und Mackenzie auf der Hypothekenzahlung?"

Shayla starrt mich an. „Für was für eine Freundin hältst du mich? Natürlich nicht. Ich habe das Haus abbezahlt, und sie können dort mietfrei wohnen, solange sie wollen. Ich werde wieder dort wohnen, wenn ich zwischen zwei Jobs bin."

„Sie behält auch das Haus in L.A.", sagt Olivia. „Es ist wichtig, dort eine Homebase zu haben."

Richtig. Meine Eltern haben auch ein Haus in L.A., für den Fall, dass sie da draußen sind. Scheint, als würde Shayla in Moms Fußstapfen treten, mit einer Basis in Connecticut und einem Haus in L.A. Ich bin trotzdem nicht glücklich.

„Du kannst nicht ohne Bodyguard dort leben", sage ich.

„Ich bin ja dabei", sagt Olivia. „Ich habe drei Kandidaten für Shayla, die sich diese Woche persönlich vorstellen." Sie neigt den Kopf in meine Richtung. „Für den Vibe-Check."

„Richtig, der Vibe-Check." Ich bin ein vorübergehender Teil ihres Lebens. Das darf ich nicht vergessen.

Ich werfe Shayla einen harten Blick zu. „Ich habe viel zu tun, ein altes viktorianisches Haus zu sichern, dafür zu sorgen, dass du und meine Familie sicher seid. Und du auch, Olivia."

„Mach dir um mich keine Sorgen", sagt sie, bevor sie einen Bissen von ihrem Sandwich nimmt. Sie ist klein und rund, eine Art Apfelform. Ich kann mir nicht vorstellen, wie sie es mit einem Stalker aufnimmt.

„Warum sollte ich das nicht?", frage ich. „Hast du eine Ausbildung in Selbstverteidigung?"

„Wenn ich Matt Boone jemals persönlich sehe, werde ich ihm in die Eier treten", sagt Olivia sachlich. „Und ich trage immer Stiefel mit Stahlkappen."

Ich schaue unter den Tisch. Ja, schwarze Stiefel mit Stahl-kappen und ein Kleid mit weißem Gürtel. Sie erinnert mich allmählich an meine Tante Madison. Badass bis in die Knochen, trotz ihrer zierlichen Größe.

Ich breite meine Arme aus. „Klingt, als hättet ihr Ladys das hier unter Kontrolle."

Shayla strahlt.

„Er meint das sarkastisch", flüstert Olivia.

„Ich mag dich", sage ich zu ihr.

„Danke!"

Shayla runzelt die Stirn. „Ich weiß, dass du dir Sorgen machst, aber alles wird gut, und ich werde dir aus den Füßen sein." Sie hebt das Kinn, ihre Augen glitzern. „Tut mir leid, dass ich dich überhaupt da reingezogen habe. Ich werde alles haben, was ich mir jemals gewünscht habe, in meinem neuen Zuhause in Clover Park."

Ich versteife mich. Schätze, sie hat mir doch was vorge-spielt, als sie darüber gesprochen hat, sie vermisse mich, oder dass ich das Beste sei, was sie je hatte.

„Nun, mir tut es leid, dass du jemals zurückgekommen bist", blaffe ich. „Wie soll ich nachts schlafen, wenn ich weiß, dass du meine Familie in Gefahr bringst?"

Shaylas Gesicht zieht sich zusammen.

Mein Magen brennt. „Ich wollte nicht –", beginne ich.

Sie wendet den Blick ab, ihre Stimme ein Flüstern. „Du solltest gehen."

Ich gehe ein Stück weg. Nicht zu weit, ich muss ja weiter aufpassen. Verdammt, warum muss Shayla alles so verflixt kompliziert machen?

~

Shayla

Ich freue mich sehr, mit Mackenzie und Harper durch das Haus zu gehen. Es gehört offiziell uns. Wir sind an einem Samstagmorgen hier, um die Räume auszumessen und zu entscheiden, was wir brauchen. Olivia ist auch hier, um eine Liste von Sachen aufzustellen, die wir kaufen müssen.

„Tante Mad hatte recht", sagt Mackenzie. „Es ist definitiv einzugsfertig. Die Parkettböden sehen frisch überarbeitet aus. Seht euch den Stuck im Wohnzimmer an!"

Wir befinden uns im vorderen Wohnzimmer, in dem ein großer Kamin ist, und werfen durch einen Bogengang einen Blick in das formelle Wohnzimmer. Auf der linken Seite ist ein Esszimmer und, gleich dahinter, eine Küche.

Harper, Olivia und ich folgen Mackenzie ins Wohnzimmer. Owen schleicht hinter uns her. Er ist nicht glücklich darüber, dass ich ein Haus gekauft habe, in dem ich mit meinen Freundinnen wohnen kann, die zufällig seine Familie sind. Ich bringe sie nicht in Gefahr. Ich hatte vor, eine Leibwache und ein gutes Sicherheitssystem zu haben. Aber nei-i-in, Owen hat den Bodyguard, den ich mir ausgesucht habe, abgelehnt und gesagt, er sei zu unerfahren, obwohl er selbst bis vor Kurzem keine Bodyguard-Erfahrung hatte. Ich dachte, JJ hätte nach fünf Jahren bei einer berühmten Familie reichlich Erfahrung. Jedenfalls bleibt Owen eine zusätzliche Woche, während Olivia einen anderen Kandidaten sucht.

Ich habe Owen freigelassen, und er hat sich geweigert zu gehen. Gestern sollte sein letzter Tag sein. Jetzt tut er so, als würde ich ihn zwingen, hier zu sein, während er derjenige ist, der seinen Ersatz abgelehnt hat. *Die Tür ist genau da, Griesgram!*

„Ich kann mir hier gut ein Sofa, einen Zweisitzer und eine Ottomane vorstellen", sagt Mackenzie. „Vielleicht ein paar antike Tische."

„Das würde zu der Zeit passen, aber ich dachte, wir wären eher modern und lässig", sage ich.

„Genau", sagt Harper. „Ich habe ein tolles rotes Samtsofa für diesen Raum."

„Ich habe ein braunes Ledersofa", sagt Mackenzie. „Eins kann in den Salon und eins ins Wohnzimmer. Ich finde, der Fernseher sollte hierher."

Owen geht zum hinteren Fenster, um in den Garten mit seinem zwei Meter hohen Sichtschutzzaun zu schauen. Selbst er muss zustimmen, dass es ein schöner privater Ort ist. Es gibt einen Gemüsegarten mit Umzäunung, um die Tiere fernzuhalten, einen kleinen Brunnen und eine große Terrasse. Ich liebe es.

„Lasst uns über Küchenutensilien sprechen", sagt Olivia und geht mit einem Klemmbrett und einem Stift hinter ihrem Ohr in Richtung Küche. Ich habe solch ein Glück, sie in meinem Team zu haben.

Wir folgen ihr. Die Küche ist ganz in Weiß gehalten – weiße Schränke, weiße Ablagen, weiße Spülbecken, weiße Fliesenböden. Silberne Akzente an den Schrankgriffen und Schubladenauszügen sowie Geräte aus Edelstahl heben sich im Kontrast davon ab.

„Sie haben bei der Renovierung gute Arbeit geleistet", sage ich. „Madison hat mir den ursprünglichen Entwurf gezeigt, und die Küche war früher nur halb so groß. Sie haben sie weiter nach hinten erweitert und gleichzeitig eine Toilette und die Waschküche hinzugefügt. Sie haben auch das Wohnzimmer größer gemacht und das Erkerfenster hinzugefügt."

„Das ist eine Traumküche", sagt Harper. „Nur schade, dass ich nicht koche."

„Ich kann Omeletts und Pfannengerichte machen", biete ich an.

„Ich kann Desserts und Brot machen", sagt Mackenzie. „Hauptsächlich Kohlenhydrate."

„Hallo, hallo!", ruft eine warme, maskuline Stimme.

Ich trete in das kleine Foyer und finde Mackenzies jüngeren Bruder Cooper, der einen Werkzeuggürtel über einer verblassten Jeans trägt.

„Bereit zu helfen", sagt er mit einem Lächeln. Er ist in seine früher schlaksige Statur gewachsen – eins neunzig, muskulös und athletisch wie alle Campbell-Männer. Warum kann ich nicht auf einen süßen Typen wie ihn stehen? Leider ist er zwei Jahre jünger, und ich werde ihn für immer als Mackenzies kleinen Bruder sehen, der früher wild rumgerannt ist und uns mit Essen beworfen hat. Jetzt ist er zwanzig und viel ruhiger.

Ich lächle. „Hey, Cooper. Komm und mach die Runde mit uns. Wir versuchen herauszufinden, was wir noch brauchen, bevor wir morgen einziehen."

Owen erscheint an meiner Seite. „Du hast die Vordertür unverschlossen gelassen?"

„Ist ja nicht so, als würden hier schon wohnen. Wir sehen uns nur um. Außerdem bist du bei mir."

Cooper schüttelt Owen die Hand und klopft ihm auf den Rücken.

„Cooper kommt wieder mal zur Rettung", sagt Owen.

„Was meinst du?", frage ich.

Owen zeigt auf ihn. „Cooper rettet Frauen. Das ist seine Art."

Cooper schnaubt. „Das ist nicht meine *Art*. Ich bin nur hilfsbereit."

Ich lächle ihn an. Was für ein Schatz. „Nun, wir brauchen keine Rettung, aber ich weiß es sehr zu schätzen, dass du hier bist, um dich umzuschauen. In meinem Zimmer ist der Putz beschädigt, und ich hätte gern Regale in meinem Schrank. Im Moment gibt es nur eine einzige Stange."

„Ich werde es mir ansehen", sagt er. „Welches Zimmer?"

„Das letzte rechts."

Er läuft die Treppe hinauf.

Owen wirft mir einen angesäuerten Blick zu, bevor er zur Haustür geht und sie schließt. „Wir brauchen bessere Schlösser dafür und für die Hintertür."

„Ich vertraue deinem Urteilsvermögen", sage ich fröhlich, bevor ich zu meinen neuen Mitbewohnern gehe.

Kurze Zeit später sind alle oben und inspizieren jedes Schlafzimmer, jedes Bad und jeden Schrank. Wir haben uns alle ein Schlafzimmer ausgesucht. Harper hat einen neuen Job in der City, muss aber nur zweimal pro Woche hin. An den übrigen Tagen arbeitet sie von zu Hause aus. Mackenzie sagt, dass sie auch von zu Hause aus arbeitet, es sei denn, sie haben ein Team-Meeting oder sie will einfach nur einen Tapetenwechsel.

Mackenzie schaut aus dem oberen Fenster ihres Zimmers. „Wann soll das B&B auf der anderen Straßenseite eröffnen?"

Ich schließe mich ihr an und bewundere das alte viktorianische Haus. Owen steht hinter uns in der Tür. „Das dauert noch eine Weile. Madison sagt, dass das Haus vererbt und der Nachlass geregelt wurde, aber die Besitzerin wartet immer noch auf eine Genehmigung, um es zu einem B&B zu machen. Anscheinend war es das Haus ihrer Großmutter."

„Das ist Maggie O'Hares altes Haus", sagt Mackenzie. „Sie ist eine Legende. Jemand, der jeden kannte und alles, was in der Stadt vor sich ging. Sie ist hundert Jahre alt geworden und hat bis zum Ende Leopardenbodys und Lederhosen getragen. So will ich im Alter auch sein."

„Seniorziele", sage ich.

Wir lachen.

Owen kommt zu uns. „Wie kommt, es, dass ich erst jetzt von einem B&B auf der anderen Straßenseite höre? Das ist nicht gut. Matt könnte als Gast einchecken und da kaum auffallen."

„Würde das nicht gegen sein Kontaktverbot verstoßen?", frage ich.

„Es ist mehr als hundert Meter entfernt." Er kneift sich in die Nasenwurzel, schließt die Augen.

„Es ist in Ordnung, Owen", sagt Mackenzie. „Bis die Genehmigungen durch sind und die Renovierung abgeschlossen ist, wird Shayla bei ihrem nächsten Projekt sein."

„Aber sie hat gesagt, dies sei ihre Heimatbasis", erwidert Owen.

„Das ist so süß, Shay!", sagt Mackenzie. „Ich dachte, das hier wäre eher sowas wie dein Ferienhaus."

„Es ist nicht süß", sagt Owen. „Es ist verrückt, und sie bringt euch alle in Gefahr."

Ich ignoriere ihn. „Du gehörst zur Familie", sage ich zu Mackenzie. „Zumindest hoffe ich das. Ich habe nicht wirklich mehr eine Familie."

Mackenzie legt einen Arm um mich. „Natürlich sind wir das. Harper! Komm her! Shayla wird gerade ganz schnulzig, und du musst zu einer Gruppenumarmung kommen."

Owen verdreht die Augen.

Harper eilt einen Moment später herein und stürzt sich fast auf uns zu einer Umarmung. Wir stolpern und lachen.

„Warum sind wir schnulzig?", fragt Harper.

„Ich habe gesagt, das hier sei meine Heimatbasis, weil ihr meine Familie seid", erwidere ich.

„Wir müssen sie adoptieren", sagt Mackenzie. „Du bist jetzt offiziell meine Schwester. Ich wollte schon immer eine Schwester."

„Ich auch", sagt Harper.

„Da sind wir schon zu dritt", sage ich und schlucke den Kloß der Emotionen herunter, der in meinem Hals festsitzt. „Ich bin so glücklich."

Ding-dong. Wir springen beim Klang der Türklingel auseinander. Gänsehaut steigt auf meinen Armen. Wir haben nur Cooper erwartet.

Ich beeile mich, meine neuen Schwestern zu beruhigen. „Matt würde nicht klingeln."

„Wir werden nicht für einen traurigen kleinen Stalker-Typen unser Leben verbiegen", sagt Harper. „Nachdem wir

Vorkehrungen getroffen haben, finde ich, wir sollten das Leben wie gewohnt gestalten."

Ding-dong.

Mackenzie deutet zur Tür. „Es könnte Finn sein. Ich hab' ihn gebeten, vorbeizuschauen, um über den Anstrich einiger Innenräume zu sprechen. Er will etwas Geld dazuverdienen, um sich ein Auto zu kaufen." Finn ist ihr jüngster Bruder.

Ding-dong.

Ein Teil von mir will, dass Owen nach unten geht und die Tür öffnet, aber ich weiß, dass er nicht unser Butler ist.

Ich versuche, trotz meiner Angst fröhlich zu klingen. „Das klingt so offiziell, als wäre das hier ein echtes Zuhause mit einer echten Türklingel."

„Natürlich ist es ein echtes Zuhause", sagt Harper.

„Vielleicht könnten wir das Ding-Dong gegen ein Glockenspiel tauschen", sagt Mackenzie.

„Ich geh' schon", verkündet Olivia vom Flur aus.

Owen folgt ihr. „Sieh durch den Spion, bevor du öffnest."

Mackenzie geht nach unten. „Finn!"

Harper und ich folgen. Finns Ähnlichkeit mit Mackenzie und Cooper ist eindeutig, dasselbe dunkle Haar und kantige Wangenknochen. Er hat blaue Augen wie Mackenzie. Er ist neunzehn, hat gerade Pause vom College. Ich habe letztes Wochenende auf der Party mit ihm gesprochen.

„Hab Coopers Auto vor der Tür gesehen", sagt er zu Mackenzie. „Bezahlst du ihn auch?"

„Schh", macht Mackenzie. „Er hat sich freiwillig gemeldet, Sachen zu reparieren. Du wirst bezahlt, weil ich weiß, dass du ein armer Student bist."

Er holt einen Notizblock aus seiner Gesäßtasche. „Ich habe Farbmuster mitgebracht. Lasst mich wissen, was ihr wollt."

Olivia streckt ihre Hand aus. „Ich nehme das, da ich die Bestellung erledige. Wir wollen es neutral halten, wegen der eklektischen Sammlung von Möbeln, die hier hereinkommen." Sie sieht auf ihr Klemmbrett. „Einige sehr unterschiedliche Stile verschmelzen bei diesem Umzug."

Finn starrt sie an, sein Kiefer ist locker. Als wäre er gerade einem Star begegnet, nur, Olivia ist nicht berühmt.

„Kann ich die Farbmuster haben?", hakt Olivia nach.

„Ich bin Finn Campbell", sagt er und bietet ihr seine Hand an.

Sie schüttelt sie kräftig. „Olivia Wagner. Ich bin Shaylas Assistentin." Sie nimmt ihm das Musterbuch aus der anderen Hand.

„Sie ist so viel mehr als eine Assistentin", sage ich. „Sie ist ein Genie darin, mein Leben zu organisieren. Und Absolventin der Filmschule."

„Cool", sagt Finn. „Ich wohne etwa vier Blocks von hier entfernt, wenn du mal was trinken gehen willst."

Mackenzie kichert. „Finnie, sie ist näher an meinem Alter. Du bist noch ein Teenager."

„Und?", sagt Finn. „Ich bin erwachsen."

Olivia glättet ihr Haar und wirft mir einen *„Ist das zu fassen?"*-Blick zu. In der Regel laden Männer Olivia nicht auf einen Drink ein. Tatsächlich glaube ich nicht, dass sie seit dem College gedatet hat, was schade ist, weil sie süß und brillant ist. Heute trägt sie ein weites Kurzarmhemd über Leggings zu ihren schwarzen Standardstiefeln mit Stahlkappe. Okay, also ist sie keine Fashionista, aber sie hat viele Qualitäten. Ich bin froh, dass Finn über ihr Wochenend-Outfit hinwegsieht.

Finn kommt näher, um mit Olivia zu sprechen, und deutet auf einige Farben im Musterbuch. Er sieht sich mehrmals ihr Profil an und scheint sie zu bewundern. Sie mustert die Farben, ohne seine Aufmerksamkeit zu bemerken.

Ich bedeute allen, mich ins Wohnzimmer zu begleiten, um den beiden ein bisschen Raum zu geben. Sobald wir alle dort sind, flüstert Mackenzie: „Ich habe Finn noch nie so gesehen. Als wäre er vom Blitz getroffen worden, sobald er sie sah."

„Rosarote Brille", sagt Harper viel zu laut.

„Es ist süß", flüstere ich. „Sie ist doch nur vier Jahre älter als er."

„Das ist viel in Finns Alter", sagt Mackenzie. „Er hat sie

zu einem Drink eingeladen, und er darf noch nicht einmal legal einen Drink kaufen."

„Dann trinken sie eben Kaffee", sage ich.

„Oder sie kann ihm einen Drink kaufen", sagt Harper.

Ich spähe in den Eingangsbereich und sehe, wie Finn mit Olivia flirtet, mit einem Lächeln und rauer Stimme. Olivia schüttelt den Kopf. Vielleicht sollte ich eingreifen. Sie ist es nicht gewohnt, Männer abzuweisen, und dieser hier muss sanft behandelt werden. Er wird oft hier sein, wenn er drinnen streicht.

Mit Owen dicht auf meinen Fersen gehe ich Richtung Eingang. Ich sehe ihn über meine Schulter an, und er bedeutet mir, weiterzugehen.

Ich komme gerade rechtzeitig, um Olivia sagen zu hören: „Nimm's nicht persönlich, du bist nur einfach zu jung für mich."

Finns Blick ist auf sie gerichtet. „Eines Tages werde ich dich heiraten, Olivia Wagner."

Mir bleibt der Mund offen stehen. Owen hat mir mit siebzehn einen Antrag gemacht, und jetzt macht Finn einen mit neunzehn. Was ist nur mit den Männern in dieser Familie, dass sie sich so gern auf Verpflichtungen stürzen? Wenigstens waren Owen und ich verliebt. Finn hat sie gerade erst kennengelernt.

Olivia starrt ihn an. „Nein, wirst du nicht."

„Doch, werde ich. Denk an meine Worte."

Sie verschränkt die Arme. „Ich werde nicht ewig für Shayla arbeiten, weißt du. Irgendwann ziehe ich zurück nach L.A., und eines Tages werde ich mein eigenes Studio leiten."

Er grinst. „Wir bleiben in Kontakt." Er stolziert davon.

Sie starrt ihm hinterher und kehrt dann zu mir zurück. „Was hat er denn?"

„Das war selbst für ihn seltsam", sagt Owen.

„Er ist total verrückt nach dir", sage ich.

Sie schnaubt. „Typen, die so aussehen, stehen nie auf mich." Sie schüttelt den Kopf. „Es muss einen anderen Grund geben. Vielleicht versucht er, durch mich an dich ranzukommen."

Wir sehen alle zu Finn, wo Mackenzie damit beschäftigt ist, ihn im Große-Schwester-Modus zu belehren. Er sieht zu Olivia hinüber und zwinkert.

Sie keucht. „Wir brauchen einen neuen Maler. Ich werde sofort suchen."

„Du kannst ihn nicht feuern, nur weil er dich um eine Verabredung gebeten hat", sage ich. „Außerdem versucht er, Geld für ein Auto zu verdienen."

„Ich werde mit ihm reden", sagt Owen. „Ich werde ihn wissen lassen, dass du nicht interessiert bist, also kein Flirten."

„Und kein Zwinkern", sagt Olivia und glättet ihr Hemd. „Keine Dummheiten!"

„Alles klar." Owen geht hinüber zu Finn.

Ich drücke Olivias Arm. „Warte, bis du den Rest der Familie triffst. Owen hat einen Bruder und mehrere Cousins im geeigneten Alter. Vielleicht verstehst du dich mit einem von ihnen gut."

Sie runzelt die Stirn. „Ich habe keine Zeit für Dates."

„Bist du glücklich, Olivia?"

„Was hat denn Glück damit zu tun? Das hier ist Arbeit."

Ich beschließe, nicht zu drängen. Ich sollte einfach froh sein, dass sie sich so auf die Arbeit konzentriert, die sie erledigen muss. „Ich bin dir sehr dankbar."

Sie schreibt etwas auf das Blatt auf ihrem Klemmbrett. „Wie du es auch solltest."

Ich stupse ihre Schulter an.

„Danke", sagt sie mit einem kleinen Lächeln und geht nach oben.

Owen kommt wieder zu mir. „Finn sagt, er flirtet nicht, wenn sie es nicht will, aber er ist immer noch davon überzeugt, dass was zwischen ihnen ist. Ich glaube, er hat die romantische Natur seiner Mom geerbt. Armer Bastard." Finns Mom ist Hailey, die Hochzeitsplanerin und selbsternannter Liebesjunkie.

„Eines Tages wird er eine Frau sehr glücklich machen", sage ich.

Owen grunzt. „Ich weiß, dass der Einzugstag morgen ist, aber du kannst nicht hier bleiben, bis ich das ganze Haus gesichert habe. Du musst noch eine Nacht im Hotel wohnen. Es sollte bis spätestens Montag- oder Dienstagabend fertig sein."

„Ich verpasse nicht meine erste Nacht mit meinen Ehrenschwestern", sage ich.

Er beißt die Zähne aufeinander. Das macht er oft bei mir. „Du hast mich für einen Job eingestellt, und den erledige ich."

„Es ist mehr als eine Woche her, dass Matt irgendwas getan hat. Vielleicht ist er weitergezogen."

Er stößt einen Atem aus. „Das ist Wunschdenken."

Ich reibe mir die Schläfe. Da hat er nicht unrecht.

„Wenn du darauf bestehst, hier zu wohnen, dann wohne ich auch hier", sagt er.

Ich strahle, und die Worte purzeln wie ein Schnellfeuer heraus. „Warum hast du das denn nicht gleich gesagt? Du kannst unten auf der Couch schlafen. Das fände ich schön. Ich wollte dich ohnehin fragen. Das ist am sinnvollsten, und eigentlich dachte ich, das wäre vielleicht deine Absicht gewesen, da du den Leibwächter abgelehnt hast, den wir einstellen wollten. Was gut ist, da wir ja dich haben."

„Na schön."

„Großartig! Und dann werde ich einen neuen Bodyguard einstellen, und du kannst wieder zu deiner Arbeit gehen."

„Absolut! Mackenzie sagt, die Dinge mit dem D.C.-Projekt schreiten voran. Es geht gerade auf die nächste Ausschussebene zur Überprüfung."

„Das ist gut für dich."

Mir geht der Dampf aus, und ich sehe ihn nur stumm an, froh, dass er hier bleibt. Seine Augen sind aufmerksam auf meine gerichtet, und in diesem Moment ändert sich etwas. Anspannung knistert zwischen uns in der Luft. Nicht wütend. Mehr ... möglich.

Ich nehme seine Hand und drücke sie. „Ich bin wirklich froh, dass du hier bist. Ich hoffe –" Meine Stimme stockt, als er sich hinunterbeugt, seine Lippen nur Millimeter von meinen entfernt. Mein Herz hämmert, mein Atem beschleunigt sich. Es passiert. Endlich passiert es.

Er kommt noch näher, unser Atem vermischt sich. Meine Augen schließen sich, mein ganzer Körper vibriert in Erwartung. Ich schwanke auf ihn zu; die Hitze zwischen uns ist spürbar. Endlich ist er –

Weg.

Ich öffne die Augen, um zu sehen, dass er sich zurückgezogen hat.

Er grinst. „Ich weiß, warum du wirklich in die Stadt gekommen bist." Er stolziert rüber zu Cooper.

Ich verziehe das Gesicht. Mich mit einem Beinahe-Kuss zu täuschen!

Ich will schreien, es war nicht deinetwegen! Aber es gibt zu viele Zeugen, um einem Wutanfall nachzugeben. Ich bin hier für meine Freundinnen und um mich einmal normal zu fühlen. Das Kleinstadtleben in Clover Park zu leben, ist genau das, was ich brauche.

Jemand braucht da wohl mal eine Dosis Realität.

10

Umzugstag! Ich stehe auf der vorderen Veranda und dirigiere ein paar Umzugshelfer dorthin, wo ein Teppich hingehen soll. Es passiert wirklich! Ich werde ein richtiges Zuhause mit Freundinnen haben, die wie Familie sind. Im Gegensatz zu meinem einsamen Haus in L.A. oder den vielen temporären Hotelzimmern, die ich Zuhause nenne.

Ich stoße einen glücklichen Seufzer aus, drehe mich um und erstarre. Auf der anderen Straßenseite steht ein beigefarbenes Auto, und der Mann im Inneren starrt mich direkt an. Mein Herz ist in meiner Kehle. Er trägt einen Hut und eine Sonnenbrille, also kann ich ihn nicht klar sehen, aber die Intensität seines Starrens sagt mir, dass es Matt ist.

Olivia kommt raus. „Dein Schlafzimmer ist eingerichtet. Möchtest du dir die Möbel ansehen? Ich glaube – Shayla? Warum bist du wie eine Statue erstarrt?"

„Dieser Mann", sage ich leise.

Sie textet, während sie gleichzeitig mit mir redet. „Ich kann ihn von hier aus nicht erkennen. Ist es Matt oder ein Paparazzo?"

„Matt."

„Lass uns reingehen."

Ich drehe mich um und pralle fast mit Owen zusammen.

Er sagt Olivia, sie solle mich reinbringen, macht ein Foto von dem Typen und marschiert über die Straße.

Ich gehe in das Vorderzimmer, und meine Beine zittern, während ich mich auf Harpers weiches Samtsofa niederlasse. Olivia eilt in die Küche und kommt mit einem Plastikbecher Wasser zurück. Sie hat Pappteller, Plastikbecher und Plastikbesteck für uns mitgebracht, bis wir ausgepackt haben. Sie denkt wirklich an alles.

Ich nehme das Wasser mit zitternder Hand und trinke, bis es weg ist. Dann schließe ich die Augen und konzentriere mich auf das Atmen.

„Wir wissen noch nicht, wer das war", sagt Olivia. „Kein Grund zur Panik."

„Ich habe keine Panik. Ich atme, um zu verhindern, dass die Panik einsetzt."

Sie setzt sich neben mich. „Ich werde auch atmen."

Nach ein paar Momenten öffne ich die Augen. Die Realität stürzt auf mich ein. „Ich war wirklich in einer Verleugnungsphase, dass ich hierherziehen wollte und davon geträumt habe, ein normales Kleinstadtleben führen zu können. Jetzt habe ich diese schreckliche Person zu unserer Tür gebracht."

Harper kommt mit einer Lampe rein. „Was für eine schreckliche Person?"

Ich schlucke kräftig. „Auf der anderen Straßenseite sitzt ein Mann in einem beigefarbenen Auto, der das Haus beobachtet. Ich glaube, es ist Matt."

„Oh, ich habe mich schon gefragt, mit wem Owen da spricht. Der Typ ist abgehauen."

Owen kommt einen Moment später herein. „Ich habe ein Foto von ihm und sein Nummernschild, damit ich der örtlichen Polizei sagen kann, nach wem sie suchen soll. Das war Matt. Er ist uns von der City hierher gefolgt."

„Es tut mir leid", sagt ich mit leiser Stimme.

Sein ganzes Verhalten ändert sich von hart zu besorgt. „Hey, das ist nicht deine Schuld." Er sitzt neben mir, legt einen Arm um meine Schultern und zieht mich an sich. Tränen drohen. So lange habe ich mich danach gesehnt, wieder in seinen Armen zu sein, mich sicher und geschützt vor der Welt zu fühlen. Nur nicht unter diesen Umständen.

Olivia rutscht weg.

Er hebt mein Kinn. „Ich lasse nicht zu, dass dir was zustößt. Du bist zu wichtig."

„Dir?"

Er sieht mir in die Augen. „Allen."

„Owen." *Sei ehrlich zu mir.*

„Du weißt, was du für mich bist", sagt er schroff.

„Tue ich nicht."

„Du bist anders. Besonders."

Ich umarme ihn, Tränen stechen in meinen Augen. Er ist nicht so verschlossen, wie ich befürchtet hatte. Vielleicht hat er eine Drohung gebraucht, um zu erkennen, was ich ihm bedeute.

Ich ziehe mich zurück und sehe ihm in die Augen. Er streichelt meine Wange und küsst mich zärtlich. Ich schlinge meine Arme um seinen Hals und erwidere den Kuss mit all den aufgestauten Gefühlen, die ich für meine einzige Liebe habe.

„Nehmt euch wenigstens ein Zimmer", sagt Harper.

Wir brechen auseinander, als sie auf dem Weg zum Umzugswagen vor der Tür vorbeikommt.

Owen reibt sich den Nacken. „Das sollten wir wahrscheinlich nicht noch einmal tun. Ich muss berufliche Distanz wahren, um ein guter Aufpasser zu sein."

„Aber wäre ich nicht sicherer, ganz nahe an dich geschmiegt?"

Er streicht mit einem Finger über meine Nase. „Mir nahezukommen, ist nie eine sichere Sache."

„Das glaube ich doch."

Er rutscht weg. „Zurück zur Matt-Situation. Ich habe ihm gesagt, dass ihm eine Gefängnisstrafe droht, wenn er hier noch einmal auftaucht."

„Und das hat ihn dazu gebracht, zu fahren?"

„Ja. Hat wunderbar funktioniert. Zuerst hab' ich ihm seine Sonnenbrille abgenommen, ihm gesagt, er solle mir in die

Augen sehen und verstehen, dass ich ihn schneller ins Gefängnis schleppen werde, als er Kontaktverbot sagen kann."

„Wow! Und dann ist er abgehauen?"

„Noch nicht. Ich hab' ein Foto von ihm gemacht, als er mich anstarrte, und dann habe ich seine teure Sonnenbrille unter meinem Fuß zertreten, er hat das Blaue vom Himmel geflucht, und *dann* ist er abgehauen."

Ich ringe meine Hände. „Aber was, wenn er diese Geschichte an ein Klatschmagazin verkauft? Ich meine, dass du ihn bedroht hast. Es wird überall im Internet sein."

„Er wird keine Geschichte verkaufen, die ihn mit Stalking in Verbindung bringt, besonders mit dem Kontaktverbot. Jedenfalls ist er in Panik geraten, als ich Gefängnis und Polizei erwähnte, und hat behauptet, er wohne hier, und als ich gesagt habe, dass das eine Lüge ist, fing er an zu brüllen, dass er Steuern zahlt."

Meine Augen weiten sich. „Er klingt verrückt."

„Ja."

„Meinst du, er wird zurückkommen?"

„Kommt darauf an, wie entschlossen er ist."

„Kann ich sein Bild sehen?"

Er zeigt mir sein Handy.

Die Haare in meinem Nacken stellen sich auf. Das ist er. Und anders als ich ihn sehe, wenn er versucht, charmant zu sein, um mich anzulocken, sieht er auf diesem Bild aus wie der frustrierte wütende Mann, der er ist.

„Ich habe Angst", gebe ich zu.

„Das solltest du auch."

„O Gott, ich habe Harper und Mackenzie in schreckliche Gefahr gebracht."

Er atmet kräftig aus. „Nun hörst du endlich auf die Stimme der Vernunft, nachdem du das Haus gekauft hast und eingezogen bist."

Ich stehe auf. „Ich muss mit ihnen reden."

Ich finde sie oben in Mackenzies Zimmer, wo sie gerade

einen Spiegel über der Kommode aufhängen. „Ich denke darüber nach, auszuziehen."

„Was! Schon?", sagt Mackenzie.

„Matt ist auf der anderen Straßenseite aufgetaucht. Jetzt, da er weiß, dass ich hier bin, habe ich das Gefühl, euch beide in Gefahr zu bringen."

Harper meldet sich zu Wort: „Hey, wir kannten das Risiko, mit einem Star der A-Liste zusammenzuleben. Ich bin mit einem aufgewachsen."

„Ja", sagt Mackenzie. „Außerdem hat Owen das Haus mit den besten Sicherheitsvorkehrungen ausgestattet, und er wohnt in der Nähe. Er wird bei uns sein, bis dein neuer Bodyguard anfängt, oder?"

Ich atme zitternd aus. „Ja."

„Na also", sagt Mackenzie. „Und die Polizei ist nur einen Block entfernt."

Owen taucht in der Tür auf.

Harper stemmt die Hände in die Hüfte. „Ich habe gerade gehört, dass du noch länger hierbleibst. Wie soll ich die Orgie genießen, wenn mein großer Bruder ständig da ist?"

Owen zieht ein angewidertes Gesicht und geht. Harper grinst.

Nach einem Abendessen mit Take-out vom Happy Endings, einer gemeinsamen Flasche Wein und viel Reden und Lachen, ziehen wir uns alle für die Nacht zurück.

Ich strecke mich im Bett aus und schließe die Augen. Olivia ist nebenan, Harper und Mackenzie auf der anderen Seite des Flurs, und Owen passt unten auf. Er hat uns heute Abend Raum gegeben und ist in der Küche mit seinem Laptop für sich allein geblieben. Wenn ich nur weiß, dass er hier ist, fühle ich mich besser.

Ich gehe in Gedanken durch, wodurch ich sicher bin: Die Polizei ist in der Nähe. Ich lebe mit anderen Menschen und einem Mann zusammen, der ausgebildet und furchtlos ist.

Es ist nicht genug.

Die Angst schleicht sich ein. Wie schwer wäre es, an mich ranzukommen? Was, wenn Matt zu meinem Fenster klettert? Was, wenn er sich irgendwie an einem schlafenden Owen vorbeischleicht?

Was, wenn Matt eine Waffe hat? Mein Herz rast. Owen trägt keine. Er würde eine Lizenz brauchen und eine obligatorische Schulung, und da er nur vorübergehend eingesprungen ist, ist er dem nicht nachgegangen.

Ich schalte das Licht auf meinem Nachttisch an, nehme mein Handy und schreibe Owen.

Ich: *Kannst du hochkommen?*

Owen: *Was ist los?*

Ich: *Ich hatte einen Alptraum.*

Einen lebendigen Alptraum, mein wahres Leben. Ich klettere aus dem Bett und öffne langsam die Tür, damit sie nicht knarzt und die anderen darauf aufmerksam macht, dass ich einen Besucher habe.

Einen Moment später schlüpft er herein. Er trägt ein T-Shirt und eine Jogginghose. Wie schlimm ist es, dass ich gehofft habe, er würde kein Oberteil tragen? Selbst unter diesen beängstigenden Umständen habe ich immer noch Lust auf Owen. Mit mir muss was nicht stimmen.

„Du bist in Sicherheit", sagt er, schließt die Tür hinter sich und schließt sie ab. „Ich bin sicher, dass ich ihn genug erschreckt habe, um wenigstens einen Tag wegzubleiben."

„Bleib heute Nacht bei mir. Zumindest bis ich schlafe. Bitte!"

Er stößt einen Atem aus. „Deshalb habe ich gesagt, dass du im Hotel übernachten sollst." Er überprüft das Fensterschloss.

„Ich weiß, es tut mir leid. Bitte bleib."

Er dreht sich um und betrachtet meinen Pyjama. „Ist das der gleiche Pyjama wie vor neun Jahren? Das Oberteil wurde so oft gewaschen, dass es so dünn wie ein Taschentuch ist."

„Und? Mir gefällt es so." Ich streiche meine Hände über

die dünne Baumwolle meines Tweety-Pyjamatops. „Er ist bequem."

Er deutet mit einer ruckartigen Bewegung auf meine Brust. „Ich kann durch dein Oberteil durchsehen. Das hast du vorhin unten nicht angehabt." Er klingt vorwurfsvoll, als trüge ich das, um ihn zu verführen.

„Owen, wenn ich dich verführen wollte, hätte ich nackt die Tür geöffnet. Ich habe Angst und will nur, dass du in der Nähe bist."

Ich drehe mich um, gehe ins Bett und halte ihm die Decke hoch.

Er starrt für einen langen Moment auf das Bett, murmelt irgendwas vor sich hin und gesellt sich zu mir.

Ich schalte das Licht auf dem Nachttisch aus und kuschele mich an ihn, schmiege mein Gesicht an seine Brust und werfe einen Arm um seinen großen, erhitzten Körper. „Mmm, das ist genau das, was ich jetzt gebraucht habe."

Er fasst meinen Kopf mit seiner Hand, und ich seufze und entspanne mich gegen ihn.

Seine Stimme grollt in seiner Brust. „Ich erinnere mich an diesen Pyjama, als du zum ersten Mal bei uns übernachtet hast."

Ich sehe zu ihm auf. „Ich erinnere mich auch, was du getragen hast. Jogginghose ohne Shirt. Harper hat dich ange-brüllt, dass du aufhören sollst, deine Muskeln zur Schau zu stellen."

Er lacht. „Das war das Jahr, in dem ich mit Gewichten angefangen hab' zu trainieren. Ich war so oft wie möglich ohne Shirt vor Mädchen."

Seine Finger streichen durch meine Haare und beruhigen mich.

„Owen, ich habe das hier vermisst. Ich habe dich vermisst."

„Shay." Seine Stimme klingt angestrengt. Er will mich genau so sehr, wie ich ihn will.

Ich weiß nicht, wer sich zuerst bewegt, aber wir küssen einander plötzlich in leidenschaftlichem Rausch. Seine Hände sind überall an mir. Ich ziehe an seinem Shirt, und er setzt sich auf, um es auszuziehen, dann zieht er mich hoch und mein Oberteil weg.

Er schaltet das Licht auf dem Nachttisch an. „Genauso schön, wie ich dich in Erinnerung hab."

Ich fahre mit meinen Handflächen über die Muskelkämme an seiner Brust und seinem Bauch. „Du auch, nur viel muskulöser."

Er legt mich auf die Matratze und lässt sich auf mir nieder, küsst mich am Hals, knabbert und saugt, während er sich meinen Körper hinunter arbeitet.

Ich keuche, als sein Mund meine Brust erreicht und saugt, während er meine andere Brust streichelt. Er wechselt die Seiten, und mein Rücken schmerzt, will mehr. Ich führe meine Finger durch das weiche Haar, das sich an seinem Nacken kräuselt, eine Vertrautheit in der Geste, die leidenschaftliche Erinnerungen mit der Gegenwart verbindet.

Er senkt sich auf meinen Körper, reißt meine Shorts runter und starrt meinen rosa String an. „Der ist neu", krächzt er.

„Ich habe in den letzten neun Jahren schon neue Unterwäsche gekauft."

Er fährt mit dem Finger entlang der Linie des Tangas, was Lust durch mich rauschen lässt. Dann zieht er den String runter und senkt langsam den Kopf. Ich halte den Atem an. Er küsst an der Falte meines Schenkels entlang, während seine Finger mich fachmännisch streicheln. Meine Hüften zucken und flehen um mehr.

Ich keuche, während seine Lippen gegen den magischen Punkt drücken, und dann seine Zunge. Ich schließe die Augen. Er hat ein paar neue Moves, und ich beschwere mich nicht. Lust rollt in Wellen durch mich, während seine Lippen, seine Zunge und, oh Gott, diese quälenden Finger meinen Körper übernehmen.

Ich kralle meine Finger in die Laken. Er drückt unerbittlich weiter, während sich mein Inneres dreht und festzieht. „O Gott, Owen! Ich bin –"

Seine Finger stoßen in meinen Mund und bringen mich

zum Schweigen. Ich sauge eifrig, unfähig, alles einzudämmen, was ich empfinde. Er macht mich verrückt mit seinem hungrigen Mund. Meine Hüften bäumen sich hoch, und seine Finger verlassen meinen Mund, um meine Hüften auf die Matratze zu drücken.

Er hebt den Kopf. „Schhh!"

„Hör nicht auf!", flehe ich.

Er senkt den Kopf und drückt mich noch einmal an den Rand. Ich schreie auf, als der Orgasmus hart zuschlägt, mein ganzer Körper vor Ekstase erschüttert. Sein Mund bedeckt meinen, dämpft die Laute meiner Lust, während er mich sanft streichelt und mich jede letzte Welle ausreiten lässt. Endlich werde ich schlaff.

Er hebt den Kopf, um mich anzusehen. „Du solltest nicht so laut sein, wenn meine Schwester und meine Cousine auf der anderen Seite des Flurs sind."

„Das warst du."

Er grinst. „Das war ich, nicht wahr?"

„Komm in mich", flüstere ich.

Er stöhnt. „Kondom."

„Ja. Olivia legt mir immer welche in die Nähe." Ich strecke die Hand nach der Nachttischschublade aus, aber er kommt mir zuvor.

„Natürlich tut sie das", grummelt er. Er nimmt sich eins und rollte es sich über. Dann drückt er meine Hände auf die Matratze. „Und jetzt halt den Geräuschpegel niedrig."

Er stößt in mich, und wir stöhnen beide.

„Schh", flüstere ich ihm ins Ohr, wickle meine Beine hoch um seine Taille und hebe meine Hüften, um ihn tiefer aufzunehmen.

„Du fühlst dich so verdammt gut an", sagt er mit rauer Stimme in mein Ohr.

Und dann gibt es kein Reden mehr. Nur die urtümliche Vereinigung zweier Körper, die füreinander bestimmt ist. Nichts als das Geräusch seines angestrengten Atems, während er immer und immer wieder zustößt. Er hebt meine Hüften, und sein nächster Stoß trifft den G-Punkt. Ich singe seinen Namen, bis er meinen Mund mit seinem bedeckt, seine Zunge dringt ein. Ich bin voll von ihm, überwältigt, und ich lasse los, der Höhepunkt explodiert durch mich.

Er hebt den Kopf und stößt ein gutturales Stöhnen aus, während er mit mir kommt. Er bricht auf mir zusammen und nimmt mir den Atem. Einen Moment später rollt er sich auf den Rücken und hält mich an seiner Seite.

Wir sind still und versuchen, zu Atem zu kommen.

Nach ein paar Augenblicken sagt er: „Du musst bei mir einziehen. Das ist die sicherste Option."

Ich stütze mich auf einen Ellbogen, um ihn anzusehen. „Geht's wirklich um Sicherheit?"

„Ich will dich in meiner Nähe, okay?"

„Weil …"

Er seufzt. „Weil mir was an dir liegt. Das weißt du."

Ich verkneife mir ein Lächeln. Er tut so, als wären seine Gefühle die ganze Zeit offensichtlich gewesen. Er war gut darin, es hinter einem mürrischen Äußeren zu verstecken.

„Das ist der Sex, der aus dir spricht, wie das erste Mal, als du mir nach dem Sex einen Antrag gemacht hast", sage ich mit einer neckenden Stimme.

„Ich war siebzehn. Natürlich habe ich dir einen Antrag gemacht. Ich war so aufgeregt, Sex zu haben. Das hat gar nichts bedeutet."

Verletzt ziehe ich mich zurück. Ich schalte das Licht aus und lege mich im Bett flach auf den Rücken.

Er zieht mich seitlich gegen sich und legt meinen Arm und mein Bein über sich.

Ich schnaube. „Behandle mich ruhig noch gröber, warum nicht?"

Er lacht. „Macht mir nichts aus, das zu tun."

„Ich werde nicht zu dir ziehen. Ich habe dieses Haus gerade erst gekauft."

„Erstens musst du das für den Seelenfrieden tun, meinen und deinen. Ich muss wissen, dass du in Sicherheit bist und dass meine Cousine und meine Schwester nicht gefährdet sind."

Das schlechte Gewissen sticht auf mich ein. Ich war ernsthaft in der Leugnungsphase, als ich hierhergezogen bin. „Und zweitens?"

Er küsst mich und knabbert an meiner Unterlippe. „Du bist zu verdammt laut, um mit ihnen auf der anderen Seite des Flurs so weiterzumachen."

„Was lässt dich glauben, dass wir das so weitermachen werden?"

Er schiebt seine Finger zwischen meine Beine und schürt frische Lust. Ich kneife den Mund zu gegen das Stöhnen, das zu entkommen droht. Er dringt mit seinem Finger ein und findet problemlos die Stelle, die mich antörnt. Der Atem rauscht aus meinen Lungen.

Ich schaukele hilflos gegen ihn, während er mich immer weiter treibt, heiße Lust rast durch meinen Körper.

„Sag mir, dass ich aufhören soll", flüstert er mir ins Ohr.

Ich kann nicht sprechen, meine Nägel graben sich in seine Schultern, und dann hört er auf.

„Hör nicht auf, hör niemals auf!", sage ich.

Er wirft mir ein sexy Lächeln zu. „Deshalb musst du bei mir einziehen."

„Du spielst ein schmutziges Spiel."

Seine folternden Finger kehren zurück, ziehen mich an den Rand des Orgasmus und halten mich dort. Ich zittere, und alles, was ich tun kann, ist, mich an seine Schultern zu klammern, während er übernimmt, die Lust erhöht und gerade lange genug innehält, um es weiter zu verstärken.

Ich wimmere inkohärent, Leidenschaft trübt meine Vision. Und dann trifft mich eine Explosion der Lust so hart, dass ich schreie. Sein Mund ist sofort auf meinem und schluckt meine Lustschreie, während er mich langsam, sanft zurück zur Stille bewegt.

Er legt sich entspannt auf den Rücken und meinen schlaffen Körper über sich, spreizt meine Beine, damit ich immer noch jeden in Flammen stehenden Nerv spüren kann. Ich bin zu ausgelaugt, um mich zu bewegen.

Er zieht die Decke über uns und legt meinen Kopf an seine

Brust. „Wir brauchen auf jeden Fall Privatsphäre, mein kleiner Schreier."

„Deine Schuld", murmele ich und schlafe in sinnlichem Dunst ein.

Ich wache vor Sonnenaufgang auf, als ein vollkommen erregter Mann hinter mir in Löffelchenstellung liegt, seine Finger bereiten mich schon auf mehr vor. „Owen", stöhne ich halb.

Er zieht mein Bein über seins und nimmt mich in einem einzigen harten Stoß. Ich schnappe nach Luft, und dann keuche ich, als er mich über jede Grenzen hinaus drängt, die ich bei der Lust erwartet habe. Als er mit mir fertig ist, gehöre ich ihm. Es wird nie einen wie ihn geben.

Danach dreht er mich auf den Bauch und nimmt sich Zeit, mich von meiner Kopfhaut bis zu meinen Zehen zu massieren. Ich seufze in die Matratze. Er hebt meine Hüften, und es fängt wieder an. Er kriegt nicht genug von mir, nimmt alles, was ich zu geben habe, und dann noch mehr.

Ich ergebe mich der Lust, ihm. So lange habe ich darauf gewartet.

11

———

Owen

Nach einer fantastischen Nacht und einer Wiederholung am Morgen bin ich früh für Shaylas Calltime auf. Ich gehe für Kaffee in die Küche, müde, aber extrem entspannt. Ich habe sie überzeugt, bei mir einzuziehen, also muss ich mir keine Sorgen machen, dass meine Schwester oder Cousine durch die Verbindung in Gefahr geraten könnten. Alles, was ich tun muss, ist, um es locker und unbeschwert zu halten. Gestern Nacht hat Spaß gemacht, und wir können noch mehr Spaß haben.

Okay, es war mehr als toller Sex. Es war, als ob wir da weitergemacht haben, wo wir aufgehört haben, wir beide verrückt aufeinander. Sie hat diese Art, mich zu berühren, eine Art, mich anzusehen, die sich anfühlt wie –

Was habe ich getan?

Ich seufzte. Es ist okay. Nichts, worüber ich mir Sorgen machen müsste. Shayla wird irgendwann weiterziehen, wie sie es immer tut. Ich weiß Bescheid. Das hier ist vorübergehend. Warum sollte ich mich nicht amüsieren? Solange ich vorsichtig bin, sie nicht ganz an mich ranzulassen. Keine großen Erwartungen, also wird niemand verletzt.

Harper kommt rein. „Hast du gestern Abend diese seltsamen Geräusche gehört? Klang wie ein sterbendes Tier. Vielleicht hat ein Kojote im Garten ein Reh getötet."

Ich gieße Kaffee in meinen Thermobecher. „Ich habe nichts gehört." Sie redet von Shaylas Sexgeräuschen. Es ist zu früh, um mich mit dem Scheiß meiner Schwester abzugeben.

„Weswegen bist du schon so früh auf?", frage ich.

„Shay sagte, ich könnte heute mit euch zur Arbeit in die City fahren. Erspart mir Zeit auf der Zugstrecke."

„Sie zieht heute Abend zu mir."

„Nein, wird sie nicht." Sie gießt sich selbst eine Tasse Kaffee ein, sieht in den Kühlschrank und holt einen Joghurt heraus.

„Doch, das wird sie. Sie hat gestern Nacht zugestimmt."

„Während des Rehangriffs?"

„Ha-ha. Frag sie selbst."

„Mich was fragen?", fragt Shayla, die mit nassen Haaren hoch auf ihrem Kopf hereinkommt. Sie trägt ein loses T-Shirt und eine Jogginghose. Nichts an diesem Bild sollte verlockend sein, aber ich bin sofort hart.

Ich bewege mich zur Theke, verberge den Beweis und spiele mit dem Deckel meines Thermobechers. „Du ziehst zu mir heute Abend. Harper glaubt mir nicht."

Shayla gießt Kaffee in ihren eigenen Becher. „Oh, nun, ich bin mir nicht sicher, ob das der richtige Weg ist. Das ist wie ein Schnellvorlauf für eine Beziehung, die gerade erst begonnen hat."

Ich drehe mich zu ihr um. *Eine Beziehung? Bleibst du hier? Denn nur so würde ich dieses Risiko eingehen.*

Harper stürzt sich darauf. „Oh, eine Beziehung? Ich wusste nicht, dass es das ist. Seit wann?"

„Es ist erst letzte Nacht passiert", sagt Shayla und wirft mir ein warmes Lächeln zu.

Ich sehe von ihr zu Harper. Es ist viel zu früh, um dieses Gespräch zu führen. Die Sonne ist noch nicht einmal aufgegangen. Und natürlich werde ich das nicht vor meiner Schwester besprechen.

„Ich werde mich fertig machen", sage ich und gehe schnell

hinaus, aber nicht zu schnell. Ich möchte Shaylas Gefühle nicht verletzen.

Harpers Stimme dringt in den Flur. „Nichts schreckt einen Typen schneller ab, als eine Beziehung zu erwähnen."

Ich warte nicht auf Shaylas Antwort darauf.

In dieser Nacht sitze ich auf Shaylas Bett und beobachte, wie sie einen Koffer packt. Ich habe sie beim Mittagessen überzeugt, dass es für die Sicherheit aller am besten wäre, bei mir einzuziehen. Sie war angemessen besorgt um ihre Freundinnen, um nachzugeben. Ich bin erleichterter, als ich zugeben möchte. Die Wahrheit ist, ich ertrage den Gedanken nicht, dass ihr was zustößt, oder, Gott bewahre, ich sie wegen eines verrückten Stalkers verliere. Nein. Nicht unter meiner Ägide.

„Mackenzie und Harper waren nicht allzu glücklich, dass du ausziehst", sage ich.

Sie nickt. „Wenigstens hat Nathan heute das erstklassige Sicherheitssystem installiert. Trotzdem weiß ich, dass es das Beste ist, wenn ich gehe. Ich bin der große Anziehungspunkt für die Verrückten."

„Es wird nicht immer so sein. Du musst nur jetzt sehr vorsichtig sein."

„Ich hätte sofort auf dich hören sollen. Sicherheit geht vor." Sie kommt rüber und gibt mir einen zarten Kuss. „Ich bin nur so froh, dass du mir vergeben hast."

Habe ich ihr vergeben?

„Was gibt es zu vergeben?"

„Du weißt schon, dass ich den Kontakt nicht gehalten hab', besonders, nachdem du mir einen Antrag gemacht hattest."

„Wir waren Kinder."

„Stimmt, aber die Liebe war echt. Und du hast mich gerade gefragt, ob ich bei dir wohnen will."

„Ja, aber das ist nicht dauerhaft, oder? Du wirst hingehen, wo auch immer –"

„Vancouver. Oh, Owen. Du solltest mit mir kommen. Ich kann dir einen Sicherheitsjob beim Studio besorgen. Spotlight Pictures ist ein Indie-Studio, aber sie sind im Kommen und sind hochgeschätzt. Es gibt immer teure Geräte, die gesichert werden müssen, ganz zu schweigen von den Talenten. Es wäre ein ganz neuer Markt für dich. Würde dir das gefallen?"

Mackenzie hat schon vorher davon gesprochen, in Hollywood einen Fuß in die Tür zu bekommen, als sie wollte, dass ich den Job bei Shayla annehme. Es könnte zweifellos sehr lukrativ sein. Sie verfügen nicht nur über teure Sets und Geräte, sondern möchten den Film auch bis kurz vor der Veröffentlichung unter Verschluss halten. Ich müsste den D.C.-Job aufgeben oder ihn verschieben, bis Nathan übernehmen kann. Angenommen, wir kriegen ihn. Mackenzie denkt, dass wir das tun.

„Denk darüber nach, okay?", sagt sie, streichelt meinen Bart und küsst mich noch einmal.

Ich lasse mich rückwärts auf ihr Bett fallen und starre an die Decke. Die Dinge laufen blitzschnell. Innerhalb von Wochen könnte ich in einem neuen Geschäft sein, bei Shayla in Vancouver wohnen, mit ihr leben, in einer Beziehung. Ich, der eingefleischte Junggeselle, der sich geschworen hat, sein Herz unter Verschluss zu halten, wegen des Schadens, den sie ihm zugefügt hat!

Jemand muss auf die Bremsen treten!

„Shay, diese Sache zwischen uns, das ist mehr locker, weißt du?"

Sie knallt die Kommodenschublade zu. „Was meinst du?"

„Ich meine, das geht viel zu schnell. Ich kann dir nicht von Set zu Set folgen, selbst wenn ich Arbeit daraus machen kann."

Sie stellt sich neben das Bett, starrte auf mich herab. „Warum nicht?"

„Weil ich hier mein eigenes Leben habe."

Sie setzt sich neben mich. „Wir können Clover Park zu unserer Homebase machen, damit du deine Freunde und Familie immer noch regelmäßig sehen kannst."

Ich setze mich auf und starre geradeaus, wappne mich gegen Tränen. Ihre, nicht meine. „Ich sage nur, dass ich diese Sache zwischen uns als eher locker sehe, weißt du?"

„Du hast mich gebeten, bei dir einzuziehen!"

Ich drehe mich zu ihr um. „Für meinen Verstand. Ich ertrage es nicht, dass Harper und Mackenzie in Gefahr sind, wenn Matt zurückkommt."

„Das ist der einzige Grund?"

„Und weil du laut im Bett bist." Es ist alles wahr, aber es ist nicht die ganze Wahrheit. Ich rudere zurück, weil sie erwartet, dass ich mein Leben für sie fallenlasse, und das wird nie passieren. Es gibt keine richtige Zukunft für uns.

Sie schnaubt. „Nun, darüber musst du dir keine Sorgen mehr machen." Sie nimmt ihren Koffer und wirft den Inhalt auf das Bett.

Ich packe sie an der Taille, ziehe sie in meinen Schoß und lege die Arme um sie. Sie drückt einen Moment gegen meine Brust, gibt dann aber auf und sieht mich an.

„Du vermittelst mir sehr gemischte Botschaften", sagt sie. „Keine Beziehung, zieh mit mir zusammen, und jetzt umarmst du mich."

„Können wir nicht einfach locker zusammenleben?"

„Nein."

„Warum nicht?"

„Weil das nicht geht. Ich habe noch nie mit jemandem zusammengelebt, aber du hast gefragt, und nach deinem überzeugenden Argument habe ich mich dafür entschieden." Sie legt ihre Hand an meinen Kiefer und sieht mir in die Augen. „Ich bin nie über dich hinweggekommen."

„Aber du warst mit –"

„Niemand hat mir je so viel bedeutet wie du." Sie reibt meine Brust. „Also sind wir gut? Ich ziehe für unsere Beziehung ein, und du kommst mit mir zur Arbeit nach Vancouver? Ich bin mir sicher, dass ich ein paar Strippen ziehen kann, um dir einen Job zu ermöglichen."

Die alten Schmerzen kommen zurückgerauscht. „Woher sollte ich wissen, dass du nie über mich hinweggekommen bist? Du hast mit allen außer mir Kontakt gehalten. Ich musste von Mom, Harper und Mackenzie hören, wie toll es dir geht. Du hast sie sogar zu dir eingeladen, nicht mich."

„Weil du wichtiger warst als alle anderen!"

„Das ergibt keinen Sinn."

„Okay, hypothetisch, wenn ich dich zu mir eingeladen hätte, was dann? Du hättest schließlich zur Schule oder zum College nach Hause fahren müssen oder, ich weiß nicht, in dein Leben. Es hätte uns beiden wehgetan, uns zu treffen und zu trennen, immer und immer wieder. Aber jetzt sind wir an einem anderen Ort in unserem Leben."

Ich bin still, bin mir nicht sicher, ob ich bereit bin, dort weiterzumachen, wo wir aufgehört haben. Es ist erst zwei Wochen her, seit sie in mein Leben gestürzt ist!

Sie nimmt mein Gesicht in die Hände. „Als mein Leibwächter gekündigt hat, dachte ich sofort an dich. Mir wurde klar, dass ich dich nie wirklich gehen gelassen hatte, und ich habe gehofft, das wäre eine Gelegenheit, zu sehen, ob noch was zwischen uns ist. Und da ist was."

Ich löse mich von ihr. „Ich verstehe. Du bist einsam, du kannst Leuten, die du in der Branche triffst, nicht trauen, also gehst du zurück zu deinem Sommerflirt und versuchst, irgendwas zu erreichen. Ich habe ein Leben, und du kannst nicht erwarten, dass ich alles stehen und liegen lasse, um in deins zu passen."

Ich gehe raus.

„Wohin gehst du?", schreit sie den Flur runter.

Ich bleibe stehen und drehe mich um. „Zurück zu unserem ursprünglichen Arrangement. Ich bin unten auf der Couch. Sag Olivia, sie hat bis Ende der Woche Zeit, einen Ersatz für mich zu finden."

„Was ist mit Harpers und Mackenzies Sicherheit?", fragt sie.

„Daran hättest du denken sollen, bevor du sie hier reingezogen hast."

Ich marschiere nach unten, angepisst darüber, wie Shayla mein Leben auf den Kopf stellt, und wofür? Nostalgie? Ich bin immer noch nicht glücklich, dass Harper und Mackenzie bei ihr leben, aber sie kannten das Risiko genauso gut wie Shayla. Es ist Zeit, dass ich aufhöre, den großen Bruder zu spielen, aufhöre, jeden beschützen zu wollen. Wir sind doch alle Erwachsene.

Ich kann es kaum erwarten, zu meinem eigentlichen Job zurückzukehren.

Shayla

Ich rutsche zurück gegen das gepolsterte Kopfteil neben Mackenzie. Wir sind in ihrem Zimmer. Harper sitzt im Schneidersitz am Ende des Bettes. Ich habe ihnen gerade die ganze Owen-Geschichte erzählt.

„So launisch", sagt Harper. „Und sie sagen, Frauen seien die Emotionalen. Ha!"

„Er ist nie über dich hinweggekommen", sagt Mackenzie.

„Oh, er ist über mich hinweg."

„*Brrap!*" Harper macht das Geräusch eines Game-Show-Summers für eine falsche Antwort. „Sorry, versuch's nochmal."

„Er hat mir in der Nacht vor meiner Abreise in diesem Sommer einen Antrag gemacht", sage ich. „Das habe ich euch nie erzählt."

„Mein Gott, was hast du gesagt?", fragt Harper.

Ich hebe die Hände. „Nichts. Ich hatte mit sechzehn keine Antwort."

Mackenzie dreht sich zu mir um. „Um fair zu sein, es ist ziemlich schnell, ihn nach einer Nacht Tiersex nach Vancouver einzuladen."

Harper schnaubt. „Das stimmt. Übrigens, du klingst wie ein sterbendes Reh. Das habe ich Owen heute Morgen gesagt."

Ich werfe ein Kissen auf sie. „Hör auf, ihn in Verlegenheit zu bringen. Und mich."

„Und es war schnell von ihm, dich einzuladen, bei ihm

einzuziehen, während du hier bist", sagt Harper. „Ihr habt es beide eilig und zieht euch dann zurück. Ich bekomme ein Schleudertrauma."

Ich runzele die Stirn. „Ich auch."

Harper neigt den Kopf. „Aber im Ernst. Was hat mein Bruder an sich, dass du dich in was Ernstes stürzen willst? Triffst du nicht ständig tolle Männer?"

„Er ist anders." Ich lächle verträumt. „Ich habe einfach all diese wunderbaren Erinnerungen an unseren gemeinsamen Sommer."

„Genau", sagt Harper. „Erinnerungen. Es ist neun Jahre her. Wenn ihr das machen wollt, müsst ihr neu anfangen."

„Oh, als hätten sie sich gerade erst getroffen", sagt Mackenzie. „Ich kann euch einander vorstellen."

Meine Augenbrauen ziehen sich bei dieser bizarren Idee zusammen. „Das erscheint mir unnötig –"

Olivia steckt den Kopf zur Tür herein. Sie trägt ein altmodisches Blumennachthemd. „Wenn wir eine Strategiesitzung abhalten, sollte ich daran teilnehmen."

Ich lächle. „Wir reden nur über Männer und wie verwirrend sie sind."

„Ah!" Sie zieht sich zurück. „Ich will nicht in dein Privatleben eindringen. Es ist wichtig, die Grenze zwischen Privatem und Beruflichem zu wahren."

„Um Gottes willen, du lebst bei deinem Boss", sagt Harper. „Komm hier rein!"

Olivia kommt rein und setzt sich vorsichtig auf das Bett gegenüber von Harper.

„Olivia hat recht", sage ich. „Ich habe das Private und Berufliche bei Owen verschwimmen lassen, und das hätte ich nicht tun sollen. Natürlich muss ich ihn feuern."

„Das würde ich dir nicht raten", sagt Olivia. „Warum lässt du nicht einfach das Private fallen, bis du das Berufliche fallen lassen kannst? Vermisch die beiden nicht. Ich sage, wir engagieren den nächsten Bodyguard, ohne ihn zu konsultieren. Ich argwöhne, dass niemand seinen Standards entsprechen wird. Er verkompliziert die Dinge unnötig."

„Weil er sie will, aber er kann nicht zugeben, wie sehr", sagt Harper. „Verwundeter-Bär-Alarm."

Mackenzie unterdrückt ein Lachen.

„Das scheint die wahrscheinlichste Erklärung", sagt Olivia.

Meine Wangen werden warm, zufrieden mit dem Gedanken, aber auch frustriert. „Wie kann ich *nicht* privat mit ihm sein? Wir waren gestern Abend schon sehr privat."

„Ich dachte, er sei sauer auf dich", sagt Mackenzie.

Ich hebe eine Schulter und senke sie wieder. „Wir haben eine unglaubliche Chemie. Es wäre nicht viel nötig, ihn wieder ins Bett zu bringen. So viel weiß ich sicher."

Harper steckt sich den Finger in die Kehle. „Neben dem Igitt-Faktor, dass es mein Bruder ist, sag mir bitte, dass du deine Hormone kontrollieren kannst. Du warst mit dem großartigen Mick Schaeffer zusammen."

„Kein Vergleich", sage ich.

Mackenzie hebt einen Finger. „Das ist das eigentliche Problem. Du hast Owen auf einem Sockel und siehst ihn durch die nebelige Linse der Vergangenheit. Du kennst ihn jetzt nicht."

„Er hat sich im Bett verbessert", sage ich.

„Noch einmal: *igitt*", sagt Harper.

„Und er ist ein beschützender, liebevoller Bruder und Sohn. Du arbeitest gern mit ihm, oder, Mackenzie?"

„Ja, aber weißt du, was er in seiner Freizeit gern macht?"

„Er sucht mit Nathan nach Frauen", sagt Harper mit einem sauren Unterton. „Nathan denkt, er sei Gottes Geschenk an die Frauen. So ein Arsch."

„Ich hasse arrogante Männer", sagt Olivia.

Harper beugt sich vor, um ihr einen Faustschlag zu geben.

„Eigentlich sagt Owen, dass Nathans niemandes Wingman ist wegen seines übernatürlich guten Aussehens", sagt Mackenzie.

„Das hat er nicht gesagt", sagt Harper.

Mackenzie nickt. „In so vielen Worten. Du musst schon

zugeben, Nathan ist wunderschön. Ich habe noch nie einen Mann getroffen, der so perfekt gemacht ist wie er."

„Warum machst du dich dann nicht an ihn ran?", blafft Harper.

Mackenzie lächelt gut gelaunt. „Er ist mein Geschäftspartner, und ich vermische nie Geschäft mit Vergnügen. Das ist eine Regel von Mom, die absolut sinnvoll ist, vor allem, wenn man sein eigenes Geschäft mit Partnern hat."

Olivia zeigt mit einem Zeigefinger auf uns alle. „Hat irgendwer ein Bild von Nathan? Ich könnte ihm wahrscheinlich Arbeit verschaffen."

Mackenzie öffnet sein Bild auf ihrem Handy und zeigt es ihr.

„Oh ja", sagt Olivia.

Mackenzie schaut sich das Bild mit einem Lächeln an und legt ihr Handy weg. „Olivia, warum kommst du nicht zu unserer Büroparty am Samstag im Happy Endings? Da könntest du Nathan kennenlernen. Es würde unserer Firma nicht schaden, Werbung zu bekommen. Nathan hat im Teenageralter und auf dem College gemodelt. Die Leute würden sich mit ihm treffen wollen, und dann würde er sie mit seinem Fachwissen begeistern."

Olivia nickt einmal. „Ich werde da sein. Ich dachte aber über das Modeln hinaus. Mit einem Schauspieltrainer am Set könnte er ein Filmstar werden."

Ich winke breit. „Äh, Ladys, können wir bitte zurück zu meiner Owen-Frage kommen?"

Olivia sieht mich ausdruckslos an. „Das hatten wir doch geregelt. Ihr seid Freunde, bis wir einen Ersatz-Bodyguard finden. Dann, wenn ihr euch dafür entscheidet, könnt ihr alles, was ihr hattet, wieder entfachen, aber mit einem Neuanfang." Sie klatscht einmal. „Sehr produktives Gespräch, Ladys. Gute Nacht."

Und dann geht meine Assistentin, die eines Tages die Welt regieren wird.

Nachdem alle im Bett sind, kann ich nicht widerstehen, mich nach unten zu schleichen, um Owen zu sehen. Wir müssen reinen Tisch machen.

Ich finde ihn ausgestreckt auf der Couch, mit einer Decke und einem Kissen. Er liest etwas auf seinem Handy.

„Man kann die Couch zu einem Bett ausziehen", sage ich.

Er stöhnt und setzt sich auf. „Bitte sag mir, dass du nicht für ein weiteres Beziehungsgespräch hier bist."

Ich blinzele ein paarmal verletzt. *Vergiss den Versuch, es zwischen uns zu kitten!* „Eigentlich wollte ich nur sagen, dass du gefeuert bist."

„Was!"

„Ab Freitag, wenn ich deinen Ersatz hier habe."

„Oh."

Ich presse meine Lippen fest aufeinander, will die Tränen zurückhalten, und ich lasse endlich meine Hoffnungen für uns los. „Und du bist auch als Liebe meines Lebens gefeuert."

„Die *was*?"

Ich fahre fort, beschämt über meine Erwartungen. „Ich habe in meinem Kopf viel über dich aufgebauscht, basierend auf der Vergangenheit. Von hier an wird es rein professionell zwischen uns sein. Nach Freitag müssen wir einander nicht mehr sehen."

Er schlägt sein Kissen und ordnet es hinter sich neu. „Für mich in Ordnung. Ich weiß es nicht zu schätzen, wie du mich in dein Leben verwickelt hast. Und meine Schwester und Cousine auch."

„Gut", sage ich durch die Zähne.

„Und, Shay, keine nächtlichen Besuche mehr. Das bringt dich nur auf falsche Ideen."

Ich stottere: „Ich — du … gute Nacht!"

Ich marschiere nach oben. So arrogant. *Falsche Ideen*! Ich werde gar keine Ideen mehr haben, wenn es um ihn geht. Jetzt sehe ich ganz deutlich.

12

Owen

Es ist wirklich vorbei. Shaylas neuer Bodyguard, Zander, hat am Freitagmorgen angefangen, und ich muss sagen, der Typ scheint gut zu passen. Er ist ein Schwarzgürtel, Veteran der Marine und hat zuvor für einen großen Popstar gearbeitet. Und es besteht keine Sorge, wenn er bei vier Frauen lebt, denn er hat uns mitgeteilt, dass er nächstes Silvester heiratet und eine Woche frei für die Flitterwochen in St. Barts mit seinem Mann braucht.

Nicht, dass ich mir Sorgen gemacht habe, dass Shayla was mit ihrem Bodyguard anfängt. Es geht ihr nur noch darum, das Berufliche vom Privaten zu trennen. Das hat sie mir diese Woche ungefähr hundertmal gesagt, wie ein verdammter Schild zwischen uns. Ich versteh' das. Es ist das, was ich die ganze Zeit wollte. Ernsthaft, wie oft muss ich mich von ihr verletzen lassen?

Ich renne ins untere Stockwerk meines Hauses – Wohnzimmer, Küche, Esszimmer. Glücklicherweise habe ich mein Haus im Kolonialstil renovieren lassen, es ist also ein offener Grundriss mit viel Platz, um auf- und abzugehen.

Was macht Shayla gerade? Achtet Zander auf die kleinen Dinge? Leute in der Nachbarschaft, ungewöhnliche Autos. Er kennt die Leute in der Stadt nicht. Woher sollte er wissen, wenn jemand nicht hierher gehört? Deshalb ist ein Insider hilfreich, jemand, der Clover Park kennt.

Warum musste sie in meine Stadt ziehen? War es, um mich zu ärgern, oder will sie mich nur wegen meiner Familie?

Ich bleibe stehen und schicke Zander eine SMS, um nachzuprüfen.

Zander: *Alles in Ordnung.*

Nun, schätze, das ist gut. Keine Probleme. Aber ist sie zu Hause oder unterwegs?

Ich werde Zander das nicht fragen und lege mein Handy weg. Ich muss das nicht wissen.

Am nächsten Tag klingle ich an dem Haus, das derzeit von meiner Cousine, meiner Schwester und anderen Leuten bewohnt ist, um die ich mir keine Sorgen mehr machen muss.

Ein Auge blinzelt im Guckloch, dann öffnet Mackenzie die Tür.

„Zander sollte die Tür öffnen", sage ich. „Wo ist er?"

„Du kannst einfach nicht anders, oder? Ich habe sie geöffnet, weil du gesagt hast, du wolltest mit mir über die Bürofeier reden."

„Wo sind sie?"

„Entspann dich. Sie sind am Happy Endings vorbeigefahren, damit er es sich vor der Party heute Abend genau ansehen kann."

„Und wer passt auf Shayla auf, während Zander sich das Lokal ansieht?"

„Dad ist da."

Ich entspanne mich marginal, weil Onkel Josh im Nahkampf trainiert ist und seine Fähigkeiten mit Krav Maga aufrechterhalten hat. Wir sprachen über Krav Maga, als ich anfing, es zu lernen.

„Was ist mit der Party, dass du darüber reden wolltest?", fragt Mackenzie und tritt beiseite, damit ich eintreten kann.

Ich betrete den vorderen Raum. „Wer wird kommen?"

„Alle wichtigen Leute. Ich hole mir gerade eiskalten grünen Tee. Möchtest du auch einen?"

„Nein, danke."

Sie geht in die Küche.

Ich sehe mir das Sofabett an, auf dem ich vorher übernachtet habe. Eine grüne Decke liegt zu einem ordentlichen Quadrat gefaltet da und auch ein Kissen. Es ist seltsam zu denken, wie leicht ich ersetzt wurde.

Ich geselle mich zu Mackenzie in die Küche. „Ich glaube nicht, dass Shayla mich jemals professionell gebraucht hat."

Mackenzie lehnt sich gegen den Tresen zurück. „Ich glaube doch. Sie musste sich sicher fühlen, und genau das Gefühl hast du ihr gegeben. Und es hat unserem Endergebnis sicherlich nicht geschadet, drei Wochen lang auf ihrer Gehaltsliste zu stehen."

Ich grunze. „Wer wird heute Abend noch da sein?"

„Ich habe all unsere Klienten eingeladen. Viele waren wegen des Memorial Day Wochenendes unterwegs, aber ich glaube, wir werden eine schöne Beteiligung haben. Ruhig, etwa ein Dutzend Klienten, die meisten Singles. Dads Bar hat einen tollen Ruf als Lokal zum Abhängen. Shay und Harper werden auch da sein."

„M-hmm."

„Owen —?"

„Ja?"

„Wenn du lange genug aufhören könntest, sie zu hassen, würdest du sehen, dass sie immer noch in dich verliebt ist."

„Nein, ist sie nicht. Sie ist verliebt in meine Familie. Was wir hatten, ist tot." Ich mache auf dem Absatz kehrt und marschiere zur Tür.

„Halt einfach dein Herz offen!" Sie keucht. „Oh mein Gott, ich klinge wie meine Mutter."

~

Ich bin nur hier, weil diese Party für meine Firma ist. Nicht, um nach Shayla zu sehen. Trotzdem kann ich nicht umhin, zu bemerken, dass sie von Bewunderern umgeben ist, im hinteren Raum des Happy Endings. Ich beiße die Zähne zusammen, mein Darm brennt. Unsere Klienten, hauptsächlich Männer, überschlagen sich, flirten mit ihr und machen Selfies. Zander steht hinter ihr, bereit, einzugreifen. Das Problem ist, er sollte nicht zulassen, dass sie umrundet wird.

Ich gehe durch den Raum, bevor ich es überhaupt merke, angetrieben vom Adrenalin. Shayla ist in Gefahr. Ich arbeite mich in die Mitte der Gruppe vor und nehme sie an der Hand. „Entschuldigt mich. Ich brauche eine Minute mit Shayla."

„Owen!" Sie sieht sich um. „Tut mir leid!"

Ich führe sie in eine ruhige Ecke des Raumes, Zander folgt in einiger Entfernung.

Ich bedeute ihm, näherzukommen und spreche mit leiser Stimme. „Sie sollte nie von allen Seiten umrundet werden. Du musst die Menschenmenge kontrollieren. Den Zugang blockieren oder sie aus der Situation ziehen."

Er sieht Shayla für ihre Zustimmung an.

„Er hat vermutlich recht", sagt sie. „Ich werde daran arbeiten, näher bei dir zu bleiben, damit ich nicht umzingelt werden kann."

„Ich mach' das schon", sagt Zander.

Sie dreht sich zu mir um. „Ich dachte, ich hätte dich gefeuert."

„Du solltest wahrscheinlich ohnehin zwei Bodyguards haben. Er kann nicht immer so bei dir sein wie ich. Bitte Olivia, dir noch einen zu suchen."

„Das geht dich nichts mehr an. Wenn du mich jetzt bitte entschuldigen würdest." Sie geht rüber zu Mackenzie und Harper.

Ich stehe für einen verblüfften Moment da, bevor ich zum Buffet gehe. Warum sollte ihre Sicherheit mich nichts angehen? Natürlich tut sie das. Sie hat dafür gesorgt, als sie mich um Hilfe bat. Nichts darf ihr passieren. Sie ist zu wichtig. Für jeden, nicht nur mich. Sie ist Shayla Adler, verdammter Filmstar.

Ich nehme mir einen kleinen Teller und eine Vielzahl von heißen Vorspeisen und beobachte sie, um sicherzugehen, dass Zander seine Arbeit macht. Er bleibt bei Shayla, während er gleichzeitig den Raum im Auge behält. Schätze, er ist okay für den Moment.

Mackenzie hat die Party gut organisiert. Nathan schließt sich der Gruppe von Frauen an, und Harper geht abrupt davon.

Sie sieht mich und kommt rüber. „Wie macht Zander sich?"

„Er ist okay, nicht großartig. Trainierbar."

Mackenzie geht zur Vintage-Jukebox und spielt einen langsamen Song. Unser Klient Raj bittet sie, mit ihm zu tanzen, und führt sie auf die Tanzfläche.

Harper legt Gemüse auf einen kleinen Teller und schließt sich mir an. „Sie mischt das Geschäftliche und das Private", sagt sie und beobachtet Mackenzie und Raj. „Wir haben doch darüber gesprochen."

„Es ist nur ein Tanz", sage ich.

Aber dann bittet Nathan Shayla zu tanzen, die entzückt aussieht. Meine Schultern verkrampfen sich. Er hält sie zu nahe und redet die ganze Zeit. Ich wette, er überhäuft sie mit Komplimenten, weil sie nicht aufhören kann zu lächeln. Sie haben sich schon einmal getroffen, als Shayla in jenem Sommer bei uns war. Vielleicht wünscht sie sich, sie wäre in dem Sommer mit ihm zusammen gewesen.

„Sie ist zu nett für ihn", sagt Harper.

„Wer?"

„Wer denkst du denn? Das Paar, das du nicht aufhören kannst anzustarren: Nathan und Shayla."

Ich verziehe das Gesicht. „Sie sind kein Paar, und sie ist gar nicht so nett."

„Doch, das ist sie. Wirklich aufrichtig."

Ich seufze. „Sie versucht, mein Leben zu manipulieren, damit es zu ihrem passt."

„Um eine zweite Chance bei dir zu bekommen."

„Es gibt einen Grund, warum es beim ersten Mal nicht geklappt hat."

„Der einzige Weg, um voranzukommen, ist, die Vergangenheit loszulassen."

„Woher hast du das denn, aus einem Glückskeks?"

„Na schön. Bleib unglücklich."

Ich reibe mir den Nacken. Ich bin unglücklich ohne Shayla, aber ich sehe keinen Weg vorwärts, der für uns beide funktioniert. Ich wünschte, ich könnte die Vergangenheit loslassen, denn jedes Mal, wenn ich darüber nachdenke, dass sie gesagt hat, sie würde mich immer lieben, und dann mit meiner Familie und nicht mit mir in Kontakt blieb, werde ich wieder wütend. Ich stoße einen Atemzug aus. Ich bin es leid, wütend deswegen zu sein.

Harper schnaubt. „Nathan ist der unaufrichtigste Mann. Sieh dir an, wie er seine Schmeicheleien ausströmt. Man kann ihm nicht trauen. Ich sollte Shayla warnen."

„Wovon sprichst du denn? Er ist der loyalste Typ, den ich kenne. Was glaubst du, warum ich mit ihm Geschäfte gemacht habe?"

„Weil er reich ist."

„Und er ist loyal. Er ist mein ältester Freund. Und er war auch deiner. Was ist zwischen euch beiden passiert?"

„Nichts. Absolut nichts."

„Vielleicht bist du diejenige, die die Vergangenheit loslassen muss."

Sie wirft mir einen finsteren Blick zu und kaut energisch auf einer Selleriestange.

Das Lied endet, und ein weiterer langsamer Song beginnt. Mackenzie kommt rüber, um sich was zu essen zu holen, und gesellt sich zu uns.

„Raj hat mich um ein Date gebeten", sagt sie. „Ich weiß, dass er ein Klient ist, aber er scheint wirklich nett zu sein. Und intelligent." Er hat mir von einem Lichtschwert erzählt, das er entwickelt hat, das hört sich wirklich gut an."

„Was ist mit dem Typen von der Abschlussfeier?", fragt Harper. „Der Kellner mit dem Tribal-Tattoo."

„Wir hatten was", sagt Mackenzie sachlich. „Er ist natürlich nicht mit dem Sous Chef zusammen, sonst hätte ich mich nicht mit ihm eingelassen. Jedenfalls hab' ich ihm gesagt, dass ich nicht sehe, wohin das führen soll, und er war erleichtert. Was für ein Idiot, oder? Zumindest hätte er so tun können, als hätte er sich mehr erhofft."

„Du bist eine sehr komplizierte Frau", sagt Harper.

Nathan stellt sich hinter Harper. „Man sollte nicht von sich auf andere schließen."

Harper wirbelt herum. „Fertig damit, dich bei Shayla einzuschleimen? Du weißt schon, dass sie Millionen von Fans hat, die das für sie tun."

Er hält ihr seine Hand entgegen. „Möchtest du tanzen? Ich kann mich auch bei dir einschleimen. Vielleicht würdest du dann aufhören, mir diesen Todesblick zuzuwerfen, wenn sich unsere Wege kreuzen."

„Nein, danke. Ich tanze nicht."

Ich sehe, dass Shayla wieder umgeben ist von Bewunderern. Haben wir nicht darüber gesprochen? Sie sollte nie umzingelt sein.

Ich marschiere hinüber und überlasse Harper und Nathan ihrem üblichen Hin und Her. Er nähert sich; sie reagiert mit einer schroffen Abwehr. Ich wäre nicht überrascht, wenn sie ihn eines Tages anknurrte.

Ich nehme Shaylas Hand. „Da bist du ja, schon wieder umzingelt. Tanze mit mir."

Sie sieht sich um. „Bin ich das?" Sie tritt aus dem Kreis und mit mir auf die Tanzfläche.

Mein Puls strömt durch meine Adern, während ich sie in meine Arme ziehe. Sie passt perfekt.

Sie legt ihre Hände sanft auf meine Schulter. „Ich dachte, du bist wütend auf mich, weil … ich bin mir nicht sicher, weswegen."

„Ich bin nicht wütend auf dich." Ich zögere, bevor ich gestehe: „Ich vermisse dich."

„Können wir neu anfangen?", fragt sie mit einem Lächeln, das ihr Gesicht aufleuchten lässt. „Ich bin Shayla."

„Zu spät. Ich habe dich schon nackt gesehen. Die Erinnerung ist in mein Gehirn eingebrannt."

Sie schlägt meinen Arm. „Owen! Nicht so laut!"

„Na schön. Wir haben uns gerade erst kennengelernt, und beschnuppern einander."

„Prüfen den Vibe."

Ich lache. „Natürlich."

Wir tanzen ein paar Augenblicke schweigend, die Hitze wächst zwischen uns. Unsere Chemie ist unbestreitbar. Das muss doch was Wert sein. Ich weiß nur, dass ich nicht fertig mit ihr bin.

Der Song endet, und wir lösen uns voneinander. Ich vermisse das Gefühl ihrer süßen Kurven gegen mich.

„Essen heute Abend. Bei mir", sage ich.

Sie schenkt mir ein zögerliches Lächeln. „Wirklich?"

„Ja, wirklich. Da wir uns gerade erst kennengelernt haben, bitte ich dich um ein erstes Date."

Sie lächelt gewinnend. „Ich habe deinen Namen gar nicht mitbekommen."

„Lover."

Sie strahlt. „Schön, dich kennenzulernen, Lover. Soll ich Zander mitbringen?"

Ich ziehe sie an mich. „Du brauchst ihn nicht, wenn du mich hast. Gib ihm den Abend frei. Besser noch, sag ihm, dass er die Nächte und Wochenenden freihat. Ich übernehme. Ich bin sicher, dass er gern bei seinem Partner wäre."

„Owen, ich bin mir nicht sicher, ob das eine gute Idee ist. Ich meine, das Private und das Berufliche zu vermischen. Außerdem ist es für Zander okay, vorübergehend Überstunden für die Nächte und Wochenenden bezahlt zu bekommen. Sie sparen für ein Haus. Ich schätze, es ist sinnvoll, in Zukunft einen zweiten Bodyguard zu haben, damit er auch Pausen bekommt."

„Ich will dich ganz für mich allein." Meine Stimme klingt heiser. Ich bin es nicht gewohnt, so viel Gefühlszeug zuzugeben.

Sie schlingt ihre Arme um meinen Hals. „Du willst also jede Nacht und jedes Wochenende mit mir verbringen?"

„Ich will die Option."

„Das klingt nach einer Verpflichtung. Was ist mit Mr. Unverbindlich passiert?"

„Er war immer eine Front", gebe ich zu. „Ich weiß nicht, wie ich bei dir gelassen sein kann."

Sie küsst mein ganzes Gesicht. Ich lache, pure Freude, die durch mich strömt. Sie ist verrückt nach mir. War es schon immer.

„Ich wusste, dass du da drin bist, unter all der mürrischen Abwehr!", ruft sie. „Lass uns hier verschwinden. Ich gehe und erzähle Zander von dem Plan."

Ich warte, während sie mit ihm redet. Sie dreht sich zu mir um, lächelt, mit Liebe in den Augen. Mein Herz öffnet sich knarrend zum ersten Mal seit Jahren.

Wir stürmen durch die Hintertür, begierig darauf, zusammen allein zu sein.

~

Ich trage sie nach oben in mein Schlafzimmer, rohe Lust strömt durch mich.

Sie reibt meine Brust. „Hat dir schon mal jemand gesagt, dass du ganz schön romantisch bist?"

„Nein."

„Nun, das bist du. Mich in dein Schlafzimmer zu tragen, ist romantisch."

Ich trete die Tür zu meinem Zimmer auf und setze sie auf die Matratze. „So geht's schneller."

Sie zieht eine Schnute. „Warum wirfst du mich nächstes Mal nicht einfach über deine Schulter wie ein Höhlenmensch?"

Ich ziehe mich aus. „Großartige Idee." Ich stürze mich auf sie, und sie quietscht. Gott, ich liebe diese Frau. Ich werde stocksteif. Nein, ich liebe sie nicht. Das ist lächerlich. Ich kann unmöglich, nicht nach … ich habe geschworen, ich würde nie

… ich meine, ja, ich habe Gefühle. Tiefe Gefühle, die nie verschwunden sind.

Ich möchte mich nur nicht noch einmal verbrennen.

Ihre Hand wandert an meine Wange. „Was ist los? Du bist ja gar nicht mehr bei mir."

Ich schüttle langsam den Kopf. „Nichts."

„Dann küss mich."

Das tue ich, und ihre üppigen Lippen ziehen mich für mehr an sich, ihr Geschmack, ihr Duft. Das Nächste, was ich weiß, ist, dass ich sie nackt ausgezogen habe, dringendes Verlangen treibt mich an, meine Hände überall an ihr, während ich sie tief küsse.

Sie drückt gegen meine Schulter, und ich hebe den Kopf. Sie stößt mich auf den Rücken und setzt sich dann rittlings auf mich. Mein Körper schmerzt vor Not, als sie Küsse von meinen Lippen auf meine Brust regnet und noch tiefer.

Ich werfe meine Arme zurück. Sie nimmt mich mit der perfekten Saugkraft in den Mund. In wenigen Augenblicken bin ich am Rande. Ich schiebe sie weg.

Sie streicht die Haare zurück und leckt sich die Lippen. „Ich war noch nicht fertig."

Ich rolle sie auf den Rücken und nehme ein Kondom. „Das hat sich zu gut angefühlt."

Sie spreizt ihre Beine für mich, und meine Lust schwillt an. „Sowas wie zu gut gibt es nicht!"

Ich rolle das Kondom über, gehe in Position und stoße mit einem leisen Stöhnen zu. Sie schlingt ihre Beine hoch um meine Taille und nimmt mich tiefer. Gott, es fühlt sich zu gut an. Alles mit ihr tut das.

Ich verbinde meine Finger mit ihren auf der Matratze und küsse sie, bewege mich langsam und gleichmäßig. Sie packt meinen Po und zieht mich näher, drängt mich weiter. Ich stoße immer und immer wieder, atme angestrengt. Unsere Augen begegnen einander und verschließen sich in einem tiefen urtümlichen Blick, der mein Herz umgreift.

Das Herz trommelt in meiner Brust. Sie liebt mich. Ich sehe es in ihren Augen, fühle es wie ein lebendiges, atmendes

Ding zwischen uns pulsieren. Ich muss nichts sagen. Sie auch nicht. Wir wissen es beide.

Und als wir beide mit einem Keuchen gegenseitiger Lust enden, steht außer Frage, dass wir zusammengehören.

„Ich liebe dich." Sie fährt mit ihren Fingern durch mein Haar. „Das habe ich immer, Owen. Das werde ich immer."

Ich verkrampfe mich und erinnere mich daran, als sie das das letzte Mal gesagt hat, kurz, bevor sie aus meinem Leben verschwand. Ich versuche, mich davon zu überzeugen, dass das hier nicht dasselbe ist, aber etwas in mir verschließt sich. Gerade, als sie ihr Lächeln verliert, küsse ich sie und lenke sie von der Tatsache ab, dass ich dort nicht hingehen kann. Das hier wird reichen müssen.

13

———

Shayla

Ich habe es nie für selbstverständlich gehalten, dass Owen mir eine zweite Chance geben würde, aber jetzt, wo er es hat, kann ich nur denken, was ihn wohl so lange abgehalten hat. Dieses Wochenende war phänomenal. Zugegeben, wir haben den größten Teil davon im Bett verbracht, aber jetzt sind wir auf dem Weg zum Haus seiner Eltern für ein großes Memorial-Day-Familiengrillen am Pool. Ich war noch nie glücklicher.

Er schaut mich von der Fahrerseite seines Mustangs an. „Shayla Adler, du glühst ja."

Ich lache. „Das sind all diese sexy Male." *Und ich liebe dich.* Ich behalte das für mich, mir durchaus bewusst, dass er das „Ich liebe dich" nicht erwidert hat, als ich es letztes Mal gesagt habe. Ich versuche, es nicht an mich ranzulassen. „Also, wer wird heute alles da sein?"

„Alle."

„Die gleichen Leute wie bei der Jahrestags-Abschlussfeier?"

„Ja, und meine Großeltern fliegen auch aus North Carolina ein."

„Oh, das ist nett. Wie geht's ihnen?"

„Großartig! Immer noch aktiv und genießen den Ruhestand. Die einzige Person, die es nicht schafft, ist mein Onkel Rich. Das ist Moms Bruder. Er ist mit einem Fußballturnier für seinen Sohn in Chicago beschäftigt."

„Ich liebe deine Familie einfach."

Lächelnd sieht er zu mir herüber. „Manchmal denke ich, du willst mich nur ihretwegen."

„Deine Familie ist einfach ein Bonus."

„Ich bin mir immer noch nicht sicher, warum ich hier bin", meldet Olivia sich vom Rücksitz.

Ich habe fast vergessen, dass sie da ist, weil ich mich so auf Owen konzentriert habe, und sie war mit ihrem Handy beschäftigt.

„Du bist hier, weil die Party Spaß machen wird", sage ich. „Du arbeitest zu viel, und es ist ja nicht so, als würdest du jemanden in der Stadt kennen."

„Und Mom ist jemand, den zu kennen gut in der Branche ist", sagt Owen. „Wenn du dein eigenes Studio hast, sollte ihre Produktionsfirma ganz oben auf deiner Liste für Frauenfilme und Fernsehsendungen stehen. Es dreht sich alles darum, wen man kennt, richtig?"

„Ja. Deshalb bin ich eigentlich hier", sagt Olivia, woran Owen sie gerade erinnert hat. „Shayla, du weißt, ich genieße unproduktive Zeit nicht gerade. Nichts wird mich von meinen Zielen abbringen, kein Urlaub, keine Männer und definitiv keine Partys. Dieser Job ist ein Sprungbrett. Nichts für ungut. Ich bin zu einhundert Prozent für dich da, während wir zusammenarbeiten."

Ich kämpfe gegen ein Lächeln. Wie kann jemand, der so jung ist, so alt klingen?

„Verstanden", sage ich. „Claire wird dir gefallen. Komm nicht gleich zum geschäftlichen Teil. Sie ist eine wirklich interessante Person. Wusstest du, dass sie zu einem Romantikbuchclub gehört, dem Happy End Buchclub? Sie hat sogar die Rechte an ein paar Romanen erworben, um sie in Filme zu verwandeln. Wie die Fierce Trilogie und der Film, an dem ich gerade arbeite."

„Ach, das ist interessant", sagt Olivia. „Auslotung des

geistigen Eigentums in einer bestehenden Fokusgruppe. Wie komme ich in diesen Club?"

„Frag einfach, und du bist dabei", sagt Owen.

Das lässt mich aufhorchen. „Wirklich? Dann frage ich, ob ich auch mitmachen kann. „Ich wollte ohnehin mehr lesen." Ich wende mich Olivia zu. „Hast du schon mal einen Liebesroman gelesen?"

„Ich lese ganz viel. Natürlich denke ich immer darüber nach, wie es sich als Film abspielen könnte."

„Aber liest du Liebesromane?"

„Ja", gibt sie zu und errötet.

Meine Augen weiten sich. Ich habe noch nie gesehen, wie die nüchterne Olivia rot wird. „Nun, dann musst du mir sagen, welche Autoren ich ausprobieren soll."

„Das könnte ich dir sagen", erwidert Owen.

Mein Kopf schwenkt überrascht zu ihm. „Du liest auch Liebesromane?"

„Absolut! Mom hat eine ganze Bibliothek mit Büchern. Jeder Mann sollte Liebesromane versuchen. Es hat mir nicht geschadet, um Frauen besser zu verstehen, und ich meine das auf die schmutzigste Art und Weise." Er wirft mir einen schwelenden Blick zu.

Jetzt werde ich rot. Owen hat die Liebesromane seiner Mom gelesen und das Zeug an mir probiert?

„Kluger Mann", sagt Olivia.

„Danke", sagt Owen selbstgefällig.

Jetzt, da Olivia und ich offiziell im Happy End Buchclub sind, haben wir uns zu Claire und ihren Freundinnen in Liegestühlen an den Pool gesellt. Wir verfolgen eine intensive Diskussion über ihre neueste Lektüre, *Fiery Embrace*. Olivia macht Notizen auf ihrem Handy.

„Ich sage ja nur, wenn sie mit einem Knaller anfangen, ist es enttäuschend, nicht auch heißen Sex auf der Seite am Ende zu sehen", sagt Madison und lehnt sich in ihrem T-Shirt mit

V-Ausschnitt nach vorn, wodurch ein kleines Falken-Tattoo auf ihrer Brust direkt über ihrem Herzen sichtbar wird. Ich möchte sie danach fragen, habe aber Sorge, dass es zu persönlich ist.

Claire ist hier mit ihren Schwägerinnen Madison, Hailey und ein paar anderen Frauen, die entweder Schwägerinnen zu sein scheinen oder Ehrenschwägerinnen, weil sie mit Jakes Ehrenbrüdern verheiratet sind. Claire hat alle als Schwestern vorgestellt.

Hailey schiebt ihre weißgerahmte Sonnenbrille in ihr rotblondes Haar. „Wir müssen Sex nicht auf der Seite sehen, um zu wissen, dass es passiert ist. Es wurde damit angedeutet, dass sie auf dem Weg zu ihr Händchen gehalten haben. Ich fand das eine interessante Herangehensweise an die Romantik, dass es mit Sex anfing und mit Händchenhalten endete. Wie eine Romanze in umgekehrter Richtung."

Madison macht ein Gesicht. „Ich lese keine Liebesromane fürs Händchenhalten."

Ich kann nicht aufhören, jedes Mal ihr Tattoo anzustarren, wenn sie sich bewegt. Es scheint bedeutsam, dass sie es über ihr Herz gelegt hat.

„Wie ich sehe, bewunderst du mein Tat", sagt Madison zu mir.

„Hat sie gerade Titte gesagt?", flüstert Hailey. „Ich schwöre, Mad –"

Ich lache. „Nein, sie sagte Tat, wie Tattoo. Ich war neugierig darauf. Bedeutet es was Besonderes? Mir ist aufgefallen, dass es direkt über deinem Herzen liegt."

Sie zeigt auf ihren Mann Parker, der gerade Jake beim Grillen hilft. „Park hat sich ein Falken-Tattoo über seinem Herzen machen lassen, als er mit achtzehn Jahren zur Air Force ging. Ich war fünfzehn und verliebt in sein ahnungsloses Ich."

Die Frauen murmeln untereinander.

„Erinnerst du dich, wie ich dir bei Claires Hochzeit eine Umgestaltung verpasst habe, um Park die Augen für die Frau zu öffnen, die du geworden warst?", fragt Hailey.

„Du meinst die Beauty-Folter-Session?", fragt Madison. „Schwer zu vergessen. Und danke, Bitch."

Hailey strahlt.

Madison fährt fort: „Ich bin nie über ihn hinweggekommen, auch nachdem er jahrelang weg war, also habe ich mir ein passendes Tattoo machen lassen, weil er reingeschlichen ist und mein Herz gestohlen hat wie ein Falke."

Ich lege eine Hand über mein Herz. „Aww, so süß."

„Nur eine Tatsache", sagt Madison. „Für ihn bedeutet das Tat zuerst denken und dann handeln, sich auf alles stürzen wie ein Falke." Sie zuckt mit den Schultern. „Es hat geklappt." Ihr Blick trifft auf Parkers, und er lächelt sie an.

„Klingt ein bisschen nach dir und Owen, Shay", sagt Claire von ihrer Chaiselongue. „Als Teenager verliebt und später wieder im Leben vereint. Außer, dass Owen sicher nicht ahnungslos war. Er war verrückt nach dir, ist es immer noch."

Ich muss unwillkürlich lächeln. Alles läuft gerade so gut. Natürlich ist es erst zwei Tage her, seit er sich entschieden hat, nicht mehr sauer auf mich zu sein. Ich würde ja gern sagen, dass er meine Liebe erwidert, aber ich bin mir nicht sicher. Es könnte nur Sex für ihn sein. Obwohl er manchmal diesen gewissen Blick in den Augen hat …

„Unsere Beziehung begann mit einer falschen Verlobung", sagt eine Frau mit schulterlangen, aschblonden Haaren. Sabrina Campbell, richtig. „Jetzt sind Logan und ich glücklich verheiratet und haben drei Kinder, zwei Hunde und einen Hamster." Sie wackelt mit den Fingern in Logans Richtung, der mit Josh auf uns zukommt, mit Weinflaschen und Gläsern. Er lächelt sie warm an.

Logan und Josh bleiben stehen, um uns ihre Gaben zu präsentieren.

Die Frauen bejubeln ihre Aufmerksamkeit.

Josh beugt sich vor, um Hailey zu küssen. Logan gießt Sabrina ein Glas Wein ein und reicht es ihr.

„Vielen Dank", sagt Sabrina zu Logan. „Kannst du nach Deidre sehen? Sie ist noch nicht aus dem Haus gekommen.

Sie ist immer noch verärgert, dass sie ihre Führerscheinprüfung nicht bestanden hat. Ich glaube, sie würde sich hier draußen besser fühlen, bei ihren Cousins. Ich habe es versucht, aber sie ist in letzter Zeit so empfindlich bei mir."

„Überlass mir das", sagt Logan zuversichtlich.

Nachdem er gegangen ist, erzählt Sabrina ihre Geschichte – sie hatten eine falsche Verlobung, die sie im Fernsehen angekündigt hat, und hat ihn damit im Grunde überrumpelt. Doch er hat sich der Situation gewachsen gezeigt.

Das hat einen Domino-Effekt, und alle Ladys erzählen jetzt ihre Liebesgeschichten.

Ich mag Charlottes Geschichte. Sie hat irgendwann einem Date mit Ty zugestimmt, obwohl sie ihn für einen Playboy gehalten hatte, und er hat sie mit einer Dinner-Kreuzfahrt auf einem geliehenen Boot begeistert, das dann aber im Schlamm steckenblieb. Sie haben so lange auf dem Boot festgesessen, dass sie einander tatsächlich kennenlernen mussten.

Aber die verrückteste Geschichte waren Claire und Jake, die ich noch nie gehört hatte. Sie sollte ein Blind-Date mit seinem eineiigen Zwilling Josh haben, aber die Zwillinge haben die Rollen getauscht. Jake ging als Josh mit Claire aus, und Josh als Jake mit Hailey. Es dauerte eine Weile, bis die Frauen den Tausch bemerkt haben, da Claire und Hailey Jake zum ersten Mal getroffen hatten. Hailey nahm an, dass die Zwillinge einander einfach extrem ähnlich waren. Als Claire es herausfand, erzählte sie es Hailey, die so wütend war, dass es einen Krieg zwischen Josh und ihr auslöste, bis ihre Eltern sich ineinander verliebten und Josh und Hailey sich um der Familie willen vertrugen.

„Und weil er wahnsinnig in mich verliebt war", sagt Hailey. Sie dreht sich zum Pool und ruft: „Stimmt's, Josh?"

Er stützt seine Arme auf die Seite des Beckens, Wasser fließt in Rinnsalen über seine muskulöse Brust und die Arme. „Stimmt."

„Er kann mich nicht einmal hören", sagt Hailey uns. „Er stimmt einfach zu."

Claire zeigt auf Hailey. „Das ist das Zeichen eines Mannes, der das Geheimnis einer glücklichen Ehe kennt."

Wir alle lachen, sogar Olivia, die endlich lange genug aufgehört hat, sich Notizen zu machen, um den Geschichten der Frauen wirklich zuzuhören.

Ich kreische, als ich plötzlich in der Luft bin. Owen hat mich gerade bei einem Schleichangriff hochgehoben. Mmm … ich liege in seinen Armen an seiner nackten warmen Brust. Das erinnert mich daran, wie er mich romantisch ins Bett getragen hat.

Moment, wo bringt er mich hin? Ich schaue zurück auf die Frauen, die mir hinterherwinken.

„Von denen wirst du keine Hilfe bekommen", sagt er.

Wir sind fast am Pool.

„Owen! Ich trage meinen Pareo. Wage es nicht, mich ins Wasser zu werfen."

„Ich würde nie …" Er geht bis ans tiefe Ende. „Atme tief ein!"

Ich gebe dem Unvermeidlichen nach und füge mich, aber er lässt mich nicht fallen. Er springt mit mir ins tiefe Ende!

Wir tauchen nahe beieinander auf. Ich streiche mir die Haare zurück und spritze ihm Wasser ins Gesicht. Er ignoriert die Spritzer und kommt immer näher, bis er mich endlich packt und mich küsst. Ein Rausch von Hitze geht durch mich, trotz des kühlen Wassers.

„Rache, Campbell", sage ich mit meiner bedrohlichsten Stimme, bevor ich zur Seite schwimme.

Er folgt mir. Er legt einen Arm um meine Taille und zieht mich an sich. Ich lege ihm eine Hand auf die Brust und drücke, aber er rührt sich nicht. „Du hast meinen Pareo ganz nass gemacht."

Er senkt den Kopf und bringt uns im Küssen näher. Mein Puls beschleunigt sich. „Vielleicht mag ich es nicht, wenn du so verhüllt bist."

Seine Lippen treffen sanft auf meine und dann noch einmal, bevor er sich schließlich mit einem zarten Kuss auf meinen niederlässt, der mich umbringt. Dieser Mann. Dieser wundervolle Mann.

Ein Spritzer Wasser trifft auf die Seite meines Gesichts. Wir trennen uns und sehen seine Cousins, die uns nass-spritzen.

„Wer hat Lust auf einen Reiterkampf?", fragt Finn.

Owen sieht mich fragend an.

„Zur Hölle ja, wir treten dir in den Arsch", sage ich.

Owen lacht.

„Wo ist Olivia?", fragt Finn. „Ich möchte sie in meinem Team."

„Olivia!" Ich winke ihr zu, wo sie neben Claire und Freunden ein Buch liest. „Komm rein! Wir spielen Reiterkampf."

Sie schüttelt den Kopf. „Ich trage keine Badekleidung." Sie hat mir vorher gesagt, dass sie keine besitzt, weil sie es hasst, in den engen Stoff gequetscht zu sein, und sie es nie wagen würde, einen Bikini zu tragen. Stattdessen trägt sie ein loses Navy-Sommerkleid, das an den Knien endet. Zumindest hat sie die Stiefel mit den Stahlkappen gegen Flip-Flops getauscht.

„Was du anhast, ist in Ordnung", sagt Finn. „Komm schon. Du bist in meinem Team."

Olivia legt ihre Hand an die Kehle. „Ich?"

„Ja", sagt er lachend.

„Nein, danke."

„Warum nicht?"

„Ich lese gerade."

„Du kannst jederzeit lesen. Komm schon, das macht Spaß!"

„Ja, komm schon, Olivia!", rufe ich. „Bist du feige?"

Finn bedeutet mir, es runterzufahren. „Wer hat dir am Samstag- *und* am Sonntagmorgen deinen Lieblings-Doppel-Espresso gebracht? Du schuldest mir was."

Oh, das ist eine neue Info. Er hat wahrscheinlich im Haus gestrichen und es dann mitgebracht.

Olivia schiebt ihre Sonnenbrille in ihre Haare. „Und das weiß ich zu schätzen, aber ich bin zu schwer für dich."

„Wetten, dass nicht?" Seine Stimme klingt rau und einladend.

Claire und ihre Freundinnen werden still. Jetzt sind alle Blicke auf den neunzehnjährigen Finn gerichtet. Mackenzies kleiner Bruder klingt wie ein Mann, der wie die Hölle mit einer älteren Frau flirtet. Nicht, dass Olivia mit dreiundzwanzig alt ist. Es ist nur ein großer Unterschied im Vergleich zu neunzehn.

„Ich bin nicht gut in Spielen", sagt Olivia lahm.

Während Finn versucht, sie mit einer interessanten Sequenz von Handgesten zu locken – du, ich, Brusttrommeln, Champions – erhebt sich Nathan mit Mackenzie auf seinen Schultern aus dem Wasser. Harper bringt Cooper dazu, sie hochzuheben.

Owen bückt sich für mich im Wasser, und ich klettere hinauf. Wir erheben uns gemeinsam.

„Wir brauchen vier Paare, um es auszugleichen", sagt Finn zu Olivia.

„Ich mache das", sagt Madison und erhebt sich von ihrem Liegestuhl.

Finn macht sich auf den Weg zur Seite des Pools. „Danke, Tante Mad, aber ich will Olivia."

Er steigt aus dem Pool und geht hinüber zu Olivia. Wasser tropft von seinem straffen, muskulösen Körper. Ihr bleibt der Mund offen stehen, als sie ihn von ihrem Liegestuhl aus ansieht. Verdammt, ich kann die Unterhaltung von hier aus nicht hören.

Ein paar Minuten später sitzt er neben ihr und greift sich ein Handtuch zum Abtrocknen. Sie sieht von seiner Anwesenheit verwirrt aus.

„Spielt ohne mich!", schreit Finn uns zu.

„Park!", ruft Madison. „Ich brauche dich für einen Reiterkampf!"

Er sieht uns in Position im Pool. „Sind sie bereit für den härtesten Konkurrenten der Welt?"

Harper reibt die Hände aneinander. „Ich kann es dieses Jahr mit ihr aufnehmen."

Parker zieht sein Hemd aus und springt in den Pool. Madison gesellt sich kurz darauf zu ihm und hält inne, um ihm einen dicken Kuss zu geben, bevor sie auf seine Schultern klettert.

Owen eilt auf Nathan zu, und ich kämpfe gegen Mackenzie auf seinen Schultern, die stärker ist, als sie aussieht. Himmel, so viel zum Thema heftig. Nur gut, dass ich täglich trainiere.

Owen zieht sich zurück und stürzt in einem Winkel vorwärts, was mir genau den Vorteil gibt, den ich brauche. Mackenzie geht unter, und Nathan kippt ebenfalls seitwärts.

Ich sehe gerade hinüber, als Harper und Cooper von Madison gestürzt werden. Parker wendet sie uns zu.

„Oh, Mist", sage ich.

Madison lacht wie verrückt. Ihre über zwanzigjährigen Söhne – Mason, Michael, Maddox und Miles – versammeln sich am Pool, feuern sie an und schließen Wetten ab. Wie muss ihr Haus gewesen sein, mit einer harten Mutter wie Madison aufzuwachsen? Sie hatten wahrscheinlich Gladiatorenkämpfe im Garten.

Owen eilt vorwärts, und Madison packt meine Arme, also greife ich ihre. Wir ringen ein paar Augenblicke lang, bevor Owen sich zurückzieht.

Ich bin mir sicher, dass ich Madison-große Abdrücke an meinen Armen habe, aber ich habe keine Zeit, um nachzusehen, weil Parker und Owen wieder voreilen.

Dieses Mal geht sie an meine Schulter und versucht, mich aus dem Gleichgewicht zu bringen.

„Halt dich fest, Shayla!", brüllt einer von Madisons Söhnen. „Ich habe Geld auf dich gesetzt!"

Oh, das ist nett.

Platsch! Ich bin unten.

Ich tauche auf, um Madison einen ihrer Zwillinge anschreien zu hören. „Das wird dich lehren, gegen mich zu wetten. Ha!"

„Jemand musste doch auch die andere Seite nehmen", sagt er. „Was hat das Wetten sonst für einen Sinn?"

Sie neigt den Kopf. „Guter Punkt. Aber ich freue mich trotzdem, dass du verloren hast." Sie hebt ihre Arme zu einem V für Victory. Ihre Söhne jubeln ihr zu.

Einen Augenblick später taucht Parker unter Wasser und lässt sie von den Schultern rutschen.

„Lass uns das noch mal machen!" Madison gestikuliert Claire und ihren Freundinnen zu. „Ladys, kommt rein!"

„Das ist barbarisch", sagt Hailey. „Nein, danke."

„Deine Tochter hat gespielt", sagt Madison.

Hailey lächelt gut gelaunt. „Und ich bin sehr stolz auf Mackenzie, dass sie ihren eigenen Weg gegangen ist. Wo ist meine süße Kriegerkönigin?"

Mackenzie kommt aus dem Haus, mit einem Handtuch um die Taille und einem Krug, der wie Sangria aussieht. Harper bringt eine Platte mit Gemüse.

Nathans Blick verfolgt das Schaukeln von Harpers Hüften in ihrem Rock, während sie vorbeigeht. Wirklich schade, dass sie ihn hasst.

Ich seufze. Ich wünschte, jeder Tag könnte so sein. Nach stundenlangem Planschen im Pool und einem köstlichen Barbecue sitze ich auf einem Liegestuhl zwischen Owens Beinen, seine Arme um mich gewickelt. Wir haben uns um eine Feuerstelle versammelt und machen S'mores mit der jüngeren Gruppe, während Claires Leute in der Küche und die Männer in ihrer Höhle im Keller sind. Olivia ist bei der älteren Gruppe. Manchmal mache ich mir Sorgen, dass sie ihre Zwanziger verpasst. Alles, woran sie denkt, ist die Zukunft und das, was sie erreichen will.

„Was ist das Verrückteste, das du je getan hast?", fragt Nathan und zeigt mit seiner Bierflasche auf Owen.

„Zu kündigen und mit dir ein Geschäft zu gründen", erwidert Owen.

Einer von Nathans Mundwinkeln hebt sich, und er zeigt mit seiner Flasche auf mich.

„Zwischen den Schauspieljobs habe ich als Fluffer gearbeitet", sage ich mit einem ernsten Gesicht.

Owen beugt sich vor, um mich anzusehen und muss die Wahrheit in meinen Augen lesen, denn er entspannt sich.

„Quatsch!", sagt Nathan. „Im Ernst?"

„Was ist ein Fluffer?", fragt Finn.

„Das ist die Frau, die dafür sorgt, dass Pornodarsteller zwischen den Takes voll erregt bleiben", sagt Nathan zu Finn.

„Whoa", sagt Finn.

„Lügner", sagt Harper.

Ich lache. „Nun, ich musste es doch interessant machen. Ich habe noch nie was Verrücktes getan."

„Der Nächste!", sagt Nathan und richtet die Flasche auf Harper.

„Ich passe", sagt sie.

„Du kannst nicht passen", sagt er.

„Doch, kann ich." Sie beißt von ihrem S'more ab und zeigt auf ihren vollen Mund.

„Schön, Mackenzie?", fragt er.

Sie wirft sich das Haar über die Schulter. „Ich hatte mal was mit einem Typen, der ein Darth Vader Kostüm im Bett trug. Wir haben uns bei der Comic Con getroffen."

„Meine Mom hat ein Darth Vader Kostüm", sagt Mason. „Du hattest aber sicher nichts mit deiner Tante Madison?"

„Igitt!", ruft Mackenzie. „Ja, da bin ich mir sicher. Er hat schon vorher den Helm abgenommen – dieses Gespräch ist mir viel zu sexuell, um es vor meinen Cousins und Brüdern zu führen. Nächstes Thema, bitte!"

Harper zuckt den Daumen in Nathans Richtung. „Er hat damit angefangen, der Perversling."

„Man sollte nicht von sich auf andere schließen", erwidert Nathan. „Außerdem sagte ich, was das Verrückteste ist, das ihr getan habt, nicht das Erotischste. Shayla hat uns auf diesen Weg gebracht."

„Bitte verzeih, dass ich interessant bin", sage ich.

„Ist uns der Wein ausgegangen?", fragt Mackenzie.

Owen holt noch eine Flasche aus dem Eiskübel neben unserem Stuhl.

„Danke!" Mackenzie löst die Kappe und nimmt sich eine großzügige Portion. Sie bietet die Flasche an. „Sonst noch jemand?"

Harper greift danach, gießt sich was ein und gibt sie mir zurück. Ich stelle sie wieder in den Eiskübel.

„Weißt du, was an deinen Zwanzigern scheiße ist?", fragt Mackenzie.

„All diese Freiheit?", fragt Finn sarkastisch.

„Oh, bitte, Mom und Dad geben dir reichlich Freiheit", sagt Mackenzie. „Mehr, als ich hatte. Das passiert eben, wenn man die Älteste ist. Als sie zu dir kamen, waren sie schon erschöpft."

Finn schüttelt den Kopf. „Ich kann es nicht abwarten, auszuziehen. Das College hat mir einen Vorgeschmack auf echte Unabhängigkeit gegeben. Jetzt muss ich wieder häus- liche Pflichten übernehmen und nehme keine Frauen mit nach Hause."

„Olivia ist ja auch schon drin", sagt sein älterer Bruder Cooper, um ihn zu necken. „Nur zu. Wenn du Glück hast, nimmt sie dich mit zu ihr."

Mackenzie winkt das ab. „Olivia lebt bei mir, also vergiss es, kleiner Bruder. Egal, aber was an den Zwanzigern wirklich scheiße ist, sind all die verdammten Hochzeiten. Ich habe ein Vermögen für Brautjungfernkleider ausgegeben, die ich nie wieder tragen werde, wenn meine College-Freundinnen eine nach der anderen heiraten. Ich habe gerade eine weitere Einladung in der Post bekommen. Es ist Folter. Ich schwöre es, Liebe ist nur ein großes Geschäft."

„Lass deine Mom das nicht hören", sage ich.

Mackenzie verdreht die Augen. „Ich kann Hochzeiten hassen, aber trotzdem respektieren, was sie erreicht hat. Ich muss im Juni zu drei Hochzeiten, eine davon ganz oben in Vermont. Das ist im Grunde mein ganzer Juni. Und ich werde ein abscheuliches Kleid tragen, damit die Braut gut aussieht, esse verkochten Fisch und muss eine weitere Runde Funky Chicken über mich ergehen lassen. Funky Chicken macht keinen Spaß und wird nie Spaß machen. Wer hat das eigentlich erfunden?" Sie endet mit einem hohen, empörten Ton.

Alle starren sie an.

Sie sammelt sich und sagt in einem viel ruhigeren Ton: „Natürlich freue ich mich für meine Freunde."

Eher eifersüchtig. Das behalte ich für mich.

„Ja", sagt Nathan. „Ich war auch bei reichlich vielen Hochzeiten. Wenn ich jemals heiraten sollte, wird es eine Standesamtzeremonie sein, und dann machen wir tolle Flitterwochen."

Mackenzie fährt fort, als hätte er gar nichts gesagt. „Und das Schlimmste ist, dass ich nie eine Begleitung habe, also muss ich mit meinem mir zugewiesenen Trauzeugen tanzen, und dann sitze ich den Rest des Abends einfach da und sehe all den glücklichen Paaren beim Tanzen zu. Nicht, dass ich ein Hochzeits-Date will. Ich sage nur, dass ich das Ritual der Zwangsvereinigung nicht genieße. Nicht lustig."

„Vielleicht solltest du durch die Clubs ziehen, um all dem Pärchenkram entgegenzuwirken", sagt Owen.

„Gott, ich war schon so lange nicht mehr in einem Club." Mackenzie schaut sich im Kreis um. „Wer ist nächstes Wochenende dabei?"

„Ich", sagt Harper.

„Ich bin auch dabei", sagt Nathan.

Harper wirft ihm einen finsteren Blick zu, bevor sie sich mir zuwendet. „Was ist mit dir, Shayla?"

„Klingt lustig, aber das ist nicht der sicherste Ort für mich."

„Ach, richtig. Manchmal vergesse ich, dass du eine Anhängerschaft hast. Ich frage mich, ob Mom jemals in Clubs war. Ich sollte sie fragen."

Harper steht auf und geht rein, vermutlich, um Claire zu fragen.

Nathan sieht ihr hinterher, bevor er uns fragt: „Habt ihr gesehen, wie sie mich angesehen hat, als ich sagte, ich sei bereit, durch die Clubs zu ziehen? Als wäre ich der Tod in guten Zeiten."

Mackenzie will ihm auf die Schulter klopfen und trifft nicht. „Aww, nimm das nicht persönlich. Sie mag dich einfach nicht."

„Warum nicht? Ich bin ein liebenswerter Mensch. Kannst jeden fragen. Die Hühner graben mich an."

„Könnte was damit zu tun haben, dass du Hühner sagst", sagt Owen.

„Mit deiner Schwester stimmt was ernsthaft nicht", sagt Nathan zu Owen.

„Harper hatte schon immer ihre eigene Agenda, und der Rest von uns ist nicht eingeweiht", sagt Owen.

„Nun", wage ich, „vielleicht ist sie eifersüchtig, weil sie denkt, du stehst auf Mackenzie. Du hast mit ihr vorhin Reiterkampf gespielt, und als sie dann einen Club vorgeschlagen hat, hast du zugestimmt."

„Um Gottes willen, Mackenzie ist wie eine Schwester für mich." Er legt eine Hand auf ihren Kopf. „Nicht wahr?"

Sie legt ihre Hand auf seinen Kopf. „Richtig, kleiner Bruder."

Ich lache.

„Hey, Shayla, entschuldige die Störung." Frankies Stimme klingt tief in der Nähe meines Ohres.

Ich drehe mich zu ihm um und lächele immer noch. „Was ist los?"

„Da steht ein Auto direkt vor dem Tor, und der Typ benutzt eine Kamera mit Teleobjektiv. Als ich mich näherte, ist er weggefahren. Männlicher Fahrer, allein."

Ich höre auf zu lächeln, mein Herz beschleunigt sich. „Es könnte jemand gewesen sein, der versuchen will, ein Bild von zwei berühmten Leuten zu verkaufen."

„Könnte sein", sagt er. „Ich wollte nur, dass du Bescheid weißt. Ich werde mir das Sicherheitsvideo wegen des Nummernschilds ansehen."

Mir läuft es eiskalt den Rücken runter.

Meine Befürchtungen bestätigen sich kurze Zeit später.

Das Kennzeichen ist das gleiche wie bei dem Auto, das Matt das letzte Mal gefahren ist, als er mich beobachtet hat.

„Es spielt keine Rolle, wohin ich gehe", flüstere ich Owen zu. „Ich kann mich nie sicher fühlen."

Er zieht mich in seine Arme. „Bei mir bist du sicher."

Aber wie lange?

14

Owen

Ich bin so sauer. Ich möchte nicht, dass Matt in die Nähe von Shayla oder Mom kommt. Wir sind jetzt mit Mom und ihren Freundinnen in der Küche, weil Shayla sich nicht mehr sicher gefühlt hat. Ich hasse es, dass Matt den ansonsten großartigen Tag ruiniert hat. Shayla kann sich nicht oft so amüsieren, umgeben von Menschen, die sie lieben.

Nicht, dass *ich* sie liebe. Ich weigere mich, das zuzulassen. Ich weiß es besser, als mein Herz für eine Frau zu öffnen, die plötzlich zum nächsten glänzenden Projekt aufbricht. Ich werde nie an erster Stelle bei ihr kommen, und das ist ein Dealbreaker für mich. Wenn es bei mir ernst mit jemandem würde, würde ich denjenigen an erste Stelle setzen und dasselbe erwarten. Ich sollte ihr wahrscheinlich sagen, dass ich keine Zukunft für uns sehe, aber dann wird sie abhauen, und ich bin noch nicht bereit, mich zu verabschieden.

Ich weiß, ich weiß. Deshalb habe ich überhaupt versucht, ihr zu widerstehen, aber wenn der Geist erst einmal aus der Flasche ist. Oder die Lust und das Mögen, tiefes Mögen, und, ach, verdammt. Ich kann einfach nicht anders, wenn es um sie geht, selbst wenn ich das Risiko kenne.

„Es tut mir so leid, dass ich dich in Gefahr gebracht habe", sagt Shayla unter Tränen zu Mom.

„Ach, bitte", sagt Mom. „Ich bin jetzt nicht mehr in Gefahr als je zuvor. Paparazzi und Stalker gehören zum Geschäft."

Shayla schenkt ihr ein verwässertes Lächeln. Mom umarmt sie.

Dann streicht sie Shaylas Haare zurück. „Du hast nichts falsch gemacht. Du darfst *dich* nicht von Verrückten verrückt machen lassen. Du musst dein Leben leben."

„Ich weiß", sagt Shayla mit leiser Stimme. Matt hat sie wirklich erschüttert.

„Und wenn es nicht Matt ist, wird es ein anderer Typ oder eine Frau sein", sagt Mom. „Weißt du, als Missy Barnes diesen Filmhit hatte, war da diese eine Frau, die Missys Freund mit faulen Früchten beworfen hat, wenn sie in die Öffentlichkeit rausgingen."

Shayla sieht mich entsetzt an.

„Das ist nicht sehr hilfreich", sage ich.

Mom hebt ihre Handflächen. „Ah, dann lasse ich dich mal übernehmen." Sie geht zu Dad, der einen Arm um sie legt.

Ich ziehe Shayla an mich und flüstere ihr ins Ohr: „Fahren wir zu mir zurück."

„Okay."

Wir verabschieden uns und steigen mit Olivia ins Auto.

Shayla ist ruhig auf der Heimfahrt. Ich sehe zum Rücksitz, wo Olivia aus dem Fenster in die Dunkelheit starrt.

„Hattest du eine schöne Zeit, Olivia?", frage ich.

„Was hat es mit deinem Cousin Finn auf sich?"

„Was meinst du?"

„Na ja, warum redet er ständig mit mir, flirtet und bringt mir Espresso?"

Unsere Augen begegnen sich im Rückspiegel. „Ich schätze, weil er auf dich steht."

„Nein, das kann es nicht sein. Versucht er, in die Branche einzusteigen? Oder steht er auf kurvige Frauen?"

„Äh, ich glaube nicht, dass er versucht, dich zu benutzen, um in die Branche zu kommen. Er könnte einfach Mom um Hilfe bitten. Außerdem hat er sich noch nicht einmal für ein

Hauptfach entschieden." Die Bemerkung mit den kurvigen Frauen spreche ich nicht an.

„Ich kann mir einfach nicht vorstellen, dass ich sein Typ bin", sagt Olivia.

„Warum solltest du nicht?", fragt Shayla, die zum ersten Mal was sagt, seit wir die Party verlassen haben. „Du bist hübsch, klug und kompetent."

Olivia ignoriert das Kompliment. „Und er ist zu jung für mich. Das hab' ich ihm gesagt, und er meinte, das Alter spiele keine Rolle zwischen willigen Erwachsenen."

Ich verkneife mir ein Lachen. Finn klingt über seine Jahre hinaus weise.

„Wir müssen einen neuen Maler einstellen", sagt Olivia. „Mit Finn ist es jetzt sehr unangenehm. Owen, könntest du ihn wissen lassen, dass er nicht mein Typ ist?"

„Klar, wenn es zur Sprache kommt", sage ich.

Shayla drehte sich in ihrem Sitz herum. „Kannst du einfach höflich zu Finn sein und ihn weiter unsere Wohnung streichen lassen? Er braucht das Geld, um sich ein Auto zu kaufen."

„Na schön", sagt Olivia. „Ich werde seinen Zeitplan herausfinden und ihm aus dem Weg gehen. Ich habe wirklich keine Zeit neben meinem Fünfjahresplan zu daten." Sie zieht ihr Handy heraus und beginnt zu tippen. Wahrscheinlich schreibt sie Finn wegen seines Malplans.

Ich sehe zu Shayla hinüber. „Hattest du Spaß, bevor Frankie uns die schlechten Nachrichten mitgeteilt hat?"

„Ich hatte die *beste* Zeit, und ich hasse es, dass mir sowas das wegnehmen konnte. Jetzt bin ich verängstigt und gleichzeitig angepisst. Ich weiß nicht, wie deine Mom so entspannt damit umgehen kann."

„Ich bin sicher, dass sie gelernt hat, mit dem Preis des Ruhms zu leben. Hast du jemals daran gedacht, aus dem Rampenlicht zu treten? Vielleicht was anderes zu tun?" Ich halte den Atem an und hoffe, dass sich meine Gliedmaßen dadurch leichter anfühlen.

„Gott, nein! Ich liebe die Schauspielerei und habe Glück,

dass ich so viel Arbeit bekomme. Dafür gibt es eine zeitliche Begrenzung. An einem Tag ist man heiß und am nächsten ein Nichts."

„Er hat recht", sagt Olivia.

„Mom hatte eine lange Karriere", sage ich.

„Das ist die Ausnahme, besonders für eine Frau", sagt Shayla. „Ich würde gern in ihre Fußstapfen treten, aber das liegt nicht in meiner Kontrolle."

„Hast du schon über Regie nachgedacht?", frage ich. „Mom stellt oft Regisseurinnen ein und filmt gerne vor Ort in Connecticut und New York." Natürlich hoffe ich, dass Shayla eine Weile hierbleibt. Wenn ich wüsste, dass es einen Weg gibt, wie es für uns beide klappen könnte, wäre ich ganz dabei.

„Eines Tages könnte ich mir vorstellen, Regie zu führen", sagt sie. „Im Moment genieße ich noch das Schauspielen. Gefällt dir das, was du tust?"

„Ja, das tut es. Ich liebe es, mein eigener Chef zu sein, meine eigenen Stunden festzulegen. Es ist toll, mit Nathan und Mackenzie zusammenzuarbeiten. Wir ergänzen einander. Nun, ich sollte sagen, Mackenzie ergänzt mich und Nathan. Es funktioniert."

„Hast du mit ihnen darüber geredet, mit mir nach Vancouver zu gehen? Mackenzie hat mir gesagt, dass euer Unternehmen nach neuen Märkten sucht, und ich würde dich gern dort sehen." Sie legt eine Hand auf mein Bein, und ich sage mir, ich solle mich nicht einsaugen lassen. Ich möchte ihr nicht von Projekt zu Projekt folgen. Ich stehe meinen eigenen Mann mit einem Leben hier.

„Und was dann?", frage ich.

„Dann würden wir von da aus weitergehen", sagt sie. „Sehen, wie es läuft."

Ich bin still. Shayla redet ständig über eine Zukunft mit mir, aber es hängt alles davon ab, dass ich ihr folge. Jetzt frage ich mich allmählich, ob es ein Fehler war, die Dinge so weit kommen zu lassen.

Olivia meldet sich zu Wort, immer so praktisch: „Wenn du

willst, könnte ich das Studio kontaktieren und sehen, was man für einen Securityjob bekommen könnte. Das könnte deine Entscheidung erleichtern."

„Tolle Idee", sagt Shayla. „Mackenzie sagte, sie würde mich dort gern besuchen. Ihr könntet beide kommen und euch den Job ansehen. Ich hätte dich wirklich gern als Ergänzung zu Zander dort."

Ich versteife mich. Ich dachte, sie fragt, damit wir zusammen sein können. Stattdessen will sie, dass ich ihr Sicherheitsteam ergänze.

„Ich habe einen großen potenziellen Job in D.C.", sage ich. „Mackenzie sagt, es sieht gut aus. Wir werden es Ende nächster Woche sicher wissen. Wenn wir ihn bekommen, bin ich für drei Monate in D.C."

„Kann Nathan das nicht machen?", fragt sie.

„Nathan hat versprochen, ein paar Wochen mit seiner Familie in Martha's Vineyard zu verbringen, daher würde er einen Teil davon verpassen. Es ist am besten, wenn eine Person die Führung übernimmt und dabeibleibt. Und bevor du fragst: Mackenzie macht keine Hightech-Arbeit. Sie ist mehr Betrieb und Buchhaltung. Der Motor, der unser Unternehmen am Laufen hält."

„Okay", sagt sie leise.

Lange Momente vergehen. Ich schaue hinüber zu ihrem traurigen Gesichtsausdruck. Verdammt! Ich kann es nicht ertragen, wie traurig sie aussieht. Ich bin derjenige, der ihr das Gefühl gibt, beschützt und sicher zu sein.

„Ich werde darüber nachdenken", sage ich.

„Das wirst du?" Sie klingt ehrlich überrascht.

„Ja."

„Soll ich beim Studio nachfragen?", fragt Olivia.

„Ja, mach nur", sagt Shayla und strahlt mich an.

Meine Brust schwillt vor Stolz. Es ist schön, gebraucht zu werden, auch wenn es nur aus Sicherheitsgründen ist. Das bedeutet nicht, dass ich ihr von Projekt zu Projekt folgen werde. Es besteht durchaus die Möglichkeit, dass dieser

Studiogig größer ist als der Regierungsauftrag. Ich schulde es der Firma, es mir zumindest anzusehen.

~

Shayla

Die Woche vergeht in einer Unschärfe zwischen Arbeit und Nächten mit Owen. Das Beste daran ist, dass es vielversprechend für ihn aussieht, am Standort Vancouver zu arbeiten. Sie haben ein Problem damit, dass Leute Geräte stehlen und auf dem Schwarzmarkt verkaufen. Das war mir gar nicht klar gewesen, als ich ihn eingeladen hab'. Ich dachte nur, es wäre toll, seinen und meinen Job zusammenzubringen. Ich habe immer noch Hoffnung für unsere Zukunft, auch wenn Owen sich manchmal zurückzieht. Er ist noch nicht ganz dabei, aber wenn er sieht, wie es funktionieren könnte, dann wird er sich entspannen.

Heute Abend sind wir bei der Broadway-Show eines Freundes. Es ist eine ausverkaufte Samstagabend-Show. Mein Freund Rodney ist ein dreifaches Paket: Er spielt, singt und tanzt. Ich kann eine Note halten, aber ich könnte nie das tun, was er macht. Und vergessen Sie das Tanzen. Ich bleibe beim langsamen Tanzen, und wenn niemand eine Kamera hat, werde ich auch ein bisschen auf der Tanzfläche herumhüpfen.

Wir sitzen in der ersten Reihe. Ich schaue zu Owen, um zu sehen, ob er sich amüsiert. Schwer zu sagen. Es ist ein fröhliches Musical, eine Neuinterpretation von *Romeo und Julia* mit einem Happy End. Rodney spielt Romeo. Er ist atemberaubend gut. Wirklich. Er wurde als Teenager auf der Straße angehalten und hat einen lukrativen Modelvertrag unterschrieben. Musicals sind seine wahre Liebe.

Die Show endet mit Standing Ovations.

„Hat es dir gefallen?", frage ich Owen.

Er nickt. „Wirklich gut."

„Komm, wir sind Backstage eingeladen."

Wir eilen von unseren Sitzen zu einer Seitentür, wo uns

ein Bodyguard zusammen mit Zander durch den Backstage-Bereich zu Rodneys Umkleidekabine führt.

Ein paar Minuten später gesellt er sich zu uns. „Shayla! Danke fürs Kommen! Ich hab' dich ja schon ewig nicht mehr gesehen." Er umarmt mich. Wir sind fast immer an gegenüberliegenden Küsten.

„Ja, nicht wahr? Das ist Owen Campbell."

Rodney schüttelt ihm die Hand. „Rodney Bell, schön, dich kennenzulernen. Also, was meinst du? Wir arbeiten immer noch an den Feinheiten der Show. Sie läuft erst eine Woche, und der Choreograph nimmt ständig Änderungen vor."

„Es war großartig", sage ich. „Wirklich lustig."

„Es ist immer lustig, wenn die Leads am Ende nicht sterben", sagt Owen.

Rodney lacht. „Das ist fair, obwohl es Spaß machen würde, eine tragische Todesszene zu spielen. Kommt ihr zur Aftershow-Party? Sie haben dieses tolle koreanische Grilllokal für uns gebucht. Wir feiern, dass wir die erste Woche überstanden haben."

Ich sehe zu Owen, der lächelt. „Wir werden da sein!"

Nach köstlichen Vorspeisen mit Kimchi-Pfannkuchen, Chicken Wings und Barbecue-Kichererbsen an Rodneys Tisch, setzen Owen und ich uns in die Lounge im Obergeschoss. Jazzmusik spielt in leiser Lautstärke, und die Leute entspannen sich auf bequemen Sesseln, Sofas und sogar ein paar Sitzsäcken.

Der Schauspieler, der Mercutio gespielt hat, kommt vorbei. Sam Miller. Wir haben uns schon mal getroffen.

„Du kommst mir so bekannt vor", sagt er zu Owen.

„Das höre ich oft", sagt Owen. „Du warst großartig."

„Danke! Warst du in *Die Fantasticks*?"

„Nein."

„Ensemble bei *Rent*?"

„Nein."

„Oh, tut mir leid. So unhöflich. Ich bin Sam."

„Owen."

„Und natürlich kenne ich die herrliche Shayla. Woher kennst du Owen?"

Ich lehne meinen Kopf an Owens Schulter. „Als Teenager hatten wir eine Sommerromanze, und jetzt haben wir uns wiedervereint."

Owen verzieht das Gesicht. „Klingt wie ein Teenagerfilm."

„Das ist süß", sagt Sam. „Amüsiert euch!"

Nachdem er gegangen ist, frage ich Owen: „Warum hast du ihm nicht gesagt, dass deine Mutter Claire Jordan ist? Deshalb kommst du ihm so bekannt vor."

Er sieht zur Decke. „Weil wir dann das ganze Mom-Gespräch haben, ihre Filme, wie sie wirklich ist, wie es war, mit einer berühmten Mom aufzuwachsen. Ich würde lieber nicht darüber reden."

„Oh. Ich wäre stolz, über eine Mom wie Claire zu sprechen."

Ich bin stolz auf sie. Ich muss nur nicht mit jeder beliebigen Person über sie sprechen, die mich von einem ihrer Events erkennt."

Eine Gruppe Frauen im Alter von zwanzig irgendwas kommt zu uns, ihre Blicke kleben auf Owen.

Eine von ihnen nähert sich ihm. „Rafael Jordan-Campbell?" Dann, als sie näher ist, sagt sie: „Tut mir leid, habe dich verwechselt. Rafael hat diese atemberaubenden blauen Augen. Deine sind aber auch nett."

Owen wirft mir einen Blick zu. Nur Rafael verwendet den Mädchennamen seiner Mutter zusammen mit dem Namen seines Vaters, weil er Fotograf ist und der Name hilft, Türen zu öffnen.

„Rafael ist sein Bruder", sage ich.

„Sehr cool", sagt sie. „Ich bin Brooke. Er hat mich für mein letztes Porträt fotografiert. Ich hatte immer gehofft, ich würde ihn noch einmal treffen. Kannst du ihm meine Nummer geben?"

„Klar", sagt Owen.

Sie sagt ihre Telefonnummer langsam und deutlich, während er es zusammen mit ihrem Namen an Rafael schickt. Sie geht mit ihren Freundinnen davon und sieht erfreut aus.

„Rafael ist also der berühmtere Bruder", necke ich.

„Normalerweise ist er hinter der Kamera, aber er genießt es, es mit den verschiedensten Menschen zu vermischen."

Schließlich machen wir uns auf den Weg zu einer runden Ecknische, in der zwölf Personen Platz finden. Der Dance Captain Ben hält Hof mit einem lustigen Spruch nach dem anderen. Owen macht mit, scheint jetzt entspannter zu sein. Ich lehne mich zurück und seufze. Das hier ist gut. Owen fühlt sich wohl dabei, mit Kreativen abzuhängen. Jetzt, wo das Timing besser ist, kann ich sehen, dass er nahtlos in mein Leben passt.

Owen

Gegen Mitternacht fahren alle nach Hause. Die Besetzung muss morgen Abend wieder auftreten, und niemand will zu lange aus sein. Gut für mich, denn ich bin begierig darauf, Shayla wieder in mein Bett zu bekommen. Ich fühle mich wie ein notgeiler Teenager, der sie ständig will. Es ist schwer, ihr nahe zu sein und mich nicht ausziehen zu wollen. Unsere Chemie war von Anfang an intensiv und ist erst jetzt gewachsen, da wir die Freiheit haben, uns Zeit im Bett zu nehmen. Mein Puls rast, wenn ich nur daran denke, was ich mit ihr machen will. Selbst wenn ich weiß, dass es nicht klappen kann, ist es einem Teil von mir egal.

Ihr liegt was an mir.

Ich verdränge die Schuldgefühle dafür, dass ich ihr nicht gesagt habe, dass ich Vancouver als vorübergehenden Aufschub sehe. Ich bin es leid, in die düstere Zukunft zu blicken, in der unsere Beziehung unweigerlich auseinanderfällt, wenn wir getrennte Wege gehen. Ich möchte einfach das Jetzt genießen.

Ich verschränke die Finger mit ihren, während wir zur

Eingangstür des Restaurants gehen. Sie lächelt zu mir auf, und mein Herz stolpert. Ich sehe geradeaus, Energie fließt durch mich bei unserer elektrischen Verbindung.

Plötzlich bleibe ich ein paar Meter vor der Tür stehen. Da wartet eine Menge Paparazzi.

Ich spreche Zander an. „Hintertür."

„Ist das alles für mich?", ruft Rodney dramatisch und schiebt Shayla hinter sich. Er ist großartig.

„Für uns beide", sagt die Julia-Darstellerin. „Geben wir ihnen, was sie wollen."

Sie gehen gemeinsam aus der Haustür, halten Händchen und lächeln. Wir warten nicht, um zu sehen, ob sie ihre eigene Fotosession bekommen.

Zander geht voraus zu einer Hintertür. Er hat das Restaurant schon durchsucht, als wir ankamen. Er geht zuerst hindurch.

Eine Flut von Bewegungen bringt mich dazu, Shayla hinter mich zu schieben.

„Ich werde Sie verklagen!", schreit ein Mann, während er die Straße hinunterläuft, mit Zander auf den Fersen.

Und genau deshalb braucht Shayla zwei Bodyguards, denn wenn einer aus irgendeinem Grund losrennt, muss noch jemand bei ihr sein.

Shayla dreht sich zu mir um. „Das war ein Paparazzo, oder?"

„Das werden wir in einer Minute erfahren. Zander ist auf dem Weg zurück."

Er kommt auf uns zu gerannt. „Er ist in ein wartendes Auto eingestiegen, und ich wollte dich nicht zu lange verlassen. Es war Matt mit einer Kamera, um sich unter die Paparazzi zu mischen. Er muss sich von der Gruppe getrennt haben, als er sah, wie ihr von der Haustür abgebogen seid."

Shayla drückt meine Hand fest, ihr Gesicht blass.

Zander verzieht das Gesicht. „Er hat wahrscheinlich sogar die Paparazzi angerufen, in der Hoffnung, Shayla zu einem anderen Ausgang zu locken."

„Hatte er eine Waffe?", frage ich.

„Nicht, dass ich eine gesehen hätte. Nur die Kamera und das, was er sagte, war eine dringende Botschaft für Shayla."

Shayla legt eine Hand an ihre Kehle. „Was war das für eine Botschaft?"

„Es spielt keine Rolle, welche Botschaft das war", sage ich. „Es gibt nichts, was er zu sagen hat, das dein Leben in irgendeiner Weise beeinflussen sollte."

„Aber was, wenn es eine Todesdrohung war?"

„Eher eine Liebeserklärung", sage ich, um sie zu beruhigen. „Der Mann tickt nicht richtig. Wer weiß, was er sagt?"

„Ich habe nicht gehört, was es war", sagt Zander. „Ich hab' ihm gesagt, dass ich selbst eine dringende Botschaft für ihn habe, und zwar, dass er kurz davor ist, wegen Verletzung seines Kontaktverbots verhaftet zu werden. Da ist er abgehauen."

Shayla atmet zitternd ein.

„Geht's dir gut?", frage ich.

„Mmm-hmm", macht sie. „Gehen wir."

Sobald wir ins Auto steigen, bricht sie in Tränen aus. Ich ziehe sie in meinen Schoß und lege die Arme um sie.

„Du bist in Sicherheit", murmele ich in der Nähe ihres Ohres. „Alles ist okay."

Sie schnieft und reibt meine Brust. „Manchmal wird es zu viel. Es scheint immer so, dass, wenn ich mich endlich entspannen und mich amüsieren kann, er da ist."

„Nun, er wird dich nicht bei der Arbeit besuchen. Zu viel Security."

„Ich brauche einen zweiten Bodyguard. Ich weiß nicht, was ich getan hätte, wenn du nicht da gewesen wärst, als Zander hinter ihm her ist. Was, wenn es eine weitere Bedrohung gäbe?"

„Ich habe genau dasselbe gedacht."

Sie klammert sich fester an mich.

Shayla

Trotz meiner Angst vorhin bin ich entspannt, als wir wieder zu Owens Haus kommen. Wahrscheinlich war es ganz hilfreich, dass er mich während der Fahrt festgehalten hat. Ich glaube nicht, dass ich mich je sicherer gefühlt habe als in seinen Armen.

Sobald wir im Bett sind, sage ich: „Du hast anscheinend wunderbar in die Aftershow-Party gepasst."

„Mich mit Glamour-Leuten abzugeben war lange Zeit Teil meines Lebens."

Ich klettere auf ihn und umarme ihn mit all der Liebe, die ich fühle. Ich stütze mich auf einen Ellbogen, um ihn anzusehen. „Ich sehe eine Zukunft für uns. Du wirst wunderbar dazupassen."

Seine große Hand legt sich um meinen Nacken, und er zieht mich für einen Kuss an sich. Er ist zärtlich und zeigt mir seine Liebe, auch wenn er es nicht aussprechen kann. Das Verlangen entfaltet sich in mir, entspannt jeden Muskel, während er mich an sich hält.

Lange Augenblicke rollt er mich unter sich. Und dann lässt er sich Zeit, zieht mich langsam aus, küsst und berührt jeden Zentimeter freiliegender Haut. Er kümmert sich um mich, weiß, wie erschüttert ich vorhin war, und ich liebe ihn dafür. Mein Körper summt vor Begehren, jedes Nervenende feuert, während seine Lippen über meine Haut streichen. Ich greife nach dem Knopf an seinem Hemd, und er lehnt sich zurück auf seine Fersen und zieht das Hemd selbst aus.

Ich setze mich auf und fahre mit den Händen über seine warme, erhitzte Haut. Ich liebe das Gefühl seiner kräftigen Brust und der gewölbten Bauchmuskeln. Ich platze fast, weil ich ihm sagen möchte, wie sehr ich ihn liebe, aber ich will nicht riskieren, es nicht von ihm zu hören. Stattdessen gieße ich alles in einen langen, leidenschaftlichen Kuss.

Er unterbricht den Kuss, seine dunklen Augen schwelen, als er aus dem Bett steigt, um sich den Rest seiner Kleidung auszuziehen. „Ich will dich so sehr."

Ich öffne meine Arme für ihn. „Du hast mich doch."

Er kommt wieder zu mir und streichelt mir die Haare aus

dem Gesicht, während er mir in die Augen blickt. Seine Stimme ist belegt. „Shayla."

Mein Name klingt wie eine Liebeserklärung. Seine Lippen treffen auf meine, seine Zunge stößt in mich, während seine Hand meinen Körper hinunter zur Lustzentrale läuft.

Er bewegt sich an meine Seite, seine Finger wirken Magie, während er mich lang und innig küsst. Ein Dunst intensiver Lust überwältigt mich. Meine Hüften zucken in seinem Rhythmus und bringen mich hoch, hoch, hoch, höher und höher, bis ich mit einem Schrei komme und auf der Matratze zusammenbreche.

Ich höre das Rascheln einer Kondompackung, und dann ist er zurück, legt sich zwischen meine Beine und dringt ein. Er packt mein Gesicht mit seinen Händen und küsst mich innig, während wir so eng verbunden sind, wie zwei Menschen es nur sein können.

Er hebt seinen Kopf, blickt mir in die Augen, während er langsam zustößt. Jede Bewegung bringt uns näher zusammen. Eine Verbindung zweier Seelen, die ohne die andere verloren sind. Meine Emotionen steigen zusammen mit der Lust, erfüllen mich, ziehen mich näher und näher zu dem Mann, den ich liebe.

Er schmiegt sich an meinen Hals, bevor er härter und schneller zustößt und mich auf einen wilden Ritt mitnimmt, der uns beide keuchen lässt. Ich komme, mein Inneres verkrampft sich um ihn, und das lässt auch ihn kommen. Er vergräbt sich tief mit einem langen Stöhnen und bricht auf mir zusammen.

Ich halte ihn fest.

Nach ein paar Augenblicken flüstert er mir ins Ohr: „Ich gehe mit dir nach Vancouver."

Mein Herz pocht heftiger. „Das wirst du?"

Er hebt den Kopf und lächelt. „Ich werde den D.C.-Leuten sagen, dass Nathan es machen wird, aber es muss zwei Wochen später losgehen."

Ich strahle. „Ich bin so glücklich!"

Er rollt von mir herunter und legt sich auf den Rücken. „Ich möchte nur, dass du sicher bist."

Ich stütze mich auf einen Ellbogen, um ihn anzusehen. „Das ist der einzige Grund?"

„Und weil es ein guter neuer Markt für uns sein könnte."

„Und was ist mit uns?"

Er will mich küssen. „Dann haben wir die Nächte für uns allein, hoffe ich."

Ich stehe aus dem Bett auf.

„Hey, wohin gehst du?", fragt er.

„Ich mache ich fürs Bett fertig."

„Das hast du doch schon."

„Nun, ich muss noch andere private Dinge tun", sage ich und flüchte ins Bad.

Ich schließe die Badezimmertür und lehne mich dagegen, kneife die Augen fest zu, will die Tränen vertreiben. Offensichtlich ist Owen nicht am selben Ort wie ich. Tatsächlich klingt diese Reise wie ein Job für ihn. Er will mein Bodyguard sein und mich beschützen. Oh, und jede Nacht mit mir schlafen. Das bin ich für ihn: Spaß.

Ich wische eine Träne weg. *Mist!* Ich bin das alles völlig falsch angegangen. Was ich wirklich wollte, war, dass er bei mir ist, egal was. Jetzt geht er zur Arbeit nach Vancouver, mehr ist es nicht für ihn. Meine Kehle schnürt sich zu. Ich habe bekommen, was ich wollte, aber nicht, was ich brauchte. Ich atme zitternd aus. Es ist meine eigene Schuld, dass ich ihm nicht gesagt habe, wie sehr ich ihn liebe. Wie sehr ich ihn in meinem Leben will. Ich hatte Angst, es würde ihn abschrecken. Das hätte es wahrscheinlich auch.

Ich wollte nur, dass es anders läuft als beim letzten Mal. Ich wollte nicht diejenige sein, die ohne ihn für einen Job abreist. Ich beuge mich vor, lege die Hände auf die Knie und bin versucht, mich auf den Boden zu sinken. Ich weiß nicht, wie ich das wieder hinbekommen soll.

Er klopft an die Tür.

Ich entferne mich davon. „Komm rein!"

Er öffnet sie. „Können wir jetzt zu dem Teil mit dem

Küssen zurück?" Es ist eine Art Entschuldigung mit diesem charmanten Lächeln.

Ich hebe mein Kinn. „Du kannst nicht nur für Sex mit nach Vancouver kommen."

„Es ist Arbeit und Sex."

Bei meinem finsteren Blick hebt er mich hoch und wirft mich über seine Schulter. „Owen!"

„Da braucht wohl jemand mehr gute Liebe, um diesen mürrischen Blick aus dem Gesicht zu bekommen", sagt er und lässt seine Hand zwischen meine Beine wandern.

Ich stöhne leise.

Er legt mich aufs Bett und lächelt zu mir hinab. „So gefällt es mir schon besser."

„Bin ich wirklich nur ein Job und Sex für dich?"

„Wie kannst du mich das bei unserer Geschichte überhaupt fragen?"

Meine Lippen teilen sich überrascht. Gerade, als ich begreife, dass er der Frage geschickt ausgewichen ist, spreizt er meine Oberschenkel und senkt den Kopf, und alle Gedanken fliegen davon.

15

Owen

„Wir haben das D.C.-Projekt nicht bekommen", erzählt mir Mackenzie als Erstes bei unserem Meeting am Montagnachmittag. Wir sind nur zu zweit. Nate ist zu einem Job draußen.

„Ich dachte, es wäre eine sichere Sache. Haben sie gesagt warum?"

Sie verzieht das Gesicht. „Sie waren sauer über die Änderung des Zeitplans, da Nathan zwei Wochen später als erwartet kommen würde."

Weil ich nach Vancouver gehe.

„Im Ernst? Sind doch nur zwei Wochen."

Sie hebt die Handflächen. „Sie hatten nicht das Gefühl, dass das Enddatum funktionieren würde, und sie hatten ein anderes Unternehmen, das ebenfalls ganz oben auf ihrer Liste stand, also nehmen sie sie."

Ich reibe mir eine Hand über das Gesicht. Das hier ist meine Schuld. Und der Job in Vancouver ist nicht einmal sicher.

„Ich habe es versaut", sage ich.

„Es ist nicht deine Schuld."

„Doch, ist es. Ich habe einen großen Kunden wegen eines

potentiellen neuen Jobs entkommen lassen, weil mein Schwanz das Denken übernimmt."

Sie wirft mir einen ausdruckslosen Blick zu. „Vertraue niemals einem winzigen Gehirn."

Als Shayla an diesem Abend in meiner Wohnung auftaucht, erzähle ich ihr bei einem späten Abendessen mit ihrem Lieblingsgemüse, dass wir den D.C.-Job verloren haben. Wenn sie kocht, bin ich hinterher immer hungrig. Aber sie gibt sich Mühe, also halte ich den Mund.

„Tut mir leid, das zu hören", sagt sie. „Ehrlich, es klingt so, als wäre das ein schwieriger Kunde geworden, wenn sie schon über eine kleine Terminänderung so verärgert sind. Ihr seid ohne wahrscheinlich besser dran."

„Wir haben den Auftrag gebraucht."

Sie greift über den Tisch, um meine Hand zu halten. „Das verstehe ich, aber keine Sorge, ich bin sicher, dass der Job in Vancouver das wiedergutmachen wird. Olivia hat angerufen, und zumindest möchten sie, dass du die Ausrüstung sicherst, um die vielen Diebstähle zu stoppen, mit denen sie sich rumärgern. Sie sind offen für mehr, wenn du dieses Problem zuerst löst."

Meine Schultern entspannen sich. Wir sollen in etwas mehr als zwei Wochen nach Vancouver fahren. „Wann hat sie mit ihnen gesprochen?"

„Heute. Olivia sagte, du solltest den Produzenten morgen früh anrufen, bevor sie anfangen zu filmen. Sie drehen gerade einen Fernsehfilm zu Ende." Sie holt ihr Handy heraus und schickt mir einen Kontakt.

„Danke, Shayla. Du hast dich wirklich für mich eingesetzt."

„Natürlich! Du kannst dich auf mich verlassen."

Ich will ihr glauben, aber bei unserer Geschichte ist das schwer. Ich nehme ihre Hand und küsse die Handfläche.

Sie sieht mir so herzlich in die Augen, dass mein Herz

stolpert. Sie liebt mich immer noch. Es ist genau da in ihren Augen. Ich muss ein Risiko eingehen.

„Ich habe dich nicht nur für den Job nach Vancouver eingeladen, weißt du", sagt sie.

„Ich weiß." Ein Teil von mir wusste es immer, ich wollte nur nicht riskieren, mich zu tief darauf einzulassen.

„Ich möchte nicht, dass die Dinge so enden, wie sie es beim letzten Mal getan haben, weil mein Job zwischen uns kommt." Ihre Stimme erstickt. Sie atmet tief durch. „Ich möchte eine Zukunft, die eine Win-win-Situation für uns beide ist. Deshalb dachte ich, dass es ideal wäre, eine Arbeit für dich neben meiner zu finden. Die Wahrheit ist, ich wäre froh, wenn du genauso gern bei mir wärst, wie ich bei dir sein will."

Mein Herz macht einen lustigen Überschlag. Ihre Aufrichtigkeit erreicht mich und umhüllt mich wie eine warme Umarmung. Ich ziehe sie aus ihrem Sitz und in meinen Schoß, küsse sie. Wenn wir in Vancouver immer noch so glücklich sind, haben wir vielleicht eine Zukunft.

Shayla

Es ist Freitagabend, und ich kann es kaum erwarten, wieder nach Clover Park zu kommen. Ich habe mich über den langen Rücksitz des Autos gestreckt. Mein Leibwächter Zander sitzt vorn auf dem Beifahrersitz. Olivia ist früher zurückgefahren, um sich um ein paar Besorgungen zu kümmern.

Die Arbeit war diese Woche hart für meinen Körper mit all den Kampfszenen. Ich freue mich darauf, am Wochenende auszuschlafen und Owen und meine Freundinnen wiederzusehen.

Olivia hat mir Bilder von der Inneneinrichtung meines Hauses gezeigt, und es sieht mit der frischen Farbe und den dekorativen Details, die Mackenzie hinzugefügt hat, wirklich gut aus. Eines Tages würde ich gern wieder dort wohnen. Es ist ein gutes Haus für eine Familie.

Ich schließe die Augen, und Bilder von Owen blitzen mir durch den Kopf:

Seine warmen braunen Augen blicken in meine, während wir einander lieben.

Nackt auf seinem Bauch im Bett murmelt er „Bye", wenn ich um fünf Uhr morgens gehe.

Sein Lächeln, das sein Gesicht erleuchtet, wenn ich nach Hause komme.

Mich hat es schlimm erwischt. Wenn die Dinge in Vancouver gut laufen, überlege ich, ihm einen Antrag zu machen. Er hat mir zuerst einen Antrag gemacht, und jetzt bin ich dran. Ich kann das Unkonventionelle tun und meinen eigenen Weg im Leben gehen.

Mein Telefon klingelt, und ich sehe auf den Bildschirm. Es ist mein Agent, Will. Er ist eine Bulldogge, kämpft ständig dafür, mir mehr Geld und bessere Möglichkeiten zu verschaffen. Er sagt gern: „Wo ein Will ist, ist auch ein Weg."

Ich melde mich. „Hey, Will. Wie läuft's?"

„Großartig! Erinnerst du dich an das unbenannte Oliver Nuckowski-Projekt, das sich durch die Studios gearbeitet hat?"

Ich setze mich auf. „Natürlich erinnere ich mich." Oliver ist ein Autor/Regisseur, der für epische Geschichten mit großen Budgets bekannt ist, die der Hammer an den Abendkassen sind. Ich habe das Drehbuch für sein neuestes Projekt gelesen. Es spielt in einer Fantasy-Welt, und es geht um eine Suche, die von einer toughen Frau namens Nala geleitet wird. Sie ist alles – klug, furchtlos, lustig, aber auch fähig zu tiefer Liebe. Das Drehbuch hat mich zum Lachen und zum Weinen gebracht. Vor Monaten schon habe ich mich mit ihm getroffen, um über das Projekt zu sprechen. Ich habe das Glück, ein Werk vorzuweisen zu haben, das für sich spricht, sodass ich nicht mehr vorsingen muss.

„Habe ich es bekommen?", frage ich.

„Du hast es bekommen!"

Ich jubele und tanze einen Happy Dance auf meinem Platz, während Will die Bedingungen meines Vertrags durchgeht. Ich höre kaum zu, weil ich weiß, dass Will mir den Rücken freihält, als er sagt: „Kleiner Haken: Der Produktionsplan führt zu einem Konflikt mit *The Highlighter*. Ich kann dich aus deinem Vertrag mit denen herausholen, und dann heißt es: Volldampf voraus." *The Highlighter* ist der Indie-Film, den ich in weniger als zwei Wochen in Vancouver drehen wollte.

Und ich habe Owen überzeugt, mit mir für einen Job bei ihrem Studio mitzukommen. *Mist!* Ich kann nicht wieder zulassen, dass meine Karriere für Owen alles vermasselt. Es läuft doch gerade so gut.

„Will, ich kann Craig und Darla nicht so im Stich lassen." Das sind der Produzent und der Regisseur von *The Highlighter*.

Und ich kann auch Owen nicht im Stich lassen.

„Sie werden jemand anderen finden."

„Das ist in weniger als zwei Wochen."

„Shayla, ich weiß, dass du diesen kleinen Indie-Film für deine Glaubwürdigkeit machen willst, aber es wird noch andere Indie-Filme geben. Du kannst ein Dutzend davon machen, nachdem du diesen Wal gelandet hast. Nala ist eine Rolle, die man nur einmal im Leben bekommt. Es hat Franchise-Potenzial. Ich spreche von Fortsetzungen, einer Welt von miteinander verbundenen Filmen, Comics, Videospielen, Merchandise. Du wirst das Vorbild für kleine Mädchen auf der ganzen Welt sein."

Damit hat er mich. Ich will, dass Mädchen ihre Macht selbst in die Hand nehmen, vor allem, weil ich mich als kleines Mädchen mit meiner kontrollierenden Mutter und der Arbeit mit Erwachsenen in der Branche so machtlos gefühlt habe.

„Ich würde dieses Projekt ungern verpassen", sage ich.

„Du triffst die richtige Entscheidung. Lass mich die Details mit Spotlight Pictures ausarbeiten, und ich melde mich bei dir, sobald es offiziell ist. Und ich bin mir sicher, dass ich dich nicht an die Wichtigkeit der Geheimhaltung erinnern muss, während ich meine Magie an diesem Ende wirke. Erzähl keiner Menschenseele davon, verstanden?"

Ich zögere. Ich möchte es wirklich Owen erzählen. Ich muss die Planänderung erklären und dass er wahrscheinlich keinen Job beim Indie-Filmstudio haben wird.

„Shayla?"

„Kann ich es wenigstens meinem Freund sagen?"

„Niemandem!"

„Alles klar."

„Oh, und die Dreharbeiten werden in L.A. stattfinden, du kannst dich also wieder zu Hause eingewöhnen. Ich würde dich gern zum Mittagessen einladen, wenn du hier bist."

„Sicher, aber, ähm, glaubst du, Craig und Darla werden es mir vorhalten?"

„Shayla, du wirst danach so groß sein, dass niemand es sich leisten kann, einen Groll zu hegen. Du wirst Gold sein. Jeder wird dich wollen, sogar Craig und Darla."

„Ich möchte ihnen gern eine Nachricht schicken und ihnen sagen, dass ich hoffe, wieder mit ihnen zusammenarbeiten zu können. Oh, ich könnte den perfekten Ersatz haben: Meine Freundin Vanessa Billings hat gerade einen langen Lauf in einer Sitcom beendet und möchte vielleicht einen Indie-Film ausprobieren, um ihre Vielseitigkeit zu demonstrieren. Ich melde mich bei ihr."

„Das ist in Ordnung, aber warte, bis du von mir das Go hast. Ich würde das gern ohne Klage über die Bühne bringen. Du konzentrierst dich nur auf Nala. Ich schicke dir die neueste Version des Drehbuchs. Herzlichen Glückwunsch, Shayla, ich bin begeistert für dich. Mach was Nettes für dich selbst. Das hier ist ein großer Gewinn."

Er legt auf. Ich sitze ein paar Augenblicke da und meine Gedanken taumeln. Ich werde wieder in L.A. sein. Vielleicht könnte ich Owen eine dreimonatige Reise nach L.A. anbieten, bei der ich alle Kosten übernehme. Auf diese Weise würde er wissen, wie sehr ich mit ihm zusammenbleiben will, egal, wohin mein Job mich führt. Ich hoffe so sehr, dass alles funktioniert.

Ich hatte das Oliver Nuckowski-Projekt im Hinterkopf, aber es gab einige Finanzierungshürden, und ich dachte, es würde Jahre dauern, bis es die nötige Unterstützung bekommt, wenn überhaupt. Ich kann es nicht fassen, dass ich Nala bekommen habe. Das ist *alles*.

Ich tippe auf meine E-Mail, um das neueste Skript zu lesen.

~

Owen

Shayla und ich hatten ein fantastisches Wochenende zusammen. Sie war gut gelaunt, und es hat auf mich abgefärbt. Wir hatten am Freitagabend Mackenzie, Harper und Olivia zum Essen da. Ich habe auch Nathan eingeladen, aber er hatte ein Date. Am Samstagabend hatten Shayla und ich einen Filmmarathon, hauptsächlich Sci-Fi und Fantasy, was mir gefällt, und wir haben den Rest der Zeit im Bett verbracht. Daran könnte ich mich gewöhnen.

Ich sitze am Küchentisch mit einem Glas Wasser und meinem Laptop. Wenn unser Leben so wäre, würde ich hier in Clover Park ohne zu zögern Ja zu uns sagen. Jetzt ist Montagabend, und ich freue mich darauf, dass sie durch die Tür kommt, damit wir zusammen essen können. Das bestellte Essen wartet auf dem Tresen.

Ich trinke einen Schluck Wasser. Bedeutet meine Vorfreude auf kleine Dinge wie das Abendessen am Montag, dass ich in Shayla verliebt bin? Bei diesem Gedanken feuert Adrenalin durch mich. Den Mutigen gehört die Welt, oder?

Die Haustür öffnet sich, und Shayla ruft: „Owen Campbell! Wo ist meine Willkommensumarmung?"

Ich marschiere in den Eingangsbereich, ziehe sie in meine Arme und schwinge sie herum. Sie lacht. Ich setze sie ab, werfe einen Blick auf ihr fröhliches, glühendes Gesicht, und mein Herz bricht auf. Ich liebe sie. Es hat keinen Sinn mehr, es zu leugnen.

Ich küsse sie. „Hast du Hunger? Ich habe Hackbraten und Kartoffeln vom Happy Endings."

„Bitte sag mir, dass du auch was mit Gemüse hast."

„Und ich habe dir einen Veggiebraten mit Blumenkohlreis besorgt. Igitt! Ich habe mich immer gefragt, wer von der gesunden Karte bestellt."

Wir gehen in die Küche. Ich hole die Behälter aus der Tüte, während Shayla den Tisch deckt. Wir sind ein gutes Team.

Beim Abendessen erzählt mir Shayla das Neueste vom Set. Ich kenne alle aus meiner Zeit als ihr Bodyguard, also macht es Spaß, es zu hören. Ich erzähle ihr von einem interessanten Job, den ich diese Woche bei einer Tech-Firma erledigt habe, die glaubte, ein Maulwurf ließe Firmengeheimnisse durch das Darknet sickern. Ich habe ihn innerhalb einer Stunde gefunden; es war die siebzehnjährige Tochter des CEO. Irgendwelche Tochter-Daddy-Probleme.

Nach dem Essen sagt sie strahlend: „Ich habe gute Nachrichten."

Ich lächle. „Ja, und die wären?"

„Du siehst vor dir den neuen Star des nächsten Oliver Nuckowski-Films. Das ist eine großartige Rolle. Nala ist eine toughe Frau auf einer Suche. Sie ist einfach alles. Es spielt in einer Fantasy-Welt, die wie eine Ökotopie ist. Keine Verschmutzung, alles läuft mit sauberer Energie. Ich habe gerade das neueste Skript gelesen, und es ist sogar noch besser als die erste Version, die ich gelesen habe. Mein Agent sagt, es habe Franchise-Potential. Ich werde das Vorbild für kleine Mädchen auf der ganzen Welt sein!"

„Herzlichen Glückwunsch! Das ist großartig!"

Ich gehe um den Tisch, um sie zu umarmen. Sie springt auf die Füße und wirft sich in meine Arme. Ich gebe ihr einen Kuss und gehe zurück auf meinen Platz.

„War das der Grund, warum wir dieses Wochenende einen Sci-Fi und Fantasy-Film-Marathon hatten?", frage ich.

Sie lacht. „Ja. Ich durfte nichts sagen, bis es offiziell war. Es war so schwer, es dir nicht zu erzählen, aber mein Agent sagte, es könne den Deal gefährden."

„Ich hätte niemandem was gesagt."

„Ich schätze, ich hatte Angst, gegen das zu verstoßen, worum er mich gebeten hat. Wie auch immer, jetzt weißt du es."

„Wo wird gedreht?"

„LA."

„Ich schätze, das ist besser als Australien." Ich kann ihr keine wichtige Rolle missgönnen, auf die sie sich so freut. „Wie lange wirst du weg sein?"

„Etwas mehr als drei Monate. Ich hätte dich gern bei mir. Natürlich werden alle Ausgaben bezahlt. Ich bin mir nicht sicher, ob ich dir einen Job in diesem Studio besorgen kann, aber wir könnten zusammen sein."

„Ich kann nicht drei Monaten gehen. Ich muss arbeiten. Ich werde mit dir in Vancouver sein, aber ich kann dir nicht von Set zu Set folgen." Ich spüre, wie mein Herz sich knarrend wieder verschließt. Das war der Elefant im Raum, den keiner von uns anerkennen wollte.

„Eigentlich wurde das Vancouver-Projekt abgesagt."

Ich halte inne. Kein Job in Vancouver. Kein D.C.-Job. *Mist!*

„Warum?", frage ich.

„Ich musste meinen Vertrag kündigen, um dieses andere Projekt zu machen. Die Dreharbeiten beginnen nach dem 4. Juli. Oliver konnte alle, die er brauchte, im Voraus zusammenstellen. Seine Crew folgt ihm oft von Projekt zu Projekt. Er hat die Finanzierung bekommen, und es ist ein Go."

Ich runzele die Stirn. „Du sagst mir also, dass du aus dem Vancouver-Projekt ausgestiegen bist, von dem du meintest, dass es mir einen Job verschaffen würde, und obwohl das der einzige Grund war, warum ich den D.C.-Job verloren habe? Das wird dem Endergebnis meines Unternehmens wirklich schaden. Warum wurde ich nicht in diese Entscheidung einbezogen? Wenigstens hätten wir darüber reden können. Wie lange weißt du das schon?"

„Es ist erst seit heute offiziell."

Ich beiße die Zähne zusammen. „Wann hast du inoffiziell davon erfahren?"

„Freitag. Aber mein Agent hat mich Geheimhaltung schwören lassen. Es war eine heikle Situation. Wir haben versucht, eine Klage zu vermeiden."

„Du hättest mir vertrauen können."

„Okay, ich sehe jetzt, dass ich es wahrscheinlich früher hätte erwähnen sollen, aber ich verstehe nicht, was für einen Unterschied das gemacht hätte. Ich muss dieses Projekt annehmen, was bedeutet, dass ich das andere fallen lassen muss. Du verstehst schon, wie wichtig diese Rolle ist, oder? Ich könnte dir das Drehbuch zeigen." Sie nimmt ihr Handy.

Ich nehme es und lege es mit dem Bildschirm nach unten auf den Tisch. „Du lässt mir einen Job vor der Nase baumeln, und dann ist er weg. Ich kann mir vorstellen, dass die Leute in Vancouver ziemlich sauer sind, dass du in letzter Minute ausgestiegen bist. Glaubst du, sie werden den Typen einstellen wollen, den du ihnen empfohlen hast?"

Sie schweigt ein paar Augenblicke. „Okay, ich verstehe, warum du sauer bist, aber ich hatte gehofft, dass mein Angebot einer dreimonatigen Reise nach L.A. das ein wenig wettmachen würde. Ich möchte nicht, dass meine Arbeit wieder zwischen uns steht."

„Nun, das tut sie. Und du kannst mich nicht mit einer Reise rauskaufen."

„Tut mir leid." Sie starrt auf ihren Teller und murmelt: „Ich habe das Gefühl, dass ich mich ständig bei dir entschuldige."

Das ärgert mich. „Und ich habe es satt, es zu hören." Ich schiebe meinen Teller zurück. „Du lügst mich immer noch an, Shay, und benimmst dich so, als hätte sich nichts geändert, obwohl du diese wichtigen Neuigkeiten hattest, die auch mich betreffen. Wir waren das ganze Wochenende zusammen, und du hättest jederzeit was sagen können."

„Das ist keine Lüge!"

„Eine Lüge durch Auslassung. Und du hast gelogen, als

du sagtest, du bleibst in Kontakt. Stattdessen hast du Kontakt zu meiner Schwester, meiner Cousine, Mom, zu allen um mich herum gehalten, aber nicht mir. Lassen wir Owen im Dunkeln. Er wird einfach mitmachen."

Sie schnaubt. „Wirst du unsere Vergangenheit jedes Mal vorkramen, wenn du sauer auf mich bist? Wie oft soll ich mich noch dafür entschuldigen, dass ich mit sechzehn Jahren am Rande meines großen Durchbruchs nicht in Kontakt geblieben bin? Und das hier ist keine Lüge. Ich habe einen größeren, besseren Job dank meines Agenten. Dieser Vancouver-Film war für einen Indie-Liebling. Sie können mich leicht ersetzen, tatsächlich habe ich bereits jemanden für die Rolle gefunden, und nach diesem Oliver Nuckowski-Film kann ich mir die Projekte aussuchen."

Mir wird kalt. Wieder einmal dreht sich alles um sie und ihre Karriere. Wen interessiert es, wer dadurch ausgeschlossen wird?

„Warum kannst du dich nicht einfach für mich freuen?", fragt sie.

Ich stehe auf. „Ich bin draußen."

„Du gehst raus?"

„Ich meine draußen, weil das mit uns vorbei ist. Pack deine Sachen. Ich will dich nicht sehen, wenn ich zurückkomme."

Ich stürme zur Tür, aber ich höre sie immer noch schreien: „Owen, bitte! Lass uns darüber reden!"

Ich bleibe stehen, ohne mich umzudrehen. „Schreib Zander, bevor du gehst!"

Sobald ich draußen bin, renne ich, und Adrenalin rast durch mich. Ich brauche das nicht. Es ging mir gut, bevor sie in die Stadt gefegt ist, und es wird mir gut gehen, wenn sie geht.

Als ich endlich erschöpft bin, finde ich mich in der Happy Endings Bar wieder. Das Schlimmste meiner Wut ist verraucht, ersetzt durch den Stich des Verrats. Ich kann ihr nicht vertrauen. Sie denkt, sie kann mich einfach aus meinem

Leben reißen und den Plan ändern, wann immer es ihr passt, ohne Rücksicht auf das, was ich will.

Und dann lässt sie eine dreimonatige Reise vor meiner Nase baumeln, als ob man mich kaufen kann. Scheiß drauf. Ich bin nicht beeindruckt von Hollywoods Glamour. Ich bin an Filmsets aufgewachsen.

Mein Cousin Cooper ist heute Abend hinter der Bar. Sein hellbraunes Haar ist wie üblich zerzaust, sein Kiefer stoppelig. „Hey, Cousin. Ist das ein Bierabend oder Whisky?"

Ich sehe in seine mitleidigen braunen Augen. Er kann Leute lesen wie ein Buch, oder ich sehe einfach so schlecht aus, wie ich mich fühle. „Whisky."

Er dreht sich um, um ihn zu holen.

Ich beuge mich auf die Bar und lege den Kopf in die Hände, plötzlich erschöpft. Ein paar Augenblicke später rutscht ein Glas mit Whiskey über die Bar zu mir. Ich trinke einen Schluck.

Cooper trocknet Gläser unter der Bar ab. „Willst du mit dem freundlichen Barkeeper von nebenan darüber reden? Montagabende sind brutal langsam, also habe ich alle Zeit der Welt."

Ich starre auf den bernsteinfarbenen Whisky. „Nein."

„Lass mich raten, du hattest einen Streit mit Shayla, und sie hat dir gesagt, du sollst heute auf der Couch schlafen."

Ich hebe den Blick. „Welchen Teil von *Ich will nicht darüber reden* verstehst du nicht?"

„Du magst ja älter sein als ich –"

„Nicht viel älter", murmele ich. Nur drei Jahre.

Er fährt fort, als hätte ich gar nichts gesagt „Aber ich habe eine Menge Erfahrung gesammelt. Ich hatte mehrere Beziehungen."

„Du rettest Frauen. Natürlich bleiben sie bei dir. Das ist Heldenverehrung."

„Ich mag es nun mal, bewundert zu werden. Vielleicht hilft es, dass ich eine Schwester habe, also verstehe ich Frauen."

„Ich auch."

„Stimmt, aber irgendwie hast du den Teil verpasst, in dem du verstehst, was Frauen wollen."

Ich reibe mir den Bart und überlege, ob ich gehen soll. Ich bin nicht hierhergekommen, damit Cooper philosophisch über Frauen daher schwätzt, wobei er aussieht wie der Held und ich wie ein Idiot.

Er stützt sich auf einen Ellbogen auf die hölzerne Theke. „Nach dem, was ich gehört habe, warst du seit Shayla mit niemandem ernsthaft zusammen."

„Und? Ich mag es, die Dinge zwanglos zu halten."

„Mackenzie sagt, Shayla ist bei dir eingezogen."

Ich trinke einen Schluck Whisky. „Das war zu ihrer Sicherheit." *Hat sie Zander geschrieben, damit er sie holt, nachdem ich weg bin?*

Nicht meine Sorge.

Cooper wird wieder philosophisch. „Ich, wenn ich eine Frau wie Shayla Adler hätte, würde sie nicht gehen lassen. Sie ist wunderschön, talentiert, klug und großzügig." Er tippt auf die Bar. „Sie hat ihren Freundinnen ein Haus gekauft."

Ich beende meinen Whisky, das Brennen geht direkt in meinen Darm. „Du kannst sie haben."

Er versetzt mir einen Knuff gegen die Schulter. „Nein, du hängst zu sehr an ihr."

Ich schiebe mein Glas auf ihn zu. „Halt die Klappe und gieß ein!"

Ich habe es zu meinen Bedingungen beendet. Ich habe einen Job, Freunde, Familie. *Hier.* Es war ein Fehler, sie reinzulassen. Ich lasse das nicht noch einmal passieren.

16

Shayla

Ich packe eilig meine Koffer und gehe mit erhobenem Kopf aus Owens Haus. Ich habe nichts falsch gemacht. Ich darf nicht über Projekte sprechen, bis sie offiziell angekündigt werden. Und es tut mir leid, dass er deswegen einen Job verloren hat, das tut es wirklich. Das war nicht meine Absicht.

Ich stoße die Haustür auf und habe Schwierigkeiten, meine zwei großen Rollenkoffer rauszubringen, während ich meine Handtasche und eine Tote Bag ausbalanciere. Endlich schaffe ich es und stehe einfach da auf seiner Veranda. Ich drehe mich um und erwäge, wieder reinzugehen. Ich wollte ihn in meine großen Nachrichten einbeziehen. Vielleicht, wenn ich ...

Nein. Jeder weiß, dass man nicht über einen Deal plaudern darf, bis er endgültig ist. Es gab ein echtes Risiko für dieses Projekt mit den schwierigen Verhandlungen, um mich aus meinem vorherigen Projekt herauszuholen.

Ich marschiere den Bürgersteig hinunter, bin wieder richtig wütend, meine Koffer holpern hinter mir her. Gott, die sind schwer. Vielleicht hätte ich doch Zander schreiben sollen. Nein. Ich kann das allein. Es ist nur ein Block zu meinem Haus.

Wie kann sich unsere Beziehung jemals weiterentwickeln, wenn Owen immer wieder die Vergangenheit rausholt? Ich kann die Vergangenheit nicht ändern. Und ich habe mich *oft* entschuldigt.

Ein Auto fährt langsam neben mir. Ich sehe zur Seite: eine beigefarbene Limousine. Mein Herz rast, und ich gehe schneller. *Bitte lass es nicht Matt sein!*

Das Auto hält mit mir Schritt.

Mir bricht der kalte Schweiß aus, ich überlege meine Optionen. Ich könnte ihn mit meiner Tote Bag schlagen. Ich könnte rennen. In welche Richtung? Bei Owen ist niemand zu Hause. Wo ist nochmal die Polizeiwache?

Das Auto fährt vor mich und hält. Die Fahrertür öffnet sich und wird zugeschlagen.

Ich mache kehrt, um so schnell ich kann zurück zu Owens Haus zu gehen.

„Shayla!", ruft eine männliche Stimme. „Kann ich dich irgendwohin fahren?"

Ich bleibe stehen. Diese Stimme klingt vertraut. Ich drehe mich um, sehe Owens Cousin Finn und breche fast erleichtert zusammen.

Er grinst, als er sich nähert. „Gefällt dir mein neues Auto? Na ja, neu für mich. Olivia hat mir Überstunden bezahlt, damit ich schneller mit dem Streichen fertig werde."

Ich verkneife mir ein Lächeln. Ich habe sie sein Gehalt erhöhen lassen, auf ihren ausdrücklichen Wunsch. Sie konnte nicht damit umgehen, dass ein wunderbarer junger Mann sich für sie interessiert. Das steht nicht in ihrem fünfjährigen Weltherrschaftsplan.

Er nimmt mir die Koffer ab und hebt sie hoch, als wögen sie nichts. „Wohin gehst du?"

Ich zeige auf mein Haus, den Block runter. „Nach Hause."

„Schätze, du bist fertig damit, bei Owen zu leben?"

„Fürchte schon."

„Warte, bis du dein Haus siehst. Die Stuckleiste passt wirklich gut zu den neuen Farben an den Wänden. Du wirst es lieben."

„Ich bin sicher, dass ich das werde."

„Solltest du nicht einen Bodyguard haben?"

Ich klopfe ihm auf die Schulter. „Du wirst es schon gut machen."

Er plustert sich auf wie ein Pfau. „Ich habe den schwarzen Gürtel. Mom hatte Sorgen, dass ich in der großen gruseligen City aufs College gehe, also hat Dad mich auch vor ein paar Sommern zum Krav Maga gebracht. Teil meiner gewieften Ausbildung."

„Du hast Glück, solche Eltern zu haben, die dich so unterstützen. Und auch nette Geschwister."

„Ja, sie sind großartig. Zu schade, dass Cooper so verdammt nervig ist, er spielt immer noch die Großer-Bruder-Karte. Ich bin jetzt ein verdammter Erwachsener. Wenn sie mich einziehen können, dann kann ich auch meine eigenen Entscheidungen treffen."

„Ach, komm schon. Was hat er getan, das so schlimm ist?"

„Er gibt mir immer Ratschläge. Und man sollte meinen, er habe es erfunden, mit einer Frau zusammenzukommen. Ich hoffe, er trifft eine Frau, die ihm in den Hintern tritt. Nicht buchstäblich. Du weißt, was ich meine."

Ich lächle trotz meiner derzeitigen Angst wegen Owen. Es ist schwer, in Finns Anwesenheit nicht zu lächeln. „Klingt für mich gar nicht so schlecht."

Er wirft mir einen Blick zu.

„Ich meine, wie nervig."

„Nicht wahr?"

Wir kommen bei meinem Haus an. Ich schicke Olivia eine schnelle SMS, dass ich hier bin und warum. *Ziehe wieder ein, weil es mit Owen vorbei ist.* Ich will sie nicht erschrecken, indem ich die Tür öffne, wenn alle immer auf der Hut sind, weil es ein unerwarteter Besucher sein könnte.

Ich sehe hinter mich. Die Luft ist rein. Finn lächelt mich ermutigend an. Ich öffne die Tür mit meinem Schlüssel.

Zander und Olivia sind im Vorderzimmer und sehen nicht glücklich aus.

Finn bringt mein Gepäck rein. „Hi, Olivia." Seine Stimme

klingt warm und einladend.

„Hi!" Sie dreht sich zu mir um. „Wenigstens war Finn bei dir. Hast du ihn angerufen?"

„Nein, ich bin ihm auf dem Weg hierher begegnet."

Finn winkt zum Abschied und geht.

Ich trete weiter in den Raum und seufze. „Dieser Raum sieht wirklich gut aus. Heller mit den hellgelben Wänden und der weißen Stuckleiste."

„Shayla!", sagt Olivia. „Weißt du, wie wertvoll du bist? Du darfst nicht einfach so Risiken eingehen!"

Für einen Moment fühlt es sich an, als ob Olivia mich bemuttert. Schätze, ich bin ihr wirklich wichtig.

„Du hättest mich wissen lassen sollen, dass du allein bist", sagt Zander. „Dafür bin ich ja hier."

„Ich weiß, es tut mir leid. Es war nur ein Block, und ich war verärgert."

Olivia blickt auf die Koffer. „Das mit Owen tut mir leid. Ich schätze, es ist gut, dass dein Film in einer Woche fertig ist. Wir können zurück nach L.A."

Ich schlucke den Kloß der Emotionen herunter, der in meinem Hals festsitzt.

Schritte donnern die Treppe herunter. „Dachte ich doch, dass ich deine Stimme gehört habe", sagt Harper. Sie drehte sich zurück zur Treppe. „Mac, Shayla ist hier!"

„Harp! Mac ist ein Truck!"

Harper lächelt. „Ich habe eigentlich nichts gegen Harp."

Mackenzie taucht oben auf der Treppe auf, wirft einen Blick auf mich und meine Koffer und sagt: „Das sieht aus wie eine Wein- und Schokoladensituation."

Meine Unterlippe zittert. Ich nicke.

Harper und Mackenzie kommen kurz darauf zu mir und ziehen mich in eine Gruppenumarmung.

„Olivia!", rufe ich. „Komm hierher!"

Olivia schließt sich der Umarmung an.

Zander räuspert sich. „Ich werde die Koffer in dein Zimmer hochbringen."

„Danke", sage ich.

Wir lösen uns aus der Umarmung. Mackenzie wirft mir einen mitleidigen Blick zu.

„Er hat mich rausgeschmissen", sage ich. „Ich liebe ihn von ganzem Herzen, und er hat mich rausgeschmissen!" Mein Gesicht verzieht sich, Tränen fallen jetzt ernsthaft. „Ich habe es versaut, und ich wollte so unbedingt, dass es klappt."

Olivia holt ein Taschentuch hervor und gibt es mir. Ich wische die Tränen beiseite. „Danke!"

Sie bedeutet mir, ihr in die Küche zu folgen. Wir alle gehen hinter ihr her. Oh, sie haben einen quadratischen hellen Holztisch und Stühle in einer Ecke. Das sieht aus wie ein gemütlicher Ort.

Mackenzie deutet zum Tisch. „Setz dich. Ich hole die Schokolade."

„Ich hole den Wein", sagt Harper.

„Und ich Servietten und Gläser", sagt Olivia.

Ich setze mich, dankbar für ihre Unterstützung. Ich habe nicht viel Zeit mit ihnen verbracht, wegen Owen und der Arbeit. Nun, jetzt endet beides. Meine Kehle ist wie zugeschnürt. „Es ist so schön, euch alle wiederzusehen."

„Können wir nur erwidern." Harper entkorkt eine Flasche Weißwein. „Das ist ein Loire-Tal Sauvignon Blanc. Bitte nimm dir die Zeit, ihn in dieser schwierigen Zeit zu genießen."

„Hol besser schon mal die Ersatzflasche", sagt Olivia und platziert Servietten und Gläser vor jeden. „Wir sind zu viert."

„Okay, aber wir können nicht mit der Ersatzflasche anfangen", sagt Harper. „Mackenzie hat sie aus dem Ausverkauf."

Mackenzie setzt sich neben mich. „Nur, weil was im Angebot ist, bedeutet das nicht, dass es nicht gut ist."

Harper kommt zu uns und schenkt mir ein großzügiges Glas ein. „Es war Staub auf der Flasche. Das heißt, niemand wollte sie."

„Wein wird mit dem Alter besser", sagt Mackenzie.

Harper hält die Sauvignon Blanc Flasche über Mackenzies Glas, ohne einzugießen. „Bedeutet das, dass du das Zeug aus dem Ausverkauf bevorzugen würdest?"

Mackenzie zeigt auf ihr Glas und sieht zerknirscht aus.

Harper gießt. „Dachte ich mir."

Nachdem wir alle unseren Wein getrunken haben, hebt Harper ihr Glas zu einem Toast. Auf toughe Frauen!"

Ich starre auf mein Glas. „Ich fühle mich im Moment nicht sehr tough, eher am Boden zerstört, verletzt, wütend und traurig. So traurig."

Die Frauen starren mich an.

„Wir können erst trinken, wenn wir alle angestoßen haben", sagt Harper.

Ich hebe mein Glas und stoße mit allen an.

„Also, was hat mein Bruder getan?", fragt Harper mich.

Ich bin froh, dass sie auf meiner Seite steht. „Er war sauer auf mich und hat mich rausgeworfen. Und ich zitiere: ‚Pack deine Taschen!'"

„Tut mir so leid", sagt Mackenzie und reibt mir den Arm.

Olivia nickt und trinkt ihren Wein.

„Gibt es einen Grund, von dem du erzählen möchtest?", fragt Harper.

Ich beginne die ganze Geschichte, angefangen mit meinem großartigen neuen Projekt, von dem ich ihm erst erzählen konnte, als es offiziell war, dem Ende des Jobs in Vancouver, meinem Angebot einer bezahlten dreimonatigen Reise und der Tatsache, dass Owen mir die Vergangenheit nicht vergeben hat.

„Ich schätze, ich muss eine gewisse Verantwortung übernehmen", sage ich. „Ich hätte ihm einfach sagen sollen, wie sehr ich ihn liebe und eine Zukunft mit ihm will, aber ich hatte Angst, ihn zu vergraulen. Und die Wahrheit ist, ich wollte, dass er bei mir ist, egal was. Ich hätte es nie mit einem Job für uns beide verbinden sollen, oder? Ich hätte einfach sagen sollen, Owen, ich liebe dich und will, dass wir zusammen sind, ob in Clover Park, Vancouver oder L.A. Zuhause ist bei dir."

Schweigen.

„Nicht wahr?"

„Na ja …", sagt Harper.

„Bist du sicher, dass er genauso empfunden hat?", fragt

Mackenzie vorsichtig.

„Das dachte ich." Ich zögere. „Ich habe so empfunden. Glaubst du, ich habe es mir eingebildet?"

„Nein, er hat auf dich gestanden", sagt Olivia mit autoritärer Stimme. „So viel ist klar. Ob so sehr, dass er sein Leben für dich entwurzeln würde, weiß ich nicht."

„Deine Mom hat es mit deinem Dad hinbekommen", sage ich zu Harper. „Sie hat mich glauben lassen, dass alles möglich ist."

Harper denkt darüber nach. „Mom hat immer mit Dad über Projekte gesprochen, bevor es offiziell war. Es war einfach klar, dass sie zusammen dabei waren, und es musste mit ihren beiden Zeitplänen funktionieren."

„Aber mein Agent hat gesagt –"

Harper unterbricht mich. „Ist dein Agent der Typ, mit dem du eine Zukunft willst?"

Ich sehe zu Mackenzie als Verstärkung, aber sie sieht aus, als würde sie Harper zustimmen. „Nun ja, aber nicht so. Ich schätze, ich hatte noch nie eine ernsthafte Beziehung, wenn ich vor einer großen Karriereentscheidung stand." Ich schlage mir gegen die Stirn. „Außer, dass ich beim ersten Mal eine ernsthafte Beziehung mit Owen hatte. Kein Wunder, dass er mir nicht verzeihen kann."

„Ich glaube nicht, dass man eine Beziehung als Teenager ernst nennen kann", sagt Mackenzie. „Ihr wart einfach zu jung für was Ernstes."

Ich will gerade schon protestieren, dass es *ernst* war, als sie hinzufügt: „Selbst, wenn die Gefühle zwischen euch echt waren."

Ich sehe mich am Tisch um und hoffe auf Unterstützung bei meiner Idee, die Dinge in Ordnung zu bringen. „Ich habe ihm eine Reise für drei Monate nach L.A. angeboten, ohne Kosten für ihn, damit wir zusammenbleiben könnten, und er hat abgelehnt. Er hat mir vorgeworfen, ihn kaufen zu wollen. Ich wollte doch nur, dass wir zusammen sind."

„Klingt nach männlichem Stolz", sagt Olivia.

Harper neigt den Kopf. „Vielleicht. Ich kann beide Seiten

verstehen. Das Bedürfnis nach Diskretion und das Bedürfnis, deinen Partner in Lebensentscheidungen einzubeziehen, die euch beide betreffen."

„Er ist wahrscheinlich sauer, weil er den Job in Vancouver verloren hat, da es auch seinen Job in D.C. versaut hat", betont Olivia, ach, so hilfsbereit.

„Der D.C.-Klient war unflexibel", sagt Mackenzie. „Ich habe noch andere potenzielle Jobs in Aussicht. Es wird uns schon gut gehen."

„Ja, aber sie hat ihn mit einem großen Job gelockt", sagt Harper. Sie dreht sich zu mir um. „Und dann hatte deine Karriere Vorrang vor seiner, ohne Diskussion."

Tränen drohen. „Ich dachte, du wärst auf meiner Seite", sage ich mit einer leisen Stimme.

„Ich bin auf beiden Seiten", sagt Harper.

Mackenzie zuckt die Schultern. „Er gehört zur Familie."

Verletzt spüre ich, wie ich mich zurückziehe. Ich hatte gehofft, wir wären auch wie eine Familie. Haben sie nicht gesagt, dass wir Ehrenschwestern sind?

„Das ist ein guter Karriereschritt für dich, Shayla", sagt Olivia. „Du musst nach vorn schauen."

Ich kippe meinen Wein mit einem langen Schluck herunter. „Ich fahre ins Hotel in der City."

„Nein", sagt Mackenzie. „Bleib hier bei uns!"

Ich schüttle den Kopf. „Ich bringe euch in Gefahr und ehrlich gesagt, ich brauche eine Pause von den Erinnerungen an Owen. Die Ähnlichkeit hier ist einfach zu groß." *Und die Tatsache, dass ihr auf seiner Seite seid.*

„Ich sehe ihm gar nicht so ähnlich, oder?", fragt Harper und wendet sich an Mackenzie.

„Doch, um die Augen und Wangenknochen", sagt Mackenzie. „Auch deine Nase."

„Du auch", sagt Harper.

„Ergibt Sinn", sagt Mackenzie. „Campbell Zwillingsgene. Es ist fast so, als hätten wir genetisch denselben Dad."

Ich überlasse sie ihrer Diskussion über Gene und wie eng sie wirklich verwandt sind. Ich weiß nur, dass ich nicht zur

Familie gehöre. Sie werden immer auf Owens Seite stehen. Blut ist dicker als Wasser, bla, bla, bla.

Ich muss mich in meinen sicheren Hotelzimmerkokons eingraben. Wieder einmal allein. Vielleicht wird es immer so sein. Tränen stechen in meinen Augen, und ich eile aus dem Zimmer.

Ich schleppe mich durch meine letzte Woche bei der Arbeit. In meinem ganzen Leben war ich noch nie so deprimiert. Owen zu verlieren, fühlt sich wie ein doppelter Verlust an. All die Emotionen, ihn in der Vergangenheit und in der Gegenwart verloren zu haben, vermischen sich zu einer giftigen Suppe aus Bedauern, Schmerz und Traurigkeit. Ich hatte so lange Hoffnung. Jetzt ist sie tot, genau wie unsere Beziehung.

Ich weiß jetzt, dass ich ihn in Entscheidungen hätte einbeziehen sollen, die unsere Zukunft beeinflussen. Vielleicht hätte er sich mir in L.A. angeschlossen oder vielleicht nicht, aber die dreimonatige Trennung wäre okay gewesen, wenn er gewusst hätte, dass ich ihm Priorität einräume. In Anbetracht unserer Vergangenheit war es ein schwieriger Weg zu navigieren. Ich habe ihm schon einmal wehgetan, und das hat dieses Mal so viel schlimmer gemacht. Ich kann es von seiner Seite sehen. Was ich nicht sehen kann, ist, wie man das repariert. Vielleicht ist es zu spät. Vielleicht glaubt er nicht mehr, dass wir eine Zukunft haben, und deshalb wird er nicht mit mir reden. Er macht einen sauberen Schnitt.

Olivia hat uns für denselben Tag, an dem der Dreh beendet ist, einen Flug zurück nach L.A. gebucht. Nicht einen Augenblick zu früh. Nur mit meinem Durchhaltevermögen habe ich mich zusammengerissen. Wir haben Zander zurückgelassen, um einen Bodyguard in L.A. einzustellen. Es ist okay. Es hat seit Wochen keine Zwischenfälle mit Matt gegeben. Nur meine Fantasie, ihn aus dem Augenwinkel zu sehen. Ich darf ihn nicht in meinen Kopf lassen, denn dann gewinnt er.

Ich setze mich in meinen Erste-Klasse-Sitz und arbeite mich durch eine große Tüte Erdnuss-M&Ms.

Olivia stupst meinen Arm an. „Auf der Tüte steht ‚zum Teilen'."

Ich biete ihr welche an, obwohl ich nicht will. „Ich hätte auch eine Tüte für dich holen sollen."

Sie wirft sich eine Handvoll Süßigkeiten in den Mund. „Und woher hast du die?"

„Filmcatering."

„Ich werde nie verstehen, wie das Filmcatering Junkfood anbieten kann, wenn man von den Stars erwartet, dass sie fit sind und bei der Arbeit nicht zunehmen."

„Ich habe vier Wochen, bis mein nächstes Projekt beginnt. Kannst du mich bitte einfach in Zucker suhlen lassen?"

„Natürlich." Sie legt ihre M&Ms wieder in die Tüte, einen nach dem anderen. „Keine Sorge. Ich habe keine Keime."

Es ist schon irgendwie ekelig, aber mir ist es egal. Ich brauche jetzt Zucker.

Ich esse die Tüte genau zum Start leer, schaue aus dem Fenster und beobachte, wie New York in der Entfernung immer kleiner wird. Ich bilde mir ein, die Ecke Connecticut neben dem südlichen New York sehen zu können. Auf Wiedersehen, Clover Park; auf Wiedersehen, falsche Schwestern; auf Wiedersehen, Herzensbrecher. Meine Augen werden heiß, meine Kehle wird eng. Eine Träne entwischt mir.

„Dir wird es gut gehen", sagt Olivia fest.

Ich drehe mich zu ihr um. „Woher weißt du das?"

„Weil du stark bist."

„Bin ich das?"

„Natürlich. Ich weiß, dass es nicht einfach ist, die langen Stunden, die du arbeitest und dann noch der Druck des Ruhms und einige geradezu gefährliche Situationen."

„Claire hat mir beigebracht, wie man die richtige Perspektive behält, und Leibwächter helfen bei gefährlichen Situationen. Ich mache nichts davon allein."

„Du kommst und arbeitest hart, selbst wenn du verletzt bist. Glaub mir, du bist stark."

Ich schenke ihr ein angedeutetes Lächeln. „Du auch. Ich bin beeindruckt von deinen organisatorischen Fähigkeiten und deiner Planung. Ich bin mir sicher, du wirst nicht lange bei mir sein."

Sie seufzt und legt den Kopf zurück an den Platz. „Clover Park war ein interessantes Erlebnis. Trotzdem bin ich froh, nach L.A. zurückzukehren."

„Wirst du Kontakt zu Finn halten?"

„Ich hab' ihm gesagt, er könne mir schreiben, um mich wissen zu lassen, wie sein Studium läuft."

„Das war's? Sein Studium?"

„Shayla, er ist neunzehn. Noch ein Junge."

„Er schien auch reif und süß zu sein."

Sie setzt ihre gepolsterten Kopfhörer auf. „Ja, nun, er muss reif und süß für jemanden im College sein." Sie dreht die Musik auf ihrem Handy auf.

„Warum dann in Kontakt bleiben?"

Sie antwortet nicht, hört bereits ihre Musik. Ich wedele mit der Hand vor ihrem Gesicht.

Sie hebt ein Kopfhörerkissen von einem Ohr. „Ja?"

„Warum willst du in Kontakt bleiben?"

„Ich bleibe mit allen, die ich treffe, in Kontakt. In Hollywood dreht sich alles um Verbindungen." Sie lässt ihren Kopfhörer wieder fallen.

Aber Finn gehört nicht zu Hollywood. Ich lasse es auf sich beruhen. Wer weiß, vielleicht wird er ihr eines Tages nützlich sein, oder umgekehrt. Zumindest sieht Olivia die Welt so.

Ich nehme mein Handy und suche nach Nachrichten oder verpassten Anrufen von Owen. Erbärmlich, ich weiß. In dem Moment, als wir uns getrennt haben, war es, als existiere ich für ihn nicht mehr.

Ich gebe es nur ungern zu, aber in meiner ersten Nacht im Hotel in der City konnte ich nicht schlafen und habe ihm am Ende spätnachts eine SMS geschrieben. *Können wir reden?*

Ich wünschte so sehr, ich könnte diese Nachricht zurücknehmen. Offensichtlich lautet seine Antwort Nein.

17

—————

Owen

„Okay, Owen, wir wissen alle, dass du ein gebrochenes Herz hast, aber kannst du aufhören, es an uns auszulassen?", bittet Nathan ihn bei unserem Meeting am Freitag, nachdem Shayla nach L.A. abgereist ist. Woher ich weiß, dass sie weg ist? Ich habe Zander kontaktiert, um sicherzugehen, dass er bei ihr bleibt, nachdem der Film abgedreht ist, und raten Sie mal! Tut er nicht. Sie hat ihn gehen lassen und stellt stattdessen jemanden in L.A. ein. Und wie lange wird das dauern?

„Mir geht's gut", blaffe ich. „Was kommt als Nächstes für das Geschäft? Ich nehme es."

„Owen", sagt Mackenzie sanft, „das haben wir bereits besprochen. Nathan nimmt den Biotech-Job in New Jersey an. Du bist bereit für alles, was danach kommt. Wir haben eine Flaute, da der 4. Juli-Feiertag bevorsteht. Nimm dir doch eine Weile frei."

„Um was zu tun?"

Nathan und Mackenzie tauschen einen Blick aus.

„Was?", belle ich.

„Wir denken, du solltest nach L.A. gehen und nach Shayla sehen", sagt Mackenzie. „Die Dinge durchsprechen."

Nathan nickt lebhaft.

Ich seufze. „Was soll das denn bringen? Für sie ist jeder

und alles wichtiger. Ich soll ihr also einfach hinterherdackeln, wohin auch immer sie geht? Nein, danke."

Mackenzie wirft mir einen mitleidigen Blick zu. „Weißt du, als sie mit sechzehn Jahren zum ersten Mal wegen eines Jobs ging, war sie in einer schwierigen Lage."

„Ich weiß, dass ihre Mom hart zu ihr war", murmele ich.

„Es war emotionaler Missbrauch, ständige Kritik an ihrem Aussehen und ihrem Gewicht, ständiger Vergleich mit anderen Mädchen, die in ihrer Karriere besser waren als sie. Ihr Selbstwertgefühl war zerstört. Sie war gerade für mündig erklärt worden, als du sie kennengelernt hast, also flog sie zum ersten Mal ohne Netz, sechzehn Jahre alt, und versuchte, sich ein Leben zu verdienen. Sie musste diesen Job annehmen."

Und sie hatte es mit Hollywood zu tun, das junge Mädchen auffressen kann. Ganz zu schweigen davon, dass sie erst gerade Drogen und Alkohol aufgegeben hatte, ihren Bewältigungsmechanismus. Sie war allein in einer harten Branche und tat ihr Bestes, um sicherzustellen, dass sie auf einem guten Weg landete.

Und dafür habe ich sie gehasst. Das schlechte Gewissen sticht auf mich ein. Ich habe nur an meine Seite gedacht. Egoistisch. Sie musste sich um Dinge kümmern und traf die einzige Entscheidung, die damals sinnvoll war, und ihr tatsächlich die erfolgreiche Karriere verschafft hat, die sie heute hat.

Ich habe ihr damals einen Antrag gemacht, aber ich hätte es nicht machen sollen. Sie kämpfte immer noch um ihr Leben. Und ich war nicht der Mann, der ich heute bin. Damals hätte es nicht geklappt, aber jetzt? Ich sehe immer noch nicht, wie wir eine Zukunft für uns beide funktionieren lassen können.

„Liebst du sie?", fragt Mackenzie.

„Ich dachte, du glaubst nicht an die Liebe", erwidere ich.

„Das tue ich, nur nicht für mich zurzeit", sagt Mackenzie.

„Auf welche Zeit wartest du?", fragt Nathan.

Sie wirft ihm ein Lächeln zu. „Ich werde es wissen, wenn ich bereit bin. Jetzt will ich einfach nur Spaß haben."

„Ich auch", sagt Nathan.

Ich grunze. „Wir müssen mehr Aufträge bekommen. Ich werde es mit Kaltakquise versuchen."

Mackenzie klickt auf ihren Laptop. „Natürlich, ich schicke dir die Liste, an der ich gearbeitet habe. Einige davon wirst du jedoch möglicherweise nicht erreichen. Die Leute nehmen sich jetzt gern Urlaub. Die Kinder sind nicht in der Schule. Es ist warm draußen —"

„Der Vierte", sage ich. „Ich verstehe. Gib sie mir einfach."

„Okay, okay", sagt Mackenzie und blickt nicht von ihrem Laptop auf. „Da. Sie gehört dir."

„Danke", bringe ich zwischen zusammengebissenen Zähnen hervor.

Nathan lehnt sich in seinem Sitz zurück und legt die Füße auf den Tisch. „Weißt du, was dein Problem ist, Owen?"

„Ich habe kein Problem."

„Du verliebst dich zu leicht. Du solltest mehr wie ich sein. Genieß es einfach, bis es nicht mehr aufregend ist, und zieh weiter."

Ich werfe ihm einen finsteren Blick zu, ohne mir die Mühe zu machen, diese Dummheit mit einer Antwort zu würdigen. Außerdem bin ich nicht mehr in Shayla verliebt. Ich habe ihr die Vergangenheit vergeben, aber das bedeutet nicht, dass wir eine Zukunft haben. Nichts hat sich wirklich geändert.

Mein Magen brennt. Sie hat mir geschrieben, gefragt, ob wir reden können, und ich habe es ignoriert.

„Er hat immer nur eine Frau geliebt", sagt Mackenzie zu Nathan. Sie dreht sich zu mir um. „Und sie liebt dich auch, selbst jetzt noch, nachdem du sie rausgeworfen hast." Sie schlägt sich eine Hand vor den Mund. „Upps."

„Upps", wiederhole ich und setze mich aufrecht hin. „Das hat sie gesagt?"

„Ich kann es weder bestätigen noch leugnen", sagt Mackenzie.

„Sie hat mich mal geliebt", erkläre ich.

„Steig einfach in ein verdammtes Flugzeug und finde es heraus", sagt Nathan.

Ich stehe abrupt auf und nehme meinen Laptop. „Ich werde nicht nach L.A. fliegen, um das zu kitten. Ich muss nur ihre Sicherheitsvorkehrungen überprüfen, da sie Zander hat gehen lassen."

„Oh mein Gott, sie hat Zander nicht mitgenommen?", ruft Mackenzie. „Das wusste ich nicht. Los, los, los! Sie braucht dich!"

Ich eile zur Tür hinaus. Mackenzie hat recht. Shayla braucht mich zu ihrem eigenen Schutz.

Ich gehe durch die offene Terrassentür in Shaylas Haus, jedes Nervenende aufmerksam. Sie wäre nicht so nachlässig, die Tür offenzulassen. Ich habe vorhin bei Olivia nachgefragt, und es gibt noch keinen Bodyguard. Shayla lebt allein auf einem Privatgrundstück.

Ich nähere mich der Küche und höre die Stimme eines Mannes. Ich bleibe stehen, mein Herz schlägt kräftiger.

„Katie, ich bin froh, dass wir wieder allein sein können."

Adrenalin feuert durch mich. Vorsichtig bewege ich mich, um besser sehen zu können. Ja. Es ist Matt. Er ist besessen von der Ausreißer-Teenagerin, die Shayla gespielt hat, Katie, die in der Prostitution gelandet ist, um zu überleben. Er muss das Sicherheitssystem irgendwie deaktiviert haben. Ich hätte mit ihr herkommen und dafür sorgen sollen, dass sie ein manipulationssicheres System hat. Verdammt sei mein blöder Stolz!

Matt sitzt auf einem Hocker an der Kücheninsel. Shayla steht wie erstarrt am Kühlschrank in ihrem Bademantel, näher an ihm als ich.

Sie muss zum Frühstück runtergekommen und von ihm überrascht worden sein. Ich bin mir nicht sicher, ob er eine Waffe hat. Ich warte, hoffe, dass Shayla sich lange genug aus der Gefahrenzone entfernt, damit ich Matt ausschalten kann.

Er lächelt sie an. Man würde nie meinen, dass er gefährlich ist, wenn man ihn nur ansieht. Er wirkt wie ein freundli-
cher Nachbar mit braunen Haaren, die an der Seite gescheitelt
sind, und einer schwarzen rechteckigen Brille.

Shayla weicht einen Schritt zurück. *Ja, komm hierher!*

„Geh nicht", sagt Matt. „Ich bin den ganzen Weg gekommen, um dich zu sehen."

„Was wollen Sie?"

„Ich möchte nur mit dir zusammen sein, Katie." Er legt
einen Haufen zerknitterter Dollarscheine auf den Tresen. „Ich
habe Bargeld mitgebracht. Ich kann mir dich leisten."

Verdammt sei sein kranker Verstand!

„Wie sind Sie hier hereingekommen?", fragt sie mit
zitternder Stimme.

Er lacht. „Du hast nicht einmal bemerkt, dass der Strom
ausgefallen ist, während du geschlafen hast. Das ist der
Vorteil, wenn man vorausdenkt. Dein Sicherheitssystem war
lächerlich einfach abzuschalten."

Shayla weicht einen weiteren Schritt zurück, und er zieht
eine Waffe heraus. Mein Herz sackt tiefer. *Nein! Es wird nicht
so enden.*

„Geh nicht!", sagt er. „Das hier kann schön und einfach
sein."

Sie räuspert sich und bietet ihm ein sonniges Lächeln an.
„Möchten Sie Frühstück? Ich wollte mir gerade Pancakes
machen."

Ja, lenk ihn ab und geh ihm aus dem Weg.

Er legt die Waffe auf die Insel. „Ich wusste gar nicht,
dass du kochen kannst, Katie. Ich werde dich wohl dauerhaft bezahlen müssen! Ich werde dich meine Gefährtin
nennen. Prostituierte ist so ein hartes Wort, findest du
nicht?"

Sie zieht sich weiter zurück, geht in die Speisekammer
und holt eine Schachtel Pfannkuchenmischung heraus. Ich
will gerade meinen Zug machen, als sie direkt zu ihm geht
und seinen Arm reibt. „Ich spiele gern ein Spiel mit meinen
Gästen. Es heißt Rate, was für Pfannkuchen ich mache. Du

bekommst die Augen verbunden und musst einfach nach Duft und Geschmack raten. Möchtest du das spielen?"

„Klingt krass."

Sie schenkt ihm ein sexy Lächeln, ihre schauspielerischen Fähigkeiten zahlen sich aus. „Das kann es sein. Aber es wird dich extra kosten."

„Ich kann es mir leisten. Glaub mir, es gibt noch mehr, wo das herkommt."

„Gut", summt sie, als sie eine dunkelrote Stoffserviette aus einer Schublade zieht. Sie streicht ihm einen Finger über die Schulter, während sie hinter ihn tritt. Sobald er die Augen verbunden hat, werde ich reingehen.

Er dreht sich um und drückt seine Lippen auf ihre. Zu verdammt nahe. Ich wehre mich gegen die Wut. Ich muss sicherstellen, dass sie eine sichere Distanz hat.

Er zieht sich zurück. „Das war nur ein kleiner Vorgeschmack."

„Mmm-hmm."

Er nimmt seine Waffe und hält sie zwischen sie.

„Ich werde nur hinter dich treten, um dir das hier umzulegen." Sie legt ihm die Augenbinde an und bindet sie hinten fest. „Kannst du was sehen?"

„Nö."

„Würdest du die Waffe ablegen? Es ist schwierig für mich, mich so auf unser Spiel zu konzentrieren."

Er legt sie auf die Insel, hält aber die Hand daran. Ich kauere mich hin und habe vor, mich hinter ihn zu schleichen.

Sie geht zum Kühlschrank und nimmt Zutaten heraus.

„Sind es Blaubeeren?", fragt er.

„Nein, exotischer als das. Ich wette, du wirst es nie erraten."

Er kichert. „Ich kann es nicht abwarten, dich zu kosten."

Du wirst bezahlen, Arschloch.

Ich mache mich auf den Weg zur Insel und komme um die Ecke, wo er sitzt. Ich erhebe mich gerade, als Shayla eine große gusseiserne Pfanne gegen seinen Kopf schwingt.

Er taumelt von seinem Sitz. Ich sehe, wie das Licht von

seiner Waffe reflektiert wird, greife an und bringe ihn zu Boden. Seine Augenbinde löst sich im Gefecht.

Er kämpft, um die Waffe auf mich zu richten, und ich schlage sein Handgelenk zurück gegen die Keramikfliese, wodurch die Waffe sich löst.

Wir tauchen gleichzeitig danach. Ich erreiche sie zuerst. Er versucht, mir in die Eier zu treten, und ich blockiere ihn und reagiere mit einem schnellen Schlag auf die Nase. Blut spritzt heraus, und er heult.

Ich stecke die Waffe hinten in meine Jeans, drehe ihm die Arme hinter den Rücken und drücke ihn auf die Insel.

Zum ersten Mal sehe ich in Shaylas riesige Augen. „Ruf die Polizei! Dieses Mal geht er ins Gefängnis."

Sie stürzt nach oben.

Herrgott, ihr Handy ist ganz oben? Was, wenn ich heute Morgen nicht aufgetaucht wäre? Ich ertrage den Gedanken nicht, dass ihr irgendwas passiert. Sie muss sicher und gesund sein. Ich brauche sie in meinem Leben.

„Katie, geh nicht!", sagt Matt.

Ich schlage ihm den Kopf auf die Insel, und er verliert das Bewusstsein. Dann lasse ich ihn auf den Boden fallen und fessle ihn dort mit Küchenschnur. Es wird nicht lange halten, wenn er aufwacht, aber ich werde ihn an seinem Platz halten.

Niemand legt sich mit meiner Frau an.

Shayla

In dem Moment, in dem die Polizei Matt mitnimmt, stürze ich in Owens offene Arme.

Ich sehe zu ihm auf, meine Arme um seine Mitte geschlungen. „Was machst du denn hier? Und wie bist du hereingekommen?"

Er streicht mir die Haare aus dem Gesicht. „Die hintere Terrassentür war offen, und ich bin hier, weil –"

„Du mich vermisst hast."

Er seufzt so heftig, dass er in meine Haare pustet. „Ich

habe allen gesagt, dass ich dein Sicherheitssystem überprüfen werde, aber als ich sah, wie du allein Matt gegenüberstandest, da –" seine Stimme erstickt „– Ich kann es nicht ertragen, daran zu denken, dass du nicht in meinem Leben bist. Ich liebe dich, Shayla, ich habe es und werde es immer tun."

Tränen stechen in meinen Augen. Ich habe ihm dasselbe vor nicht allzu langer Zeit gesagt, und jetzt erwidert er diese Liebe. „Ich liebe dich auch. Ich habe dich so sehr vermisst. Dieses Mal warst du derjenige, der den Kontakt nicht aufrechterhalten hat."

„Weil ich dummerweise versucht habe, über dich hinwegzukommen. Unmöglich. Und ich verstehe jetzt, unter welchem Druck du gestanden hast, als wir das erste Mal zusammen waren. Ich vergebe dir, und ich hoffe, du kannst mir verzeihen, dass ich so egoistisch war und nur meine Seite gesehen habe."

Mein Herz rast. Er lässt endlich die Vergangenheit hinter uns. „Natürlich verzeihe ich dir. Tun wir das wirklich?"

„Wir tun das wirklich, aber ich habe ein paar Regeln. Wir müssen über Dinge sprechen, die uns beide betreffen."

Ich nicke feierlich. „Harper hat mir erzählt, dass deine Mom deinen Dad in alles einbezieht, bevor es offiziell ist. Ich schätze, ich hatte einfach noch nie eine ernsthafte Beziehung. Es ist mir gar nicht in den Sinn gekommen."

„Ich auch nicht, außer dir. Schätze, wir sind jeweils die ernsthafte Beziehung des anderen."

Ich küsse ihn. „Du warst mein Erster. Ich hoffe, du wirst mein Letzter sein."

Er grinst. „Shayla Adler, machst du mir etwa einen Antrag?"

„Das hängt von deiner Antwort ab."

Er drückt mich an seine Brust. So bleiben wir einen langen Moment. Ich bin von der Liebe überwältigt; Owen denkt über meinen Antrag nach. Ich warte so lange auf seine Antwort, wie ich muss. Er hat ja auch lange auf meine gewartet.

Er zieht sich zurück. „Gott, Shayla, ich dachte schon, ich hätte dich für immer verloren. Ich hatte noch nie so viel Angst in meinem Leben, als ich die offene Tür sah und dich mit ihm in der Küche fand. Wenn es nach mir geht, hast du mich ein Leben lang an der Backe."

„Also ist das ein Ja? Warte! Lass es mich offiziell machen. Owen Campbell, wirst du mich heiraten?"

„Absolut!"

Ich schaukele auf den Fersen vor und zurück, das Glück sprudelt in mir hoch. „Ich werde dir einen Ring kaufen."

„Und ich dir."

Er beugt mich über seinen Arm und küsst mich wie im Kino. Ich liebe es, und ich liebe ihn. Immer.

So, wie ich es ihm vor all den Jahren gesagt habe.

EPILOG

Drei Monate später …

Ich habe die Urkunde meines Clover Park-Hauses unterzeichnet und an meine Ehrenschwestern Harper und Mackenzie übertragen. Sie wollen dort zusammen wohnen. Vielleicht verkaufen sie es irgendwann und teilen den Erlös auf, aber im Moment sind sie meine Nachbarn. Ja, ich bin in Owens Haus in Clover Park gezogen. Während ich in L.A. war, ist Owen jedes zweite Wochenende rausgekommen, um mich zu besuchen. Wir lassen es funktionieren.

Was die Zukunft betrifft: Wir werden über alle Projekte sprechen, die sich für jeden von uns ergeben, und sicherstellen, dass es für uns als Paar gut ist. Ich werde eng mit Claires Produktionsfirma Red Jewel Films zusammenarbeiten und hoffentlich in einigen Filmen mitspielen, die vor Ort gedreht werden. Es ist mir und Owen wichtig, dass wir seiner Familie nahe sind, die ich fast genauso liebe wie ihn.

Jetzt sind wir auf dem Weg zum Happy Endings für unsere Verlobungsfeier. Es ist Mitte Oktober und regnet. Owen hat darauf bestanden, uns zu fahren, obwohl wir nur ein paar Blocks entfernt wohnen, weil er nicht wollte, dass mein Kleid oder meine Schuhe im Regen ruiniert werden. Er denkt so sehr mit. Mein Leibwächter Zander ist schon da. Ich habe einen zweiten Bodyguard angeheuert, um Zander Pausen zu ermöglichen, und der ist auch bereit, mit mir zu reisen. Harry ist ein Riese von einem Mann. Früher hat er für einen Rockstar gearbeitet, bis sein Klient sich auf Drogen einließ. Harry hat eine strikte Keine-Drogen-Politik, was für mich funktioniert.

Owen parkt, packt meinen Nacken und zieht mich für einen Kuss an sich. „Du siehst schön aus. Bist du bereit für die Mob-Szene da drin?"

Ich lache. „Das ist keine Mob-Szene. Glaub mir, die habe ich erlebt. Es ist nur deine Familie, die ich liebe."

„Und sie lieben dich auch."

„Gut."

„Bleib einfach da."

Er steigt aus dem Wagen und kommt auf meine Seite herum, öffnet meine Tür mit dem Schirm in der Hand.

Ich glätte den unteren Teil meines schwarzen Kleides. Das Kleid ist neu. Lange Ärmel mit einem Ausschnitt oben, um mein Dekolleté zu zeigen, das übrigens nicht riesig ist, aber es ist trotzdem schmeichelhaft. Der Saum endet in der Mitte des Oberschenkels. Ich habe es mit schwarzen Riemchen-Sandalen kombiniert. Owen trägt einen anthrazitgrauen Anzug ohne Krawatte.

Er öffnet meine Tür und hilft mir heraus, hält dabei den Schirm über mich. Dann schließt er die Tür hinter mir.

Ich reibe seine Brust. „Sie sehen in Ihrem Anzug sehr gut aus, Mr. Campbell."

„Und Sie sehen in Ihrem Kleid sehr schön aus, zukünftige Mrs. Campbell."

„Ähm, ich nehme deinen Namen übrigens aus beruflichen Gründen nicht an."

„Ich weiß, aber ich sehe dich trotzdem als Mrs. Campbell."

„Du bist überraschend altmodisch."

„Nimm das zurück!" Er gibt mir den Schirm und überrascht mich dann, indem er mich auf seine romantische Art von den Füßen fegt.

„Was tust du denn da!"

Er geht zur Hintertür des Happy Ending. „Ich werde dich über die Schwelle tragen."

„Macht man das nicht, *nachdem* man geheiratet hat?"

„Ich weiß nicht. Ich habe Tante Hailey nicht nach dem richtigen Hochzeitsprotokoll gefragt. Übrigens, sie hat heute gegenüber eine Hochzeit im Ludbury House, aber sie sagt, sie sollte in der Lage sein vorbeizuschauen, um uns zu gratulieren."

„Lass uns unsere Hochzeit in Clover Park feiern, und Hailey soll sie organisieren. Ludbury House ist wunderschön."

„Ich bin froh, dass du das zuerst gesagt hast, denn ich weiß, dass sie am Boden zerstört wäre, wenn wir sie nicht bei der Planung helfen ließen. Genau dort haben übrigens auch meine Eltern geheiratet."

Ich reibe seine Brust. „Ich weiß, und sie sind immer noch glücklich verheiratet."

„Aber ich muss dich warnen, Hailey ist eine Kraft."

„Das bin ich auch."

Er setzt mich an der Hintertür ab. „Nein, im Ernst."

„Owen, ich kann mit ihr umgehen, genauso wie ich mit dir umgehe."

Seine große Hand packt mein Kinn. „Oh, du gehst mit mir um, wie?" Er senkt seinen Kopf, seine Lippen treffen auf meine in einem zarten Kuss.

Ich lasse den Regenschirm fallen, packe seinen Kopf und erwidere den Kuss. All meine Liebe und Zuneigung strömen in diesen langen leidenschaftlichen Kuss.

Als wir uns trennen, entdecke ich Zander auf der anderen Seite der Tür. Sein Kopf ist diskret abgewandt.

„Ich glaube, wir haben Zander gerade einen Augenschmaus gegeben", sage ich und nehme den Regenschirm. „Hey, der Regen hat aufgehört." Ich schließe ihn und lehne ihn gegen das Gebäude.

Zander wird sich daran gewöhnen müssen." Er hebt mich hoch, und ich quietsche überrascht.

„Ich dachte, wir wären mit diesem Teil fertig!"

„Schh, ich trage dich über die Schwelle. Du wirst die Familie mit deinen Schreien beunruhigen."

„Das war kein Schrei. Es war ein kleiner Überraschungslaut."

Er trägt mich über die Schwelle und setzt mich ab, nimmt meine Hand, während wir den Gastraum des Restaurants betreten. Das Lokal ist mit silbernen, goldenen und weißen Luftschlangen dekoriert, vielen fröhlichen silbernen und goldenen Ballons und einem großen Banner mit der Aufschrift Herzlichen Glückwunsch, Owen und Shayla!

„Herzlichen Glückwunsch!", rufen unsere Familie und Freunde.

Claire kommt rübergerannt, um uns beide zu umarmen, und dann klemmt sie mir einen kleinen Schleier in die Haare. „Damit jeder weiß, wer die Braut ist. Ich hoffe, es macht dir nichts aus, wenn viele Bilder gemacht werden. Ausschließlich für die Familie."

„Das wäre wirklich großartig", sage ich.

„Gut." Sie küsst meine Wange. „Ich bin ja so froh, dass du zur Familie gehören wirst. Jetzt kann ich dich wahrhaftig als meine Tochter bezeichnen."

Meine Augen werden heiß. „Ich habe dich schon als Mom beansprucht, also funktioniert das."

Sie drückt meinen Arm. „Aww. Komm schon, alle sind hier, außer Hailey. Sie wird auch bald hier sein, hoffe ich." Sie zeigt auf ein vergrößertes Bild auf einer Staffelei. „Was meinst du?"

Meine Lippen teilen sich überrascht. Ich habe dieses Bild noch nie gesehen. Das sind Owen und ich als Teenager am Pool, in ein einzelnes Handtuch gewickelt, und wir lächeln einander an.

„Es gefällt mir!"

„Wer hat dieses Foto gemacht?", fragt Owen.

„Wer wohl? Unser ortsansässiger Fotograf."

„Rafael?"

Rafael kommt rüber. „Ja?"

„Du hast dieses Foto gemacht?", fragt Owen. „Du musst dreizehn gewesen sein. Du hattest gerade deine erste Kamera zu Weihnachten bekommen."

„Gefällt es dir?"

„Es ist der Wahnsinn. Da hast du wirklich einen Moment festgehalten."

Ich deute darauf. „Du hast Emotionen eingefangen, unsere Bindung."

Rafael lächelt. „Ja, nun, jeder mit Augen hätte sehen können, was ihr beide hattet."

Ich umarme ihn. „Wenn du noch andere Schnappschüsse von uns hast, würde ich sie gern sehen."

„Oh mein Gott", sagt Owen. „Ich schaudere, wenn ich darüber nachdenke, was du vielleicht gesehen hast. Wie du dich ranschleichen konntest."

„Nicht, was nicht jugendfrei wäre, wenn es das ist, worum du dir Sorgen machst", sagt er.

„Ich hoffe nicht", sagt Claire. „Shayla stand unter unserer Aufsicht."

Owen und ich tauschen einen amüsierten Blick aus.

„Ich gebe euch, was ich hab', als Hochzeitsgeschenk", sagt Rafael.

Ich drehe mich zu Owen. „Ist er nicht voller Überraschungen?"

Claire sieht nachdenklich aus. „Ich frage mich, welche anderen Bilder der dreizehnjährige Rafael heimlich im Haus gemacht hat. Ich sollte mir das besser ansehen." Sie geht Rafael nach, als wollte sie ihn erwürgen.

„Du wirst nichts bekommen, wenn du den Fotografen erwürgst!", ruft Rafael.

Cooper schließt sich uns an und klopft Owen auf die Schulter. „Herzlichen Glückwunsch, euch beiden. Shayla, er war am Boden, als du Schluss gemacht hast. Hat sich praktisch verzweifelt über die Bar gestürzt."

Owen stößt ihm in die Rippen, und Cooper lacht.

„Es war definitiv ein Whisky-Abend, aber ich habe ihn wieder auf Kurs gebracht", sagt er. „Hab ihm gesagt, ich würde nie eine Frau wie dich gehen lassen. Er hat meinen Rat befolgt, und es hat alles geklappt."

„Tatsächlich?", frage ich Owen.

„Das hatte nichts damit zu tun," grummelt Owen. „Geh und nerv jemand anderen mit deinen Frauenratschlägen."

Finn kommt rüber, um uns zu gratulieren. „Ist Olivia hier?"

Er ist immer noch wahnsinnig in sie verknallt. „Nein, sie hat es nicht geschafft, aber sie wird bei der Hochzeit sein."

Finn vergräbt seine Hände in seine Jeanstaschen. „Cool. Vielleicht seh' ich sie dann."

„Ich werde ihr sagen, dass du nach ihr gefragt hast", sage ich.

„Nein. Ist schon okay. Ich verstehe ja, dass sie viel zu tun hat." Er zieht sich zurück. „Achtung."

„Yay!", ruft Harper und überfällt uns beide für eine Umarmung. „Willkommen in der Familie, Shay!"

Mackenzie umarmt mich und Owen auch. „Wir wussten, dass ihr beide zusammen enden würdet, vom ersten Moment an, als wir euch als Teenager wahnsinnig verliebt gesehen haben. Es war nur eine Frage des Timings."

„Ich wünschte, jemand hätte es mir gesagt", sagt Owen.

„Wir wussten es nicht", sagt Harper. „Wir haben es gehofft."

„Ich auch." Ich drehe mich um und gebe Owen einen Kuss. „Ich habe immer gehofft."

„Aww", sagen Mackenzie und Harper gemeinsam.

Mackenzie hakt sich bei mir unter. „Hast du was gegessen? Ich habe Dad gesagt, er soll sicherstellen, dass er viel Gemüse für dich hat. Ich weiß, dass du dich gern gesund ernährst."

„Ich hätte nichts gegen einen kleinen Kuchen heute Abend", sage ich.

„Gut. Weil wir den auch haben", sagt sie.

Owen und ich füllen unsere Teller beim warmen Buffet, und die Leute kommen herauf, um uns zu gratulieren. Die meisten behaupten, sie wussten immer, dass wir wieder zusammenkommen würden. Ich schwebe in einer glücklichen Blase aus Liebe und Familie, als Owens Tante Hailey außer Atem durch die Haustür hereinbricht.

„Oh gut, ich habe es nicht verpasst." Sie fächert sich Luft zu und kommt auf uns zu.

Ich sehe Cooper an. „Ist deine Mutter in diesen High Heels hier rübergerannt?"

„Sie hat jahrelange Übung."

Hailey kommt zu uns; sie trägt ein formschönes A-Linien-Kleid in Marineblau und passende Pumps. „Auf der anderen Straßenseite ist es ein wenig chaotisch, aber ich habe es geschafft, mich davonzuschleichen, um zu gratulieren. Shayla, ich freue mich so, dass Owen dich hat! Ich war wirklich besorgt über den Mangel an Liebe in seinem Leben. Du weißt, dass er seit dir nie ernst mit jemandem zusammen war."

„Danke, Tante Hailey", sagt Owen. „Spuck nur all meine schmutzigen Geheimnisse aus."

Sie tätschelt seinen Bizeps. „Das ist kein schmutziges Geheimnis, es ist süß."

„Ich bin nicht süß", grummelt er.

Sie schüttelt den Kopf. „Vertrau mir, er ist so süß wie sein Onkel Josh. Er hat nur eine andere Art, es zu zeigen, aber unter diesem rauen Äußeren –"

„Ist ein gutes Herz", beende ich für sie.

Sie lächelt. „Ja. Genau. Tut mir leid, dass ich gratuliere und weglaufen muss, aber ich habe in einer Stunde eine Hochzeit auf der anderen Straßenseite, und ich sollte wirklich zurück." Sie dreht sich zur Tür. „Oh nein!"

Eine Braut marschiert herein und sieht sauer aus. Sie findet Hailey und stürzt in einem Rausch von Tüll zu ihr. Ihr karamellbraunes Haar ist in einer Hochsteckfrisur gebändigt. Sie würde süß aussehen mit ihrem engelsgleichen Gesicht, wenn nicht ihre blitzenden blauen Augen und ihr finsteres Gesicht wären.

Sie reißt sich den Schleier vom Kopf. „Er hat mich sitzenlassen! Einfach auf und davon! Und ich musste es von seiner

Ex-Freundin erfahren, die ich sowieso nie auf der Hochzeit haben wollte!"

„Ist er mit ihr gegangen?", fragt Hailey.

„Nein. Sie war nur die selbstgefällige Botin."

„Oh, Rowan, ich bin –", beginnt Hailey.

Rowan bricht in Tränen aus.

Hailey schließt sie in eine Umarmung. „Es tut mir so leid."

Rowan schnieft. „Ich habe sogar meinen Vater eingeladen, den ich seit drei Jahren nicht mehr gesehen habe. Das ist so demütigend."

Hailey klopft ihr auf den Rücken. „Ich weiß. Komm mit mir. Ich hole dir Wasser." Sie führt sie zur Bar.

„Wasser wird es nicht bringen", sagt Rowan laut.

Ich drehe mich zu Owen. „Das ist herzzerreißend. Ich schwöre, das ist mir noch nie passiert –"

Er zieht mich an sich. „Das wird dir nicht passieren. Du hast mir einen Antrag gemacht, und es gibt kein Zurück. Dieser Bräutigam hält dich daran fest."

Ich lächle und küsse ihn.

Ein Kellner kommt mit einem Tablett Champagnerflöten vorbei, und wir nehmen jeder eine.

„Ach, lass uns die Sache machen, wo wir die Arme umeinander schlingen und dann trinken", sage ich, hake meinen Arm um seinen und hebe mein Glas an meine Lippen.

Er tut es mir nach und sagt: „Auf das, was als Nächstes kommt."

„Auf ein großartiges gemeinsames Leben!"

„Mit der besten Frau der Welt. Kein Wunder, dass ich nie über dich hinweggekommen bin."

„Aww."

Hailey kommt vorbei und murmelt irgendwas über verantwortungslose Männer. Sie findet ihren Ehemann Josh, dem sie anscheinend die Geschichte der ruinierten Hochzeit anvertraut. Er legt einen Arm um ihre Taille und hört aufmerksam zu.

„Meinst du, der Braut wird es gut gehen?", frage ich

Owen. „Vielleicht sollten wir sie einladen, an der Party teilzunehmen."

„Ich bezweifle, dass sie Lust darauf hat, an einer Verlobungsparty teilzunehmen, nachdem sie an ihrem Hochzeitstag sitzengelassen wurde." Er blickt hinüber zur Bar, wo Cooper jetzt Barkeeper spielt und der sitzengelassenen Braut ein Ohr leiht.

„Sie ist bei Cooper, dem ultimativen Frauenretter. Ihr wird's schon gut gehen."

Ich schaue hinüber, immer noch besorgt. Plötzlich hebt mich Owen von den Füßen, mich in seinen Armen wiegend.

„Owen! Was tust du denn da? Du hast mich schon über die Schwelle getragen, um hier reinzukommen."

Ein paar Leute jubeln und Pfiffe ertönen.

„Ich musste doch deine Aufmerksamkeit bekommen. Zeit, den Tanzteil des Abends zu beginnen."

Ich kuschele mich an seine Brust. „Ich mag den Teil mit dem Küssen mehr."

Er küsst mich. „Und ich mag den sexy Teil." Er trägt mich in das leere Hinterzimmer und küsst mich atemlos.

Er berührt meine Wange. „Ich kann es nicht abwarten, dich zu Hause allein zu haben."

Ich lächle. „Ich auch."

Zu Hause mit Owen. Das ist alles, was ich je wollte. Selbst, wenn wir um die Welt ziehen oder hin und wieder weit getrennt sein müssen, wird mein Zuhause immer sein, wo Owen ist. Er ist der einzige Mann, den ich je geliebt habe.

Möchten Sie über Owens und Shaylas besondere Jahresfeier lesen? Melden Sie sich für meinen Newsletter an, um einen speziellen Bonus-Epilog zu erhalten! https://www. kyliegilmore.com/DEKnewsletter

Verpassen Sie nicht das nächste Buch der Serie, *Der sexy Teil*, in dem Cooper einer sitzengelassenen Braut mit Feuer in den Augen zur Rettung eilt.

Cooper

Ein Blick auf die verlassene Braut mit dem Feuer in den Augen, und ich bin süchtig. Natürlich helfe ich ihr wieder auf die Beine. Ich habe Verbindungen in der ganzen Stadt. Bald habe ich für sie eine Unterkunft, einen Job und freundliche Menschen gefunden, mit denen sie abhängen kann, mich eingeschlossen.

Das Timing ist unglaublich schlecht für sie, aber ich kann mich nicht von ihr fernhalten. Aber wie überzeuge ich eine Frau, die mit einem Fuß zur Tür raus ist, zu bleiben und uns eine Chance zu geben?

Rowan

Hier bin ich also, ein Stadtmädchen, das in der Kleinstadt Clover Park festsitzt, wo meine Hochzeit stattfinden sollte. Nachdem ich am Tag meiner geplanten Trauung verlassen wurde, habe ich mir geschworen, mich nie wieder zu verlieben, ganz egal wie sexy, süß und charmant ein Mann ist. Männern kann man nicht trauen.

Auch wenn Cooper Campbell genau dann da war, als ich ihn gebraucht habe. Sobald ich aus diesen riesigen Schulden rauskomme, die mein Ex mir dagelassen hat, kehre ich zurück in mein altes Leben in der City.

Nur, je besser ich Cooper kennenlerne, desto schwerer fällt es mir, ihm zu widerstehen.

Erhalten Sie die neuesten Nachrichten zuerst in Kylies Newsletter! https://www.kyliegilmore.com/DEKnewsletter

WEITERE BÜCHER VON KYLIE GILMORE

Die Happy End in Clover Park Serie <<Die zweite Generation der Happy End Buchclub-Liebe!

Der Teil mit dem Küssen (Buch 1)

Der sexy Teil (Buch 2)*

Der süße Teil (Buch 3)*

die neuen Titel erscheinen bald!

Liebe von der Leine gelassen Serie << Heiße romantische Komödien mit Hunden!

Fetching – Deutsche Ausgabe (Buch 1)

Dashing – Deutsche Ausgabe (Buch 2)

Sporting – Deutsche Ausgabe (Buch 3)

Toying – Deutsche Ausgabe (Buch 4)

Blazing – Deutsche Ausgabe (Buch 5)

Chasing – Deutsche Ausgabe (Buch 6)

Daring – Deutsche Ausgabe (Buch 7)

Leading – Deutsche Ausgabe (Buch 8)

Racing – Deutsche Ausgabe (Buch 9)

Loving – Deutsche Ausgabe (Buch 10)

Die Clover Park Serie << Brüder, für die die Familie an erster Stelle steht!

Clover Park: Die O'Hare-Familie

Das Gegenteil von wild (Buch 1)

Daisy schafft alles (Buch 2)

In den Falschen verguckt (Buch 3)

Ein Weihnachtsmann zum Küssen (Buch 4)

Raus aus der Tretmühle (Die O'Hare-Familie – Wie alles begann)

Clover Park: Die Reynolds-Marino-Familie

Vermieter küsst man nicht (Buch 1)

Nicht mein Romeo (Buch 2)

Bring mich auf Touren (Buch 3)

Clover Park Braut (Buch 4)

Gewagte Verlobung (Buch 5)

Retter in der Not (Buch 6)

Eine verführerische Freundschaft (Buch 7)

Ein Geschenk zum Valentinstag (Buch 8)

Die Happy End Buchclub Serie << Die Campbell Familie und ein Liebesromanbuchclub prallen aufeinander!

Hollywood Inkognito (Buch 1)

Ärger im Anzug (Buch 2)

Gewagtes Spiel (Buch 3)

Förmliche Vereinbarung (Buch 4)

Wenn der Bad Boy keiner ist (Buch 5)

Ein Störenfried zum Verlieben (Buch 6)

Schicksalsbegegnungen (Buch 7)

Eine Romantische Chance (Buch 8)

Ein sündhafter Flirt (Buch 9)

Ein unbequemer Plan (Buch 10)

Eine Happy End Hochzeit (Buch 11)

Die Rourkes aus Villroy << Prinzen, bei denen man ins Schwärmen gerät, und ebenso fantastische Prinzessinnen

Königlicher Fang (Buch 1)

Königlicher Hottie (Buch 2)

Königlicher Darling (Buch 3)

Königlicher Charmeur (Buch 4)

Königlicher Playboy (Buch 5)

Königlicher Spieler (Buch 6)

Die Rourkes aus New York

Abtrünniger Prinz (Buch 1)

Abtrünniger Gentleman (Buch 2)

Abtrünniges Schlitzohr (Buch 3)

Abtrünniger Engel (Buch 4)

Abtrünniger Fratz (Buch 5)

Abtrünniger Beschützer (Buch 6)

Die Clover Park Charmeure Serie << süße und sexy Charmeure!

Beinahe drüber weg (Buch 1)

Beinahe zusammen (Buch 2)

Beinahe Schicksal (Buch 3)

Beinahe verliebt (Buch 4)

Beinahe romantisch (Buch 5)

Beinahe frisch verheiratet (Buch 6)

Sehen Sie sich auf meiner Website die aktuelle Liste meiner Bücher an: https://www.kyliegilmore.com/deutsch/

ÜBER DIE AUTORIN

Kylie Gilmore ist die *USA Today Bestsellerautorin* von über fünfzig humorvollen zeitgenössischen Liebesromanen. Zu ihren Serien gehören *Liebe von der Leine gelassen*, *Die Rourkes*, der *Happy End Buchclub*, *Clover Park* und *Clover Park Charmeure*. Mit mehr als drei Millionen Downloads ihrer Bücher lieben es Leser auf der ganzen Welt, sich in ihre urkomischen Wohlfühlromanzen zu flüchten, die sich durch starke Bindungen zwischen Familie, Freunden und der Gemeinschaft auszeichnen.

Kylie lebt mit ihrer Familie in New York. Wenn sie nicht schreibt, heiße Liebesromane liest oder sich bei Konferenzen pflichtbewusst Notizen macht, findet man sie sicher dabei, wie sie gerade mit Freuden etwas kreiert, das sicherlich ein zukünftiges Familienerbstück sein wird.

Melden Sie sich für Kylies Newsletter an: https://www.kyliegilmore.com/DEKnewsletter

Mehr finden Sie auf Kylies Website https://www.kyliegilmore.com/deutsch/